UNE ÂME DE TROP

Née à Cannes en 1956, Brigitte Aubert n'est pas une novice dans l'art subtil de faire peur. Auteur de nombreux scénarios, elle est aussi productrice de courts métrages, dont l'adaptation de *Nuits noires,* nouvelle primée au concours « Série noire TF1 / Gallimard » de 1984. Elle a publié de nombreux romans, et notamment, aux éditions du Seuil, *Les Quatre Fils du Dr March* (1992), *La Mort des bois* (1996) qui a obtenu le Grand Prix de littérature policière, *Requiem Caraïbe* (1997), *Transfixions* (1998), *La Mort des neiges* (2000), *Le Chant des sables* (2005) et *Une âme de trop* (2006).

Brigitte Aubert

UNE ÂME DE TROP

ROMAN

Éditions du Seuil

TEXTE INTÉGRAL

ISBN 978-2-7578-0628-9
(ISBN 2-02-089266-9, 1re publication)

« Lorsque le serpent
montre sa face,
il me ressemble. »

SHIKI

« Minuit l'hiver.
Le bruit d'une scie.
Solitude. »

BUSON

Incision 1

Fureur. Noir / Blanc / Rouge. Fureur noire. Fureur Blanche. Fureur rouge. Rouge. Peur blanche. Brouillard noir. Fureur de sang. Le sang coule, coule, coule. Le sang gicle, gicle, gicle. La femme hurle, hurle, hurle. Hurlement noir à mes yeux blancs, hurlement blanc à mes mains rouges, fureur, fureur, fureur.

Et puis très lentement la paix. L'ombre blanche de la paix sur mon cœur noir et rouge.

Chapitre 1

Samedi 14 janvier - après-midi

Hmm, j'ai bien dormi ! Quelle heure est-il ? Déjà deux heures ! Très exactement 13 h 53, samedi 14 janvier, merci pendulette Betty Boop. Je me suis couchée si tard hier. En fait, je me suis endormie devant un DVD. Un téléfilm américain. *J'ai épousé un tueur*. Deux épisodes de trois heures. Palpitant. Là où j'en suis, Geena vient de se rendre compte que quelqu'un a volontairement introduit une mygale dans les toilettes. Tiens, je vais me mettre la suite pendant le petit déj.

Pas très faim. Vais me forcer à grignoter un peu. Un bol de müesli, un verre de jus d'orange. Même pas envie d'ouvrir les volets. Je suis sûre qu'il fait soleil. Il fait soleil 300 jours sur 365, alors à quoi bon se prendre une giclée d'UV dans les yeux dès le réveil ?

J'ai l'impression que ma vue baisse, se fragilise. En parler au Dr Simon, quand je reprendrai. Il est mignon, le Dr Simon. Grand, mince, des cheveux bruns bouclés, des yeux d'un bleu de ciel d'été. Et pas prétentieux. Et toujours un mot pour faire rire, un petit mot gentil pour ses « petites mains », comme il appelle le personnel. Les autres disent qu'il est bizarre, lunatique. C'est vrai qu'il change d'humeur en deux secondes sans qu'on sache trop pourquoi. Ça en déstabilise plus d'un. Pas moi. Moi, je lui réponds du tac au tac et il se calme aussi sec. Et il est vraiment marrant quand il est dans ses bons jours. Pas comme le Dr Daguey. Quel pisse-froid, celui-là ! Toujours boudiné dans ses costards Hugo Boss ! Et ce brushing qui ressemble à une moumoute ! Bronzé pile poil caramel, pas crème brûlée ou nougat mal cuit, non, caramel, *caramiel* devrais-je dire, avec ses manières mielleuses et ses mains baladeuses. J'ai toujours l'impression que c'est un acteur engagé pour jouer le rôle d'un médecin.

Bien. Ouvrons ces volets.

Raté : il fait tout gris et ça sent le grésil et le verglas. Le jardin est triste, ratatiné, feuilles pendantes, il faut que je m'en occupe.

Je n'aurais jamais dû louer le rez-de-chaussée d'un vieux garçon rabougri. Mais bon, j'ai vu l'annonce sur le tableau d'affichage. « Loue deux pièces dans maison indépendante, tranquille. » C'était un des infirmiers, Steven, qui sous-louait un deux-pièces chez lui, un petit pavillon effectivement très tranquille de deux niveaux. Toit en tuiles, façade en crépi, une solide porte d'entrée en bois massif qui donne sur un petit couloir avec deux portes : la mienne et celle de la cave commune sous l'escalier central. Très propre, tout ça.

L'appartement était sympa, 40 m^2 dans de l'ancien, avec une cheminée, un living-room, une chambre, une cuisine séparée, une petite salle de bains dotée d'une baignoire et d'une vraie fenêtre, et le jardinet en prime. Situé dans l'ancien quartier résidentiel qui jouxte la nouvelle zone commerciale, à dix minutes à pied de l'hôpital si on passe par la galerie marchande. Je me suis dit : « OK, pourquoi pas ? ! »

Cet appartement, c'était celui qu'occupait Steven lorsque sa mère était encore en vie et logeait au-dessus. À sa mort, il a pris sa place et s'est installé en haut.

C'est amusant parce que les deux appartements, celui à l'étage et le mien, sont identiques : même disposition des pièces. Ça fait drôle de grimper quelques marches, de pousser une porte et de vous retrouver dans un living-room qui est le vôtre sans être le vôtre. Au lieu de votre joli papier peint gaufré mordoré très tendance, de la peinture beige. Et à la place de votre moelleux canapé en cuir crème fouettée trône un vieux sofa en velours moutarde défoncé.

Sans même parler de la chambre ! Le papier peint à grosses fleurs bleu foncé a dû y être posé en 1930 et l'abat-jour ressemble à une lampe de salle d'autopsie.

Et tout le reste est à l'avenant : un intérieur impeccablement tenu et impeccablement vétuste, qui n'a pas bougé d'un pouce depuis le décès de Maman. Boiseries marron foncé – plus sombre on trouve pas –, lino imitation parquet rayé, meubles imitation rustique, rideaux imitation dentelle, le genre de décor qui pousse à se pendre au lustre imitation vénitien. Mais pas avec une imitation de corde.

Assez assorti à Steven, en fait. Avec ses cheveux bruns noués bien sagement en catogan, ses yeux marron sans éclat, son 1,72 m et ses 65 kg passe-partout. Ce n'est pas qu'il soit embêtant. C'est qu'il serait plutôt sinistre. Style premier de la classe qui serait devenu croque-mort d'honneur. Toujours en jogging, gris ou bleu marine, et repassé ! Oui, re-pas-sé, on croit rêver ! Un grand garçon de quarante ans qui repasse ses joggings ! Ça, y a pas à dire, sa Môman l'a bien élevé, son Steven adoré. Et y faut pas y toucher à sa Môman. Môman par-ci, Môman par-là, la photo de Môman sur la télé, les chaussons de Môman près de la cheminée, à côté de son fauteuil préféré, même si elle n'aura plus l'occasion de les mettre, Môman, les chaussons, vu qu'elle est morte l'année dernière de son fameux cancer du poumon. Et on le sait, qu'elle ne fumait pas ! Il a bien dû me le dire trois cents fois. « Vous vous rendez compte, Elvira, dire qu'elle ne fumait pas ! Et elle ne tolérait pas qu'on fume dans la maison ! oh non ! Elle était comme ça, Môman ! Intransigeante ! »

Parfois, ça fait du bien d'être orpheline. Je suis pas cynique, mais je ne me souviens pas très bien de mes parents. Je les ai perdus très tôt, dans un accident de voiture. Ils m'ont laissé un petit héritage que j'ai placé en vue des coups durs. C'est pour ça, parce que je suis à l'abri financièrement, que je n'ai pas hésité à accepter de me mettre en arrêt quand j'ai senti que je commençais à déprimer. Trop de stress, trop de fatigue. « Épuisement professionnel », le fameux *burn out* en jargon moderne. Vingt ans de bons et loyaux services, j'ai bien le droit de me la couler douce un mois ou deux !

Ce pauvre Steven. Il ne s'amuse pas souvent. Je le sais parce que nos deux logements ont une petite particularité. Je ne lui en ai pas parlé, bien sûr. Mais, si je me place près de ma cheminée – bon d'accord, soyons honnête : si j'enfonce carrément la tête dans le conduit –, eh bien, j'entends tout ce qu'il se dit au-dessus !

Aussi distinctement que si j'avais posé un micro. Ses conversations téléphoniques, tout.

J'ai découvert ça par hasard en nettoyant l'âtre. Alors que du salon je n'entendais rien, là d'un coup j'ai perçu nettement ce qu'il disait. J'ai même cru que c'était la radio, avant de me rendre compte qu'il était au téléphone. Et comme c'est un fainéant et qu'il branche toujours le haut-parleur pour éviter de tenir l'appareil, j'entends aussi ce que disent ses interlocuteurs.

Comme dans un film d'espionnage à la noix. Où je découvrirais avec effroi qu'il fait partie d'un gang de dealers d'organes ou d'un réseau de pédophiles...

Hélas, je peux témoigner que je n'ai jamais rien entendu de plus scabreux que les résultats du loto !

Il joue toujours sa date de naissance : 17/03/64. Si ça se trouve, il est même puceau. Il faudrait que Ray lui donne des conseils !

Ray, Ray, mon Ray ! On a rendez-vous ce soir à vingt-deux heures. Il a tellement de boulot… Représentant en pharmacie, toujours sur la route.

Je l'attendrai en regardant *Urgences* avec un bon plateau télé. C'est ma série préférée, je me suis acheté toutes les saisons en DVD. Et j'ai une tonne de repassage en retard. Sans parler de la poussière !

Allez, brancher la télé et le fer à repasser.

Et grignoter.

Question du jour : se décider pour un modèle de webcam. Je veux de la qualité. Je suis en train de préparer mon blog, the.elvira.showroom, ma vie en direct, en phase avec tous les internautes qui voudront bien se connecter. Comme si j'étais une grande actrice de télé, dans la série la plus regardée. Il y en a qui se filment 24 h/24 h. J'hésite encore. Je ne crois pas être prête à me laisser voir endormie, complètement vulnérable. Non, au début, je ne me brancherai que pendant mes heures ouvrables, réveillée et maquillée. C'est pour ça que j'ai choisi the.elvira.showroom comme nom. Ma vie en exposition. Ou le spectacle d'une vie. Pas un documentaire, nuance ! Un blog, oui, mais un blog mis en scène. Un vidéoblog. Ou un joueb si on préfère. Peu importe.

Mais avant, il faut que je maîtrise la technique, vu que je n'y comprends pas grand-chose. En fait, je suis carrément nulle. Pas besoin de traduire les notices du japonais, pour moi, c'est pareil. Tous ces fils, ces branchements, ces histoires de mémoire, de RAM, de RKO, de bits, de périphériques, de systèmes… je n'ai même jamais été capable d'installer un seul jeu sur cette fichue machine. Un iBook G4 que m'a revendu Léonardo, l'ex-petit copain d'Anton, un collègue. Tout joli, tout blanc. C'est Léonardo qui s'est occupé de le configurer et c'est lui qui va m'aider pour la webcam. Ce qui m'embête, c'est qu'il ne veut pas que je le paye, du coup je me suis sentie obligée de lui offrir une caisse de champagne. En promo, je l'avoue, sur gone-with-the-wine.com. Mais laissons là ces détails triviaux. Moi, l'ordinateur, je l'allume et je pianote : les machinos ont monté le décor, l'artiste entre en scène.

Je sais déjà comment ça commence : « Bonjour. Je suis Elvira et je vais vivre pour toi ! »

Une sorte de rituel entre le lecteur et moi, qui se répète chaque jour. Présentatrice de mon propre reality-show.

C'est pour ça que je m'entraîne à parler tout haut. Pour communiquer mes impressions au spectateur. Leur faire connaître les différents personnages de ma vie, etc. L'autre jour, Steven-les-Grandes-Oreilles m'a demandé si j'avais eu de la visite.

1) Ça ne le regarde pas.

2) Je lui ai répondu que je m'enregistrais au lieu d'écrire mon journal intime.

Et c'est un peu vrai. Comme si je capturais le présent pour le mettre sur disque dur. Pensée inquiétante : et si Steven-le-Barbant se connectait à mon site ?! Et voilà, j'ai raté l'enterrement de la nièce, replay, quand est-ce qu'il l'a tuée, celle-là ?

Vas-y, Geena, réveille-toi ma fille, ne te laisse pas manipuler par ce monstre ! Prends tes affaires et barre-toi !

J'aime bien ces nouveaux petits strings en dentelle que je me suis achetés sur catalogue. Je trouve qu'ils me vont bien, le rouge surtout. Il met en valeur mon capital fessier, comme on dit dans les magazines. La guêpière mauve est jolie, elle aussi. Très glamour. Je me sens tout de suite plus femme quand je la porte. Je me regarde dans le miroir, je marche, balance les hanches comme les mannequins, je pivote, je me fais des moues rien que pour moi et je me trouve presque sexy. J'aimerais bien voir la tête du Dr Simon si j'écartais d'un coup ma blouse pour lui montrer ma guêpière…

Ce salaud de Matt a encore réussi à détourner les soupçons ! Et le flic ne pige rien, tout ce qui l'intéresse, c'est d'obtenir un rancart avec Helen. Les hommes n'ont vraiment que du vent dans la tête ! Des girouettes montées sur slip, et c'est tout.

Et Ray comme les autres. Mais avec tellement de charme… Il me fait rire. Ça a tout de suite accroché entre nous. Et dieu sait si je suis difficile ! Ce n'est pas moi qui me contenterais du premier venu sous prétexte que je suis seule. Oh ! ils peuvent bien se ficher de moi à l'hôpital ! S'ils trouvent qu'ils se portent mieux parce qu'ils sont appariés ! Ce n'est que divorces, pleurnicheries, tromperies, des sacs d'embrouilles à n'en plus finir ! Parlez-moi du bonheur d'être en couple ! Une vraie plaie, oui, une plaie suppurante qui ne guérit jamais et laisse marqué à vie ! Je préfère encore ma tranquillité. On peut être célibataire sans être austère ! Je m'amuse très bien toute seule, merci, et je me porte comme un charme.

Sauf mon petit problème…

Mon petit problème pour, comment dire, pour sortir, voilà, disons, pour aller dehors, à l'extérieur.

« Vous n'aimez pas traverser des espaces nus », m'a

dit Mazzoli, Mazzoli c'est notre interne, un petit rouquin sympa, le bon père de famille type, « c'est juste un peu d'agoraphobie, c'est très fréquent, rien d'inquiétant. »

Évidemment, ça m'inquiète. C'est invalidant. Mais bon, je fais avec. Je me soigne. Seropram, 40 mg par jour. Mazzoli voulait que j'essaye la thérapie comportementale. M'a jamais semblé très sympa comme truc. Ça rappelle un peu trop les gosses qu'on jette à l'eau pour qu'ils apprennent à nager. Je préfère mes comprimés, rien ne vaut la douceur.

Pas un bruit au-dessus. Le grand niquedouille serait-il sorti s'encanailler ?

Marre de repasser.

Ah, j'ai oublié de regarder le courrier d'hier. Je file relever la boîte aux lettres.

Électricité, téléphone, et allez ! passez la monnaie ! Une carte d'Anton qui est en vacances aux Baléares pour trois semaines : « Comment va la fine fleur des hôpitaux de la Côte ? Ici c'est méga-cool, rencontres +++, et de taille XXL ! » Qu'il est bête, celui-là !

Il est gay, alors ses collègues le snobent un peu, moi il me fait rire.

Steven-la-Morale a essayé de l'emmener à ses réunions de parole chrétienne, mais l'Anton, il ne voulait que se faire le curé, le pauvre Steven a abandonné.

Et cette feuille de papier pliée en deux ? Ah : « L'entreprise de désinfection passera lundi à 16 heures. »

C'est à cause des cafards. Heureusement, ce ne sont pas des gros noirs, je ne peux pas les supporter, une vraie phobie, non, ce sont juste des petits marron. Ils ont élu domicile dans la cuisine. Je me suis plainte auprès de Steven, c'est vrai quoi, je ne paye pas le loyer d'un camping pour cafards !

Lundi, c'est après-demain. Et après-demain j'ai rendez-vous à l'institut de beauté pour un massage japonais. Ça me fait un bien fou, ça me détend complètement. Et ce n'est pas trop loin : au bout du centre commercial, la sortie côté hôpital. J'y vais à pied, cinq cents pas, zone piétonne. J'ai pris l'habitude de compter quand je sors. Ça m'occupe la tête. J'ai pensé à m'offrir un podomètre, mais je préfère compter moi-même, comme ça je suis sûre. Il y a une certaine sécurité à se réciter des chiffres. C'est comme une comptine, une chanson dans le noir. Suffit Elvira, vieille poule radoteuse ! Conclusion : je laisserai les clés dans la boîte, après tout c'est le problème de Steven.

Et si je me débouchais une petite bouteille de chardonnay ? Un blanc californien bien sec et bien frais, mmm ! Est-ce que le vin blanc fait moins grossir que le vin rouge ? Je dirais que psychologiquement oui. Je ne peux pas demander à saint Steven, il ne boit évidemment pas d'alcool. « Môman et moi savons que l'alcool est un poison. »

Et fumer tue ! C'est marqué en gros sur mon paquet. Curieusement, ce n'est pas marqué sur les usines polluantes, ou les voitures. Ou dans les zones d'agriculture intensive. « Le nitrate tue. » Le suicide collectif imposé par l'industrialisation forcenée ne dérange pas, c'est le petit suicide individuel qui dérange, le mien, le vôtre. Ça coûte trop cher à la société. Je m'interroge sur le coût annuel des cancers prétendument dus au tabac par rapport à ceux à venir à cause de l'amiante, si longtemps défendue par nos édiles. La Mort se fait plus souvent payer en argent sale qu'on ne le croit. Mais ainsi va la vie. Allez, le vote est ouvert, un, deux, trois : à l'unanimité oui au chardonnay !

Saturday Night Fever !

Mais avant, un long bain chaud à la lueur des bougies relaxantes.

Je me sens toute propre, et ce peignoir en soie crème est si doux… Voyons, blush ou pas blush ? Blush. Gloss. Mascara bleu marine. Un soupçon de paillettes sur les paupières. Et maintenant, brushing. Finalement ce blond me va bien, j'avais peur que ça fasse un peu trop, mais non, je me sens à l'aise. « Faites la fête. Changez de tête », disait la pub. C'est fait. Blonde et fière de l'être ! Pas n'importe quel blond bien sûr, pas le blondasse pétasse, non, le blond californien, entre Sharon Stone et Madonna. Lisse et long. La tête du Steven quand il m'a vue hier !

– Mais qu'est-ce que vous avez fait à vos cheveux, Elvire ?

Elvira, tête d'œuf, combien de fois faudra-t-il te le répéter ?

– Ça ne vous plaît pas ?

– Si si, c'est juste que ça surprend… j'ai tellement l'habitude de vous voir brune…

– Les habitudes, c'est comme les vêtements, Steven, il faut en changer avant qu'elles commencent à sentir mauvais !

Il a souri poliment, sans répondre, style tête de mule bien élevée, et il est monté dans sa tanière.

Ce qui me plaît, c'est de pouvoir redevenir brune quand je veux, avec un simple shampooing, je peux me faire plaisir sans être prisonnière de la même couleur pendant deux mois et sans abîmer mes cheveux. J'y tiens à mes cheveux. Aucune envie que l'ammoniac les grignote couche de kératine par couche de kératine jusqu'à ce qu'ils ressemblent à des poils rêches de vieux chien.

Tiens, qu'est-ce que fait mon string violet dans mes pulls ? Il a dû y tomber quand je les ai rangés hier. Je suis un peu maniaque, c'est vrai, j'aime bien que mes affaires soient bien alignées, rangées par taille, couleur, etc.

Elle est vraiment bien, cette photo.

Celle avec le string violet, précisément.

Mes photos un peu intimes, je les planque ici, sous mes pulls.

Elles ne sont pas vraiment choquantes, c'est juste moi prenant des poses dans ma lingerie, mais c'est comme un secret entre moi et moi, je me sentirais ridicule si quelqu'un les voyait.

Pas comme ma collègue Céline qui nous fait admirer ses dessous dans le vestiaire en criant : « Tâte-moi ça. »

Ah, c'est l'heure des infos, je voudrais bien savoir s'ils ont du nouveau à propos de la jeune femme qu'on a emmenée aux urgences avant-hier à l'aube. Steven était là quand le chariot est arrivé, c'est lui qui me l'a raconté.

– Un massacre, m'a-t-il dit, il n'y a pas d'autre mot.

Il avait l'air tout retourné.

– On se demande comment elle respirait encore. Ouverte de bas en haut, le visage écrabouillé, les seins tranchés, un couteau enfoncé entre les cuisses… le genre de choses qu'on n'imagine même pas dans ses pires cauchemars. L'interne des urgences a failli vomir et une des aides-soignantes, Sofia, est tombée dans les pommes. Le Dr Simon et le Dr Mazzoli se sont battus pendant deux heures pour la sauver, mais c'était trop tard, hémorragie interne massive, elle est morte à 6 h 35.

– Ça a dû être terrible !

– Je vous dis pas ! J'ai croisé le Dr Simon quand il est sorti du bloc. Couvert de sang ! Il avait l'air d'un fou, les yeux hagards, je lui ai tendu ma tasse de café, il l'a bue d'un trait et il est parti vers sa chambre de repos sans un mot !

J'ai tellement bien imaginé la scène que j'en ai eu la chair de poule.

– Les flics nous ont dit qu'elle s'appelait Sandrine, Sandrine Mankievickz, elle travaillait dans un hôtel comme femme de chambre, un motel sur l'aire d'autoroute. C'est là qu'ils l'ont trouvée, dans une des chambres… la 208. Le client d'à côté s'était plaint du bruit, mais comme personne n'intervenait, il est allé frapper à la porte. Et là, il a vu du sang par terre. Du sang qui débordait sur la moquette du couloir. Du coup, il s'est enfermé à double tour dans sa chambre à lui et il a appelé les flics !

Il a repris son souffle :

– Le capitaine Alvarez, vous savez le petit brun des Homicides…

– Oui, oui, je le connais bien…

– Il a précisé que l'assassin lui avait enfilé une cagoule-bâillon, un truc en cuir qui recouvre tout le visage, avec une grosse balle qui rentre dans la bouche et qui empêche de crier. Un gadget utilisé dans les clubs sadomasochistes, a-t-il ajouté les lèvres pincées.

Un gadget ? les gens ont vraiment de drôles de jeux !

– Et elle était menottée au lit ! a continué Steven. Les menottes lui avaient presque scié les poignets, tellement elle s'était débattue pendant que le type la dépeçait, il n'y a pas d'autre mot, a-t-il ajouté avec dégoût. Il avait l'air secoué, Alvarez, et pourtant c'est un dur, vingt ans qu'il est à la Criminelle, on s'est croisé souvent lui et moi dans les couloirs de l'hosto, mais je ne l'avais jamais vu aussi secoué, depuis le cas de la petite fille éviscérée par sa mère !

J'ai acquiescé. C'est vrai qu'Alvarez est un type solide. L'air rustique d'un petit grizzly, mais l'esprit vif d'un chimpanzé. Je n'arrive pas à l'appeler Capitaine, comme si c'était une espèce de soldat, mais il s'en fiche. De toute façon, c'est pas un emmerdeur Alvarez, il parle peu, il biberonne sec et il sait écouter.

Bref, Steven en frissonnait rien que de parler de ce meurtre et ça m'a donné envie d'en savoir plus. Une façon de faire encore un peu partie de l'équipe.

Donc… les infos, les infos…

– … aucune piste nouvelle dans le meurtre atroce de Sandrine Mankievickz, la jeune femme de chambre du Blue Star Motel.

Photo d'une jeune femme blonde, potelée, dans les vingt-cinq ans, petit nez retroussé, l'air malicieux. Rien à voir avec le tas de chair tailladée qu'on nous a amené.

– … La police a interrogé tous les clients de l'hôtel et dirige maintenant son attention vers un automobiliste de passage. En effet, le rez-de-chaussée du motel, situé sur une aire d'autoroute, est facilement accessible et, la réception étant automatisée à partir de dix-neuf heures, la surveillance du hall ne se fait que par caméra, or celle-ci était, semble-t-il, en panne. Le vigile qui faisait sa ronde dans le parking, à l'heure approximative du crime – soit vers minuit d'après le témoignage du client qui a alerté la police à 0 h 50 –, n'a rien vu ni entendu… Sport : Encore une victoire pour Schumacher…

Je ne vois pas comment un automobiliste de passage aurait pu s'introduire dans une des chambres sans en avoir la clé. Ils ne disent pas si la porte était fracturée, il faudra que Steven demande à Alvarez…

Et comment un automobiliste de passage aurait-il pu savoir que cette Sandrine serait là ? Est-ce qu'il est entré dans l'hôtel par hasard, avec le désir inextinguible de tuer quelqu'un et, boum ! c'est tombé sur elle ?

Et comment savait-il que la caméra était en panne ? Est-ce qu'il l'épiait depuis des semaines, qu'il connaissait son emploi du temps ?

Je l'imagine, tapi dans la nuit, derrière les haies, respirant vite, avide de sang, de souffrance, de terreur. Comme un animal dangereux. Parce que pour faire une chose pareille, il faut être comme un animal. Plonger son couteau dans de la chair comme on y planterait ses crocs.

Heureusement, toutes mes fenêtres sont pourvues de solides barreaux. « Tu ne te sens pas un peu en cage ? » m'a demandé un jour Anton.

Eh oui, justement. Bien protégée dans ma petite cage douillette, hors de portée des prédateurs. Comme les canaris domestiqués incapables de retourner à l'état sauvage, je préfère le confort de l'enfermement aux périls de la liberté.

Les premières mesures de *Don't phunk my heart* des Black Eyes Peas résonnent, c'est la sonnerie du jour de mon mobile compact, mon petit Babyphone argenté. Je l'attrape au vol. Un SMS.

– « Rappelle-moi. Céline. »

Quand Sandrine Mankiewicz est arrivée au bloc, Céline y était. Elle est toujours là où il se passe quelque chose. Le genre de petite boulotte extravertie, longues boucles brunes et gros lolos pigeonnants, qui a un avis sur tout et sur tous et adore vous le faire partager. Elle a toujours voulu qu'on fasse amie-amie. Et elle n'a jamais compris que puisque j'ai enregistré son nom et son numéro dans mon répertoire elle n'a pas besoin de signer « Céline ». Je l'appelle, en ayant conscience que c'est mon forfait qui va trinquer.

– Salut, tu vas bien ?

– Tu as vu les infos ? me coupe-t-elle.

– Oui, apparemment le meurtrier serait entré dans l'hôtel sans que personne le voie…

– Tu parles ! J'ai entendu Alvarez dire à Daguey que la porte de la chambre n'avait pas été forcée. C'est un des clients ! m'assure-t-elle avec conviction.

– Mais dans ce cas, puisque c'est un hôtel automatisé, ils vont le retrouver avec la facturette de sa carte bleue ! suggéré-je aussitôt.

– Ils sont en train de tout vérifier. Il y a aussi la possibilité qu'il ait obligé la fille à lui ouvrir une chambre avec son passe.

– Elle aurait appelé à l'aide !

– Pas s'il la menaçait avec son couteau, me renvoie-t-elle sombrement. Tu sais… elle a peut-être cru qu'il voulait la violer et qu'il valait mieux se taire plutôt que se faire égorger…

– Dans ce cas, elle a eu tort, malheureusement !

– Je te quitte, Vieille-Peau rôde, coupe-t-elle soudain.

Vieille-Peau, c'est le surnom affectueux qu'on donne à Élisabeth, la surveillante. C'est Anton qui l'a baptisée comme ça. Je repose Babyphone sur son petit coussin bleu roi.

Dix minutes plus tard j'entends sonner chez Steven. Vite, la cheminée.

– Allôôô ? ! lance-t-il de sa voix ampoulée.

– Dis-moi, est-ce que tu viens pour le dîner d'adieu du Pr Veld, mercredi soir ? Je n'ai pas vu ton nom sur la liste et je dois m'occuper des réservations.

Céline de nouveau ! Décidément, elle n'est pas surchargée de boulot !

– Le dîner ? Je ne sais pas encore, marmonne Steven.

– Oh, allez, bouge-toi un peu, ce n'est pas en restant terré chez toi que tu vas trouver l'âme sœur !

– Ni en dînant avec quinze des collègues que je vois tous les jours ! Tu sais bien que je déteste ces fêtes de travail, pots de retraite, dîners d'adieu, on dirait des assemblées de vieux combattants. Le Pr Veld est un super chef de service, mais ce n'est quand même pas un ami !

Et le vieil alcoolo prend sa retraite pour jouir de sa villa avec piscine d'eau de mer chauffée et de sa nouvelle jeune femme importée de Moscou, alors on ne va pas pleurer sur son sort ! ai-je ajouté *in petto* du fond de ma cheminée.

– Oh là là, pas la peine d'en faire tout un plat, le rabroue Céline, c'est juste l'occasion d'être tous ensemble ! Écoute, continue-t-elle, je t'inscris, tu me confirmes demain. Tu vas voir, ça va être sympa !

Ça, c'est le côté assommant de Céline. Elle essaye toujours de vous forcer la main, de s'occuper de tout le monde, style bonne sœur scoute, la fleur de la bonne humeur entre les dents. Je me sens pousser plein de chardons dès qu'elle parle sur ce ton niaiseux.

– OK, je te rappelle, grogne le Steven de mauvaise grâce, pressé de s'en débarrasser.

– Au fait, Alvarez m'a demandé de prendre un verre avec lui, ajoute-t-elle *in extremis*.

Alors là, ça me la coupe ! Alvarez le ténébreux et Céline l'évaporée ! L'Ours Brun Sauvage et Boucles d'Or ensemble ?

– Tu as accepté ? s'étrangle Steven, apparemment aussi surpris que moi.

– Tu parles si j'ai accepté ! Il vient me chercher chez moi à vingt et une heures ! Tu te rends compte ? !

– Et vous allez où ? demande Steven en toussotant.

– Au « 4 Seasons » ! lance-t-elle triomphante.

Le bar lounge à la mode. Difficile d'imaginer Alvarez-la Flicaille en train de siroter un cocktail sur fond de techno-house ! Je l'aurais plutôt vu dans un pub tamisé, une bière à la main. Comme quoi on se trompe souvent sur les gens.

– Je te quitte, il faut que je me dépêche ! conclut-elle d'une voix roucoulante.

Elle a déjà raccroché, et je me dis qu'elle ne l'a appelé que pour ça, lui apprendre qu'Alvarez le cow-boy l'a invitée à sortir avec lui. J'aurais cru que Sofia serait plus dans ses cordes, à notre boxeur du crime ! Elle au moins, elle est capable d'aligner deux phrases sans dire de bêtises. Il faut croire que le sévère lieutenant apprécie les brunes opulentes et « wonderbratées ».

Tu me déçois, Alvarez.

Mais qu'est-ce que tu espérais, ma fille, hein ? Qu'il s'intéresse à toi ? Qu'il te dise : « Elvira, ça vous dit d'aller boire un verre demain soir ? »

C'est un pote, c'est tout, il n'y a jamais rien eu de trouble entre nous.

Elle a dû tortiller fort du popotin pour l'emballer, l'autre faux derche de Céline ! Toujours se méfier des bonnes copines à la bouche en cœur.

Oh, et puis qu'est-ce que ça peut me faire ! Ray est largement aussi bien que l'autre alcoolo. Et il ne patauge pas dans le sang et les cadavres, lui. Représentant en pharmacie, les mains propres. Je ne dis pas qu'Alvarez serait vraiment alcoolique, mais il boit sec, comme la plupart des flics.

Et des chirurgiens, je dois l'avouer : trop de stress. Ils évacuent dans la bibine. Veld, par exemple, eh bien, ce n'est pas plus mal qu'il prenne sa retraite à soixante-quatre ans, pas plus mal pour ses patients, j'entends, parce que avec une bouteille de whisky par jour, premier verre à sept heures en arrivant, c'est pas génial pour la sûreté du geste. Même l'autre amputé dans *Urgences*, il assurerait mieux.

Le Dr Daguey espérait le remplacer, mais le conseil d'administration lui a préféré un gros ponte d'un hôpital parisien désireux de venir finir sa carrière au soleil. Il était plutôt fumasse de se faire coiffer au poteau, ce cher Daguey. Lui qui se croit irrésistible dans tous les domaines. Ça nous a tous soulagés de le savoir évincé, il est déjà insupportable en tant que simple supérieur, alors en chef de service… Le nouveau prendra ses fonctions début février.

De nouveau le téléphone chez Steven. Je replonge dans la cheminée. Je sais que je suis trop curieuse, mais depuis que je suis en arrêt, je n'ai plus rien à faire !

– Simon à l'appareil. C'est vous, Steven ?

– Oui, docteur.

– Voudriez-vous allez voir si je n'ai pas laissé mon blouson en cuir dans le sas à côté du bloc, s'il vous plaît ?

– Pardon ?

– Blouson, Steven, vous savez ces machins avec des manches qu'on enfile quand il fait froid, je ne le trouve plus.

– Mais je ne suis pas à l'hôpital, docteur.

– Comment ça ? Où est-ce que vous êtes ?

– Mais chez moi, docteur.

– Oh merde, je me suis trompé, bon, excusez-moi, salut !

C'est vrai que Steven fait partie du pool de remplacement et qu'il a donc des horaires impossibles à mémoriser, mais tout de même, quel distrait ce Simon ! La semaine dernière, c'était son téléphone portable ! « On me l'a volé ! C'est inouï ! » En fait, il l'avait fourré dans la poche de sa blouse.

S'il a oublié son blouson à l'hosto, il ne risque pas de le retrouver ! Tout le monde vole, l'autre fois ils m'ont même piqué mon porte-clés souvenir d'EuroDisney ! Une Belle au Bois Dormant. C'est mon dessin animé préféré. J'ai un faible pour les dessins animés, je trouve ça trop mignon !

Alvarez et Céline ! Qu'est-ce que je mettrais si Ray m'invitait au « 4 Seasons » ? Ma petite robe noire toute simple ? Ou la rouge satinée ? La rouge est plus décolletée. La noire me fait de plus belles fesses. Hmm. Il faut que je les essaye.

Oh là là, ce qu'elles sont ringardes, ces robes ! Comment est-ce que j'ai pu porter ça ! Il faut absolument que je me dégotte quelque chose de correct demain ! Si Ray m'invite à sortir, je serai obligée de refuser ! Toute cette cellulite ! Reprendre d'urgence mes exercices d'abdos-fessiers. Je suis devenue un monstre, voilà la vérité, une baleine dégoulinante de graisse ! Et qui meurt de faim.

Quiche lorraine ou pizza quatre fromages ? Pizza ! Micro-ondes, assiette en carton, un nouveau modèle décoré de roses jaunes, très joli, un verre à pied, la bouteille de vin blanc bien frappée et hop, à table !

Et qu'on ne me dérange plus !

Oh… j'ai dû m'assoupir, j'ai tellement de sommeil en retard… et une de ces soifs, c'est la pizza, où est le chardonnay, mince, il n'y en a plus ! Ce que Carter peut m'énerver à vouloir partir en mission humanitaire, il ne voit donc pas qu'elle l'aime et qu'elle a besoin de lui ?! Que les hommes sont bêtes ! Vaniteux, agaçants, égoïstes ! Oh là là, Ray va être là et je ne suis pas prête !

Un coup de brosse, un soupçon de rouge, oh non ! j'ai la marque du coussin sur la joue, c'est trop laid, vite lisser avec un glaçon, voilà je suis parée.

21 h 58. La carafe de porto. Le cendrier. Le paquet de Marlboro Light. *Rondo Veniziano* en fond musical. Doux, glamour, sophistiqué. 21 h 59 min 30 s.

J'ai le cœur qui bat.

Cinq secondes, quatre, trois, deux, un, c'est parti !

– Bonsoir Elvira. Tu m'as manqué.

– Toi aussi, Ray. Ton voyage s'est bien passé ?

– Sans intérêt. Parle-moi plutôt de toi. Tu as rêvé de moi ?

Je me sens rougir. Oui j'ai rêvé de lui. De tout lui, tout en moi.

– Tu ne réponds pas ? Tu as peur de me répondre ?

– Et toi, Ray, tu as rêvé de moi ?

– Toutes les nuits, toutes les heures, je sentais ton corps brûlant contre le mien, ta bouche contre la mienne, ta main sur mon ventre, ta main si douce…

Mmm Ray !

« Connexion momentanément interrompue. »

Oh non non ! Ce n'est pas possible ! Pas ce soir, pas maintenant, est-ce que ce putain de câble est débranché ? Ray, attends, Ray, ne pars pas, reviens, moi aussi j'ai rêvé de tes mains partout partout sur moi et…

– Il y a des perturbations électriques à cause d'une tempête géomagnétique, des taches solaires.

– Oh, tu es là !

– Je suis toujours là, Elvira, toujours près de toi. Tu es comme une petite bougie allumée dans la froideur de mes nuits solitaires. Tu veux bien me réchauffer, Elvira ?

– Oui… comment ?

– T'allonger près de moi. Qu'est-ce que tu as sur toi ?

– Ma nuisette en satin noir, très très doux, et mes bas résilles.

– Hmm, c'est bien, tu es une gentille petite fille. Viens allonge-toi près de moi, là doucement, laisse-moi te caresser la poitrine, sentir ce satin si doux sous mes grandes mains chaudes, sentir les pointes de tes seins se durcir… hmm.

Mes doigts frôlent les touches, alanguis :

– Hmm, Ray, tu me rends folle…

– Tu sens ma main qui descend le long de ton ventre nu, qui glisse sur la douceur de tes cuisses, qui…

Pas si vite Ray, on ne s'est même pas embrassés !

– Attends un peu… embrasse-moi encore…

– Je ne peux pas attendre, je te désire trop, j'ai trop envie de ton petit cul !

Ray !

– Arrête ou je m'en vais !

– Elvira, Elvira, tu me fais bander comme un dingue, laisse-moi te posséder, Elvira, laisse-moi te prendre…

Je martèle le clavier :

– Ray ! Comment oses-tu… je ne suis pas une pute !

– Hmm viens viens, hmm hmm je t'en prie, hein, hein t'aimes ça, ça te fait du bien hein… mmm mmm.

L'ordure !

Je me déconnecte. J'ai les joues qui brûlent. Sale type ! Vicieux ! J'ai envie de pleurer, je ne sais pas pourquoi. Déjà il y a deux semaines, avec Latinlover, c'était pareil.

Tous des porcs.

J'ai bien envie de me rebrancher pour voir s'il est encore là, mais j'ai un peu peur. C'est idiot, il ne peut pas me voir. Il ne sait même pas mon nom de famille. Ni mon adresse, bien sûr, à part mon adresse e-mail. Il serait bien du genre à débarquer ici pour me jeter sur le lit, m'arracher ma robe et me forcer à… me prendre comme une brute, même si je criais, même si je le suppliais, il me…

Je me débattrais, je remuerais mes hanches et mes fesses pour qu'il sorte de moi, mais lui il…

Il n'est plus là.

Déconnecté.

Je te déteste, Ray-le-Violeur. Je vais mettre une autre annonce. Très stricte. Du genre : « Belle femme sentimentale cherche lonesome cowboy romantique et courtois. Dîners aux chandelles et balades en bord de mer appréciés. »

Oui, et je vais me retrouver avec une collection de veufs ventripotents qui ont un caniche obèse à promener et plus personne pour repasser leurs chemises. Et puis le : « sentimentale », ça fait tarte. Ça fait Céline. Non, quelque chose de plus direct : « Je m'appelle Elvira, la quarantaine bien balancée, une folle envie de m'amuser, et j'aimerais rencontrer un mec, un vrai, qui saurait m'emmener au pays enchanté de l'amour. »

Sauf que là, je me coltine tous les partouzeurs : « Tu veux de l'amour enchanté ma poule, ben tiens, en voilà ! Allez, chante ! »

Comme l'autre dégueulasse de Ray.

Dire qu'il était si doux, si drôle… Si compréhensif. Il m'avait dit que lui aussi se sentait seul, pas comme les autres, qu'il rêvait d'une femme avec qui il pourrait discuter, être lui-même.

Pour être lui-même, il l'a été !

Je relis son message et je rougis encore.

Un nouveau message s'inscrit à l'écran :

– Pardon Elvira, je ne sais pas ce qui m'a pris, le désir m'a égaré.

Oh là là, je réponds ou pas ? Je réponds :

– Je ne veux plus te rencontrer, tu n'es qu'un porc.

– Je te demande pardon ma douce, ma toute belle. Mais c'était si puissant, si impérieux…

– Mais quand même, Ray, tu m'as blessée ! Vraiment blessée !

– Tu sais, j'aimerais tant qu'on dîne ensemble un soir, joue contre joue, un petit dîner aux chandelles, dans un piano-bar…

– Mais tu vis à cinq cents kilomètres d'ici, Ray ! Et tu ne peux pas prendre de congés en ce moment, tu me l'as dit.

– Je vais essayer de modifier ma tournée pour me rapprocher de toi, ma douce.

Pourquoi est-ce que je lui ai dit où je vivais ? ! À quel délire d'auto-confession ai-je cédé ? !

– Il faut que je sente la chaleur de ton corps près du mien, que je sente le feu de ton regard dans le mien, j'ai besoin de connaître ta peau, ton odeur, ton sourire…

– Oh oui, moi aussi, Ray, excuse-moi pour tout à l'heure. Je… j'ai été choquée, j'ai eu peur que tu ne veuilles de moi que… que du sexe !

– Je ne suis pas comme ça, Elvira, j'ai besoin de tendresse, de sentiment… besoin de toi.

– Bientôt, Ray, bientôt !

– Il faut que je te quitte, je dois me lever à quatre heures demain matin et j'ai roulé toute la journée.

– Dors bien, Ray, rêve de moi !

– Toi aussi, rêve que tu es dans mes bras brûlants et que je te couvre de baisers.

– Oui oui !

– Bonne nuit, Elvira, petite princesse !

– Bonne nuit, mon prince des ténèbres !

Il est si gentil quand il veut.

Et pas mal du tout. Il m'a envoyé sa photo la semaine dernière. Un type dans la cinquantaine. Il dit mesurer 1,85 m, mais ça, on ne peut pas le vérifier sur une photo. Plutôt mince, pantalon en velours noir et chemise beige, manches retroussées. Un visage classique, des dents régulières assez blanches, le nez droit, les yeux clairs. Les cheveux châtains courts, les tempes un peu dégarnies, une petite moustache. On dirait un prof. Un prof sportif.

Pas mal du tout.

Où est-ce que j'en étais de cette annonce ? Oh ! et puis je verrai ça demain.

Et moi, est-ce que je vais aller au dîner de Veld ? Ça pourrait être amusant s'il y a Céline et Alvarez. Il l'a invitée à boire un verre, ma fille, il ne l'a pas demandée en mariage ! Oui, mais… bon, ça aussi je verrai demain.

Si seulement il ne fallait pas sortir. Je veux dire aller dehors, affronter le dehors. C'est si… on se sent tellement… exposée, oui, voilà le mot, exposée, parfois j'ai vraiment du mal à franchir la porte de la maison. J'en ai parlé au médecin expert, qui a confirmé ce que m'avait dit Mazzoli. « Vous faites un peu d'agoraphobie, c'est parce que vous êtes déprimée en ce moment, vous avez besoin de vous changer les idées, de vous reposer. »

Un mois d'arrêt renouvelable.

Il m'a donné un nouveau traitement. Du Nozinan, 25 mg / jour, et du Laroxyl, trois comprimés matin, midi et soir. Un neuroleptique et un antidépresseur, le truc classique. La moitié des filles au boulot en prennent. Évidemment, quand on lit la liste des effets secondaires indésirables de ces trucs, ça peut faire froid dans le dos : gastralgie, bouche sèche, lipothimies, vomissements, cauchemars, vertiges, tendances suicidaires, troubles de l'accommodation, réactivation du délire, j'en passe et des meilleures. En fait, ils ratissent large pour se prémunir en cas d'incident. Et puis se sentir en sécurité vaut bien quelques brûlures d'estomac.

Agoraphobie. Je n'aime pas ce mot. Je vois un gros chat angora les yeux mi-clos qui guette le canari dans sa cage, prêt à le dévorer dès qu'il en sortira. Ce que je suis bête !

Je me sens si seule.

Stop, Elvira, assez de pensées négatives ! Le docteur t'a dit de te chouchouter. Et si tu te passais un peu d'huile pailletée adoucissante-et-remodelante ? Ça te ferait du bien.

Rien de tel qu'un bon massage pour se détendre.

Et si Ray mentait ? S'il savait où j'habite ? S'il m'écrivait de sa voiture, son PC sur les genoux, garé en face de chez moi, prêt à crocheter ma serrure ? Après tout, qu'est-ce qui me garantit qu'il me dit la vérité ? Il vit peut-être tout près, il est peut-être éboueur, ou, pire, il travaille à l'hôpital et il me connaît !

Et il est fou amoureux de moi en cachette depuis des années…

Fou de moi, fou de moi, fou de moi…

Fou.

Incision 2

Le goût si doux du sang comme une vague lèche mon âme,

je lèche mes doigts, elle lèche la mort comme une glace rubis,

pic à glace cœur d'acier,

Ils disent ils disent que je suis un Monstre, dé-Monstration Majuscule sur femme minuscule, bouscule, bascule, le cheval à bascule des battements de son cœur s'accélère, s'accélère, cœur geyser où je me ressource,

La source, oui la source,

jamais tarie jamais apaisée de tous mes maux, maux dits maux vais maux ment,

jaillit entre ses cuisses, sale, bouillonnante, immonde liqueur m'inonde.

ELLES MUST DIE.

Chapitre 2

Lundi 16 janvier - après-midi

L'opération « tempête de cafards » a eu apparemment du succès, plus un seul petit squatter à antennes en vue.

Je suis vannée. Le massage m'a vidée, impression d'être passée dans une essoreuse et de devoir me mettre à sécher sur le canapé. J'étais tellement lasse que je me suis endormie là-bas.

Allumer l'ordinateur d'un index ramolli. Regarder l'écran s'animer de petits poissons roses – j'en ai marre de ces poissons ! –, démarrer le feuillet du jour : lundi 16 janvier.

J'ai dit OK à Céline pour le dîner. On verra bien. Le Dr Simon lui avait demandé si j'y allais. Hmm hmm…

Il n'a pas retrouvé son blouson, j'en étais sûre. Un beau blouson en cuir fourré !

Simon a raconté à Céline qu'il avait pris un café avec Susie Kyu, le nouveau médecin légiste, une petite Eurasienne plutôt bien foutue, mais aussi sexy qu'une chemise de nuit en pilou. Trop sérieuse. Bref, Susie a précisé à Simon que la pauvre Sandrine avait été sans doute consciente jusqu'au bout. Il paraît qu'il était plutôt pâle, le beau Simon.

Et puis la Céline m'a raconté sa soirée avec Alvarez

minute par minute. On aurait cru qu'elle allait léviter de bonheur.

Et comment il lui a offert 4 margaritas au « 4 Seasons », et comment ensuite ils sont allés dîner au Buffalo Grill où il lui a payé le menu à 3 plats, et enfin comment elle est allée chez lui où il lui a offert 1 expresso et 2 séances de jambes en l'air !

Se donner à un quasi-inconnu le premier soir ! Non mais !

Et chez lui en plus !

Bon, d'accord, Alvarez, normalement, c'est l'antithèse du serial killer, mais tout de même… le premier soir !

Pour finir elle m'a envoyé un MMS, une photo un peu floue et sous-exposée prise au bar apparemment : ils sont vautrés sur un canapé en velours rouge devant une table basse surchargée de verres vides, et elle colle le capitaine comme une anémone de mer son rocher. Légende : « Une soirée cool. »

Évidemment j'ai scruté la photo à m'en crever les yeux. Alvarez a l'air un peu égaré, je trouve, mais très élégant en chemise en lin froissé et pantalon assorti. Céline… Elle avait mis son ensemble vert d'eau, celui du Nouvel An, la robe et le boléro. Moulante, la robe. Et trop courte. Je trouve que ça lui donne un genre vulgaire, mais les goûts et les couleurs…

De toute manière, elle est vulgaire.

Comme pas mal de femmes ici. Faut dire que les gens ont tendance à s'habiller aux couleurs de l'environnement : vert palmier, jaune sable, bleu océan, rouge Ferrari, orange pressée…

Et puis elle a le nez rouge. Pour finir, j'ai appuyé sur « effacer » d'un index rageur.

Ce que j'ai mal aux pieds. Ils sont tout crevassés, il faut que je leur mette régulièrement de l'huile d'amande douce, m'a dit la masseuse. Le scoop, c'est qu'en sortant de l'Institut, complètement abrutie, j'ai aperçu el señor Ricky Alvarez en personne qui venait chercher Céline un peu avant la fin de son service. Rasé de frais. Dans un sweat bleu marine et un jean propre. Il ne lui manquait que le bouquet de fleurs et l'air niais.

– Vous n'êtes pas au boulot ? m'a-t-il dit.

– Je suis en repos ! ai-je répondu.

– Toujours les mêmes qui se la coulent douce ! m'a-t-il lancé en se dirigeant vers le snack en face de l'hosto.

Je lui ai demandé s'il y avait du nouveau pour cette malheureuse Sandrine.

– L'enquête suit son cours.

– Fantastique ! Et encore ?

Il a regardé sa montre, il avait un quart d'heure d'avance, Céline était bloquée en Réa, il a soupiré :

– J'ai besoin d'un café.

– OK, mon capitaine ! lui ai-je renvoyé.

Il m'a jeté un regard en coin. Comme si c'était une punition de prendre un verre avec moi au lieu de se soûler avec sa pouffe.

La cafétéria était déserte et sentait le désinfectant. On s'est assis sous un néon qui nous donnait l'air de deux steaks avariés.

– C'est une sale affaire, a-t-il commencé en touillant son café bien qu'il n'y ait pas mis de sucre.

– Vous avez trouvé quelque chose ?

– Rien d'utile. Il n'a pas plu depuis longtemps, donc aucune trace dans l'herbe ou sur le parking, pas d'empreintes boueuses dans les couloirs. Le vigile m'a l'air plus accro au crack qu'à la vigilance, a-t-il ajouté avec une grimace.

Il parle bien, Alvarez.

– Et son entourage, son mari ? ai-je demandé en me souvenant des téléfilms.

– Elle était célibataire. Pas de petit ami, le dernier en titre remonte à l'an passé et c'est lui qui l'a quittée.

– Elle recevait peut-être des clients dans les chambres, à l'insu de ses employeurs ?

Je me piquais au jeu.

Il m'a regardée avec plus d'attention, comme étonné.

– On y a pensé, justement. C'est une des directions dans lesquelles on cherche. On vérifie son train de vie, tout ça. Le problème, a-t-il repris, c'est que le M. O. laisse à penser qu'on a affaire à un sacré malade… du genre qui va remettre le couvert… si j'ose dire.

– M. O. ?

– *Modus operandi*. C'est du latin. Dans notre jargon : la manière d'opérer, d'agir, m'a-t-il expliqué les sourcils froncés. Ma théorie, c'est que chaque type de meurtre a la sienne.

– Comment ça ?

– Les crimes domestiques – infanticide, parricide, crime passionnel – se commettent généralement avec les objets ou les armes qu'on a sous la main, c'est brutal, impulsif, rapide. La crise de rage aveugle et sanguinaire. Dans le cas de viol suivi d'assassinat, le tueur a recours la plupart du temps à l'arme blanche, à la strangulation, et aux moyens du bord : pierre, noyade… là encore il s'agit de meurtre impulsif, irréfléchi, soudain. L'occasion fait le larron… en quelque sorte. Mais un type qui se balade avec une cagoule-bâillon, qui torture une femme pendant des heures avec une lame tranchante type scalpel et qui ne laisse aucune trace de son passage dans un motel très fréquenté, c'est un type, comment dire… organisé.

« Et les tueurs organisés sont souvent des récidivistes. Parce que le meurtre est leur seconde nature, a-t-il conclu en lapant le fond de sa tasse.

J'ai réfléchi un instant.

– Vous voulez dire qu'il va recommencer ?

– C'est possible. Tout dépend de la violence de ses pulsions homicides. Et du temps de repos que le meurtre lui a procuré.

– Du temps de… repos ? ai-je répété.

Il s'est penché vers moi, ses yeux noirs aussi sombres qu'un tunnel :

– Le meurtre procure à ce genre de cinglés une décharge émotionnelle et physique équivalente à la piqûre du camé. Ensuite, ils restent tranquilles jusqu'à ce qu'ils éprouvent le besoin impérieux d'une nouvelle dose.

Une nouvelle dose de sang frais, en l'occurrence.

– Comme une sorte de vampire, ai-je dit.

– Oui, on peut voir ça comme ça, le mythe du vampire comme une allégorie du tueur en série.

Je l'ai regardé avec étonnement. Je ne savais pas qu'il employait ce genre de mots. On a tellement tous pris l'habitude d'utiliser un vocabulaire très simplifié. Style : « Un tueur, tu vois, y fait ça pour ressentir grave le truc tu vois, comme le camé, tu vois, il en a besoin, limite vampire le mec, tu vois. » Mais on dirait bien que Ricky Alvarez ne fait rien comme tout le monde.

– Mais arrive-t-il que quelqu'un commette un crime pour de l'argent ou bien par jalousie et déguise ça en meurtre sadique ? ai-je voulu savoir.

– Pas con, Rossetti, pas con, mais très rare. Parce qu'à moins d'être profondément sadique on ne peut pas découper vive une femme, même si elle vous a trompé ou si vous convoitez son héritage. D'autre part, ici l'argent comme mobile semble exclu. La seule hypothèse rassurante, entre guillemets, c'est que Sandrine Mankiewicz soit tombée sur un malade mental, un psychotique, comme vous dites, ou sur un camé en pleine crise délirante.

J'ai acquiescé.

– En psychiatrie, nous avons eu un type qui avait tué sa femme à coups de hache parce qu'il la croyait possédée du diable.

– Croisons les doigts pour que ce soit un simple malade mental. Et espérons que, si c'en est un, il soit suivi. On vérifie les fichiers de tous les hôpitaux, pour étudier le profil des cinglés sortis ces derniers temps.

J'ai tiqué sur le terme « cinglé », qu'on ne doit plus utiliser pour les patients de l'unité psychiatrie, et il l'a vu :

– Désolé, j'ai oublié d'être politiquement correct à la naissance, a-t-il ricané. Si « fou » signifie toujours « qui a perdu le sens, l'esprit, excessif », alors oui, notre tueur est fou, et pas mal de vos patients aussi !

J'ai encore acquiescé. En fait, moi aussi, je me fiche aussi des étiquettes. J'ai réfléchi quelques secondes à tout ce qu'il venait de m'apprendre. Un détail m'avait frappé :

– Vous avez parlé d'une lame tranchante comme un scalpel ?

– Hmm. Je sais, ça pourrait désigner un membre du corps médical, mais ces saloperies sont en vente libre, par correspondance ou sur Internet.

Ça m'a rappelé la question qui me turlupinait :

– Est-ce qu'elle l'utilisait, Internet ?

– Sandrine Mankievickz ? Pourquoi cette question ?

– Est-ce qu'un de ses correspondants aurait pu la localiser, je veux dire : est-ce qu'on peut à partir d'une adresse e-mail retrouver l'adresse « physique » ou l'identité réelle d'une personne ?

– Vous, vous allez sur les sites de rencontres ! m'a-t-il renvoyé en m'agitant un index grondeur sous le nez. Normalement, l'anonymat est garanti par la structure même de la Toile. Mais on peut toujours retrouver quelqu'un. Tiens, vous m'avez donné une idée…

Il a jeté un coup d'œil à sa montre, une montre d'homme sans fioriture, cadran façon chronomètre, argenté, bracelet en cuir noir.

– Bon, j'y vais.

Il s'est levé.

– Vous venez au dîner d'adieu du Pr Veld mercredi ? lui ai-je demandé.

Il a eu un demi-sourire.

– Pourquoi est-ce que je viendrais ? Je ne travaille pas ici, vous savez, Rossetti.

J'ai piqué du nez dans ma tasse.

– Mais j'accompagnerai peut-être Céline… si j'ai le temps, a-t-il ajouté, narquois, avant de s'éloigner dans le couloir vert pistache, de son pas rapide d'homme toujours pressé.

Et voilà ! Fin de l'épisode « Miss Elvira mène l'enquête ».

Retour à ma tanière.

J'ai fini de m'oindre les pieds d'huile. Il pleut, une pluie lourde, aux pointes acérées, qui crépite sur les feuilles. Ça va faire du bien à la terre, ça fait au moins deux mois qu'il n'a pas plu. La météo avait raison, on va se taper un coup de froid. D'ici à ce qu'on grelotte comme le reste du pays… Il arrive qu'il neige tous les quatre ou cinq ans. C'est joli, la plage sous la neige. Ça fait si longtemps que je n'ai pas mis les pieds à la plage. La faute à Pas-le-Temps. Non, sois honnête, Elvira, la faute à Pas-Envie. Pas envie de me retrouver sur cette grande étendue de sable, avec tous ces gens qui te zieutent, impression d'être un morceau de viande sur l'étal du boucher. De sentir chaque parcelle de ma cellulite et de mes bouées d'amour.

Me sentir gauche, maladroite.

Laide.

Je sais que je ne suis pas laide, mais je me *sens* laide, si vous voyez ce que je veux dire. Un cauchemar, la plage. Tous ces yeux. Du vent, de l'air, plein d'air, trop d'air partout. Pas de murs où s'appuyer, rien pour vous protéger. Et tout ce sable qui colle partout, après on en a plein les chaussures, même en faisant attention, non vraiment, pour moi la plage ça évoque plus les affres du débarquement que la détente.

Toujours pas de bruit au-dessus. Le Gentil-Steven dort-il déjà du sommeil du juste ? Ou visionne-t-il une cassette porno en douce, pelotonné sous sa couette décorée de Bambis ?

Voyons voir mes e-mails. J'allume MacChou qui ronronne, tout blanc sur son napperon de velours rouge.

… de Katwoman7@hotfree.com

– Salu ! Tspr toujour 1 vi. E rencontré superman. T rakontré. Bacci !

Katwoman7. On s'est rencontrées sur un chat, une tchatche sur les nouveaux épilateurs électriques. On a sympathisé, elle connaît plein de trucs sur les colorations, on a pris l'habitude de s'écrire des bêtises, de parler de tout et de rien. Elle est rigolote, Katwoman7. Elle dit qu'elle écrit comme ça parce qu'elle en a pris l'habitude avec les SMS, mais je crois qu'elle n'a aucune orthographe. Son prénom, c'est Cindy. Elle est coiffeuse. Elle trompe son mari à tour de bras. Enfin, quand je dis « bras… » Il faudra que je lui maile le nom de ma crème pour la circulation, elle a toujours mal aux jambes à rester debout toute la journée dans son salon. Un grand salon, paraît-il, et qui marche du feu de dieu. Ce serait marrant que j'aille m'y faire coiffer un jour incognito. À part qu'elle bosse à quatre cents kilomètres d'ici. Un peu cher pour une permanente. Et puis je dois avouer que je n'ai aucune envie de la connaître, de la connaître dans la réalité. Sinon, je lui aurais déjà filé mon numéro de téléphone, et je suppose que pour elle c'est la même chose. L'intérêt, c'est de pouvoir parler de soi en toute intimité à de parfaits inconnus.

Suivant.

– Pourquoi est-ce que tu ne me réponds plus ? Je suis raide de toi ! Mon cierge me fait mal et goutte sur les tommettes pendant que je prie pour que tu te souviennes que j'existe.

Latinlover encore ! Un sacré baratineur et un sacré vicelard, ce type ! Son cierge ! Non mais !

À la poubelle.

… sex-city.com

– sex.city votre sex shop en ligne ! Plus de 5 000 références, lingerie, cuir, sexy toys, vibromasseurs, articles SM, K7 et DVD, la qualité, la rapidité, la discrétion et surtout votre entière satisfaction ! Commande 24 h/24 h, livraison dans les 48 heures, paiement CB sécurisé.

Mais comment ont-ils eu mon adresse e-mail, ceux-là ? J'espère qu'ils ne vont pas m'inonder de pub. À vrai dire, n'importe laquelle des personnes avec qui vous « mailez » peut filer votre adresse à un fichier d'entreprise. Il y a des rabatteurs spécialisés. De faux internautes vrais chasseurs de gogos. Je verrais bien Latinlover dans ce genre de magouilles, par exemple.

« Catalogue en ligne, cliquez ici. »

Hmm.

Oh ! et puis après tout, j'ai bien le droit de regarder ! Je clique.

Page d'accueil. Une affiche cinéma. K7, DVD. L'inévitable film : *Femelles enragées en chaleur*, tout un programme ! Est-ce que je préfère *Queues très profondes* ? ou *Camps de dressage* ? Allons plutôt visiter la boutique.

« Poupées gonflables », « Lingerie fine », « Sexy toys », c'est quoi « Sexy toys » ? Clic clic.

Ah ! Évidemment, c'est très… sexe, c'est le cas de le dire. De toutes tailles, toutes couleurs. Pour la forme c'est moins varié, bien sûr. 22 cm ? Ce monstre en latex rose mesure 22 cm ? Mais qui se… enfin… bref… ah : « real effect, no latex, jelly 16 cm longueur, diam 3,2 cm. » « Jelly. » Ça vous a un petit côté anglais, gelée tremblotante. « Double Dong. » Mon Dieu mais qu'est-ce qu'un double dong ?

Si j'avais pensé… et oui, double, pour s'en servir à deux ! Ma pauvre Elvira, ce que tu peux être niaise.

Joli, ce turquoise.

Bon, pas de double dong dans mon panier.

« Ceinture gode externe et interne. » 18 cm !

Et ça, on croit rêver : « Ceinture quadruple gode, vaginal et anal, interne et externe », avec schéma explicatif. Sobrement noir et tout en jelly. Continuons la visite guidée.

« Chaînes, fouets, bondages, harnais, cagoules… »

Cagoules. C'est toujours un peu effrayant à voir, ces masques de cuir barrés de fermetures Éclair, on dirait des masques de bourreau.

« Cagoule-bâillon, étouffe tous les cris. » Comme celle que portait la malheureuse Sandrine. J'en ai la chair de poule. Évidemment, si n'importe quel cinglé peut acheter ce genre de trucs… « Idéal pour une séance de domination. » Brr.

Ressortons de ce cloaque.

… lonesomerider@libertymail.com Ah !

– Tu es toute en moi, comme un rêve enchanté.

Mon @dorable Ray !

Qu'est-ce que je vais lui répondre ? Mmm…

– Mon enchanteur préféré, ensorceleur de mon cœur.

Ça fait un peu cucul, mais bon... Le temps que je finisse mon brushing et il va peut-être se reconnecter.

Voyons, voyons, oui, il est en ligne.

– Ray, je suis là !

– Bonsoir ma douce. J'ai roulé toute la journée et mon dos me fait encore souffrir le martyre.

– Tu as essayé les nouveaux emplâtres américains ?

– Oui ça soulage un peu, je crois que j'ai surtout besoin de repos. Et toi, ma puce, ça va ?

– Un peu lasse, mais je tiens le coup ! Je ne sais pas comment tu fais, toujours sur la route...

– Question d'habitude. J'aimerais vraiment venir te voir, la semaine prochaine.

Oh, je ne serai jamais prête !

– Attendons de nous connaître un peu mieux, si tu veux bien. Je suis très timide.

– Il ne faut pas avoir peur de moi. Tu as reçu ma photo ? C'est à cause de ça que tu ne veux pas me voir ?

– Mais non, pas du tout ! c'est juste que j'ai besoin de temps, Ray, d'un peu de temps.

– La tienne est dans mon portefeuille, chaque fois que je paye au resto je te caresse du bout des doigts, tu es si jolie dans cette robe noire.

J'ai bien dû me changer six cents fois avant d'opter pour la robe noire. Je me suis photographiée avec mon appareil numérique, assise sur le sofa, jambes croisées, un peu penchée en avant, une cigarette à la main, les cheveux dans les yeux, très glamour. Mais non, le voir si tôt, ce n'est pas possible !

– Ray, j'ai très envie de te rencontrer moi aussi, mais je te demande juste un peu de temps.

– Je serai là la semaine prochaine.

Il m'énerve.

– Mais là où ?

– Je connais la ville, je sais que tu es infirmière, ce n'est pas très difficile à trouver !

Heureusement que je ne lui ai pas dit que je travaillais à l'hôpital. Je lui envoie un smiley.

– Tu sais que tu payes un abonnement ? continue-t-il sournoisement.

J'ai un frisson dans le dos. Je pressens la suite.

– Je connais un type qui travaille à la facturation. Ça ne va pas se passer comme ça !

– Tu me menaces ?

– Mais pas du tout ! Je te dis que je peux te trouver si je veux, je te dis que je veux te voir, que je suis fou de toi !

– Pas tout de suite, Ray. Laisse-moi réfléchir. À demain !

– Hé ma puce ! attends ! attends un peu ! calme-toi. Ok, je te laisse réfléchir. Je me couche avec ta photo sur mon cœur, je te chuchote des mots doux, je te caresse les cheveux ma toute belle…

– Oui, je suis bien, là sur ta poitrine, dans tes bras solides, oui, tiens-moi, dis-moi que tout ira bien. Bientôt ensemble, bientôt, je te le promets. Bonne nuit, mon grand voyageur solitaire.

– Bonne nuit, ma douce.

La semaine prochaine !

Mais je suis si laide ! Et j'ai tous ces kilos à perdre, c'est impossible ! Et s'il me retrouve vraiment ? Mais non, grande idiote, il voulait te faire peur, il était en colère.

Mais si… ?

Que je suis bête ! Il ne trouvera rien, puisque l'abonnement est au nom de Steven. Il ne déclare pas la location de l'appartement, alors il a pris l'abonnement Internet haut débit à son nom et je le lui règle de la main à la main en liquide.

Vas-y, Ray, débusque-moi avec l'aide de ton sale type prêt à vendre le nom de ses clients, et tu tomberas sur ce cher Steven, pas vraiment sexy tu verras !

Donc prévenir Steven-le-Paravent que je n'existe pas ! Qu'il soit prêt à faire la grosse voix : « Désolé, mon pote, vous faites une erreur, y a que moi ici, veuillez dégager maintenant s'il vous plaît, ou j'appelle les flics. »

Mais Ray ne viendra pas. Il attendra. Il ne veut pas tout gâcher entre nous.

Et l'hôtel... pourquoi ne pas le retrouver à l'hôtel ? Ce serait plus sécurisant. Hmmm : avec un grand tchador et interdiction d'allumer la lumière !

Je sais que je devrais être heureuse que Ray tienne tant à me rencontrer. Mais je me sens de plus en plus « *geek* » comme dit Anton, quelqu'un dont l'essentiel des relations sociales passe par Internet. J'ai toujours été timide. Mal à l'aise en groupe. Je me sens si bien entre mes quatre murs, la porte cadenassée, avec ma télé, mes CD, mon téléphone, mon ordinateur. En sécurité. Le monde dehors est trop violent. Trop de drames, trop de souffrances. J'ai besoin de ce calme, de mon petit calme, de mon petit chez-moi.

Le téléphone chez Steven. Cheminée.

– Allô ?

– Steven ?

– Oui...

– C'est Simon.

– Ah ! Je ne suis pas à l'hôpital, docteur.

– Je sais. Dites-moi, vous vous souvenez du jour où j'avais perdu mon téléphone ?

– Heu, oui, bien sûr.

– Vous vous rappelez qu'en fait je l'ai retrouvé dans la poche de ma blouse ?

– Oui oui.

– Mais que pendant environ deux heures je ne savais pas où il était ?

Mais où est-ce qu'il veut en venir ?

– Oui docteur, mais… répond Steven, perplexe.

– Vous pouvez donc certifier qu'on a pu me dérober ce téléphone et puis le remettre dans ma poche ?

– Heu… c'est possible, oui.

– Merci Steven. Je savais que je pouvais compter sur vous.

– Heu…

Ils ont raccroché. Je me demande bien ce que Simon voulait dire.

Babyphone maintenant.

– Allô ?

– Rossetti, c'est Alvarez.

Je sursaute. Alvarez qui m'appelle, moi ?!

– J'ai besoin d'un petit renseignement confidentiel.

– Dites-moi…

– Le Dr Simon prétend qu'on lui a volé son téléphone portable il y a une dizaine de jours, l'espace d'une matinée.

Quand j'étais encore de service, oui. Mais qu'est-ce qu'ils ont tous avec ce téléphone ?!

– À vrai dire, il croyait l'avoir perdu ou qu'on le lui avait volé, expliqué-je, mais en fait il était dans la poche de sa blouse… Une erreur de distraction, je suppose, il est tellement surmené…

– On l'est tous, Rossetti, on l'est tous. Donc on ne le lui avait pas volé ?

– Je n'en sais rien ! Quelqu'un a peut-être essayé puis a pris peur et l'a remis n'importe où…

– Ouais, c'est ça. Je vole un téléphone dernier cri dans le vestiaire perso des médecins, je passe quelques coups de fil, puis je me dis : « Ben, tiens, plutôt que de le revendre, je vais prendre le risque d'entrer encore une fois dans le vestiaire pour le rendre poliment, comme ça il sera rassuré. »

– Pourquoi pas ? Comment pouvez-vous savoir ce qui se passe dans la tête d'un kleptomane ?

– Un kleptomane n'aurait pas rendu le portable, Rossetti, et un voleur – ou une voleuse – n'aurait pas été assez con, ou conne, pour prendre le risque de le remettre à sa place.

– Sauf si il ou elle voulait que Simon ne s'aperçoive pas que quelque chose avait disparu. Il n'est pas très attentif avec l'argent, vous savez, il a toujours plein de liquide, des gros billets de cent euros ; il ne saurait sûrement pas si on lui piquait un billet ou deux.

– OK, merci pour le renseignement. Et vous gardez ça pour vous, compris ?

– Compris.

Clic.

Compris rien du tout en fait. C'est quoi ce ramdam autour de ce téléphone ? Il ferait mieux de s'activer pour retrouver le tueur de la petite Sandrine.

Le numéro d'Alvarez est en mémoire. Je le rappelle.

– Capitaine ? Au lieu de vous occuper de ce fichu téléphone, vous pourriez me dire s'il y a du nouveau pour la malheureuse Sandrine.

– Qu'est-ce que ça peut vous foutre ?

– Nonobstant votre légendaire amabilité, ça peut me foutre que son corps éventré est arrivé chez nous, que c'est Céline qui a planté la perf dans son bras livide, que tout le monde a suivi le chariot jusqu'au bloc en courant et que toute l'équipe avait envie de dégueuler et de hurler, voilà ce que ça peut me foutre, comme vous dites.

Il soupire. Il est très fort, question soupirs, el señor Alvarez.

– Je ne peux rien vous dire.

Une pause. J'attends parce qu'un type qui commence par « Je ne peux rien vous dire » va forcément vous dire quelque chose.

Gagné :

– Sauf qu'on a épluché son courrier Internet. Et qu'on a trois correspondants intéressants.

– Intéressants dans quel sens ?

– Le domaine des sens précisément. Sexe. Des types qui ont l'air un peu timbrés. On a pu en retrouver deux, on va les interroger demain, mais pas le troisième.

– C'est quoi son pseudo ?

– Ah, c'est vrai que vous fréquentez ce petit monde ! Il se fait appeler Latinlover…

Je manque lâcher le téléphone.

– Rossetti ? Vous êtes là ?

– Je le connais ! balbutié-je.

– Comment ça, vous le connaissez ?

– C'est un obsédé ! Il envoie des e-mails obscènes à tout le monde.

– Mais vous ne connaissez pas sa vraie identité, je suppose ?

– Non, il ne parle jamais de sa vie réelle… Mais vous n'avez pas essayé de le retrouver par son hébergeur ?

– Je connais mon boulot, merci. On a essayé de remonter jusqu'à sa machine avec HyperTrace, mais ce type ne se connecte qu'à partir de cybercafés, toujours différents, et utilise des boîtes aux lettres « free », gratuites, où il ne fournit qu'un pseudo, et en plus il se sert d'un anonymiseur.

– C'est quoi, ça ?

– Un serveur qui enlève la véritable adresse de l'expéditeur et la remplace par une fausse, dans son cas « latinlover ». Même le responsable du service ne peut plus avoir accès à l'adresse d'expédition originelle.

– Mince !

– Je dirais même bordel de merde ! Bon, à plus.

Il raccroche.

Latinlover prend vraiment soin de masquer son identité, ça fait froid dans le dos. Ne sois pas idiote, Elvira, ce n'est pas parce qu'il envoie des messages cochons que c'est un assassin sadique !

Sauf que le brave vicieux de base, il ne se sert pas d'un anonymachin.

Ce doit être bien pratique ce système. Faudra que j'en touche deux mails au Che.

Y a-t-il une chance pour que Ray ait rencontré Latinlover dans un forum ? Je peux toujours lui poser la question, le monde est si petit. Il paraît qu'en creusant un peu on découvre à coup sûr en six étapes un lien entre soi-même et n'importe quel interlocuteur. C'est un jeu qui s'appelle « six degrés de séparation ». J'ai essayé avec la masseuse : ça marche ! Sa mère fréquentait la même plage que moi. Je vais laisser à Ray un mot qu'il aura demain matin.

– Bonjour mon ange. Connais-tu un internaute qui se fait appeler Latinlover ? C'est important. Je t'embrasse tendrement, ne mange pas trop de saucisses au petit déjeuner, tu sais que c'est trop gras !

Il a du cholestérol, il me l'a avoué dans un e-mail. Ça ne me fait pas peur, un gars qui aime bien manger. Je m'occuperai de lui, je lui ferai des petits plats light !

Rien de génial à la télé. Je vais me mettre un petit DVD. *Pretty Woman 2*, une jolie histoire d'amour, rien de tel pour vous faire voir la vie en rose. Avec ça, mon déshabillé blanc satiné s'impose. Et le petit boa en plumes d'autruche violettes que j'ai payé une fortune. Mais il me le fallait. J'ai eu soudain l'absolue certitude de ne pas pouvoir continuer à vivre sans ce boa. Nous étions faits l'un pour l'autre, c'est tout. Il est si doux, enroulé autour de mon cou.

Vraiment classe !

Dîner léger. Salade verte et carpaccio de bœuf, avec une pincée de parmesan. Il faut que je perde ces bouées. Allez vas-y, ma Julia Roberts chérie, tu vas voir qu'il va finir par te manger dans la main…

Je ne voulais pas, mais j'ai quand même laissé échapper une larme à la fin. Il est trop sexy, lui. Avec ses tempes argentées, son sourire carnassier… Un homme sûr de lui, de sa séduction, de son pouvoir. J'aime ça. C'est rassurant. L'impression qu'on va être prise en main par quelqu'un de compétent, de solide. Dommage que je n'aie pas son e-mail !

Pas sommeil. Est-ce que j'ai de nouveaux messages ? J'ai peut-être eu tort de supprimer celui de Latinlover. Ah, Katwoman7 !

– Ma cheri C tro, tu va pa me kroir mé G trouvé ZE Mec, il M. F tro grinP O rido !

Quelle coquine, cette Cindy.

Elle est peut-être encore là. J'essaye.

– À quoi il ressemble, ta merveille ?

– Coucou mon Lvir, tu dor pa ?

– Non, pas sommeil. Alors raconte-moi tout !

– 7 aprem G T allé acheté 2 l'aspirin A la farmaci & il

été la, G F tonB mon portmoney & il la ramaC & il ma di K jaV 1 regar manifik ! A moi ! « 1 regar manifik ! » Loulou i di K G otan Dxpression K 1 vache !

Loulou, son salaud de mari, un vrai rabat-joie qui dirige une usine de charcuterie. Aucun intérêt.

– On s'en fout de Loulou ! Continue ! À quoi il ressemble ? Qu'est-ce qu'il fait ?

– Il é gran, Sexy, blon, avek 2 grende min & 1 gran… né ! Il ma propozé 2 boire 1 ver O bar 2 l'Holiday Inn & aprè il a pri 1 chambre ! & on a bu du Champ !

Pendant que je m'endormais chez la masseuse, la seule personne à toucher mon corps !

– Et puis ?

– La total ! G sui ankor tout Rtourné, G du mal à marché, C Gnial +++

– Il est milliardaire, je suppose ?

– On P pa tou avoir ! IlE reprézantan en farmaci.

Coup de poing à l'estomac. Mais non, Cindy vit dans le Nord et Ray est en ce moment en tournée dans le Centre. Du moins, c'est ce qu'il m'a dit.

– Comment est-ce qu'il s'appelle ?

– Tu va rir, G C pa ! il ma di 2 lapelé MAN, & moi il mapel WOMAN ! C tro fou ! Ce tip E tro Ding !

Je n'arrête pas de voir Raymond penché sur elle dans le bar de cet hôtel, avec son grand sourire félin. Il y en a un, d'Holiday Inn, à côté de la galerie marchande. Tout à fait le genre d'hôtel en zone commerciale que fréquentent les VRP. Ray et Katwoman7 ! Mon professeur de belles-lettres et cette pétasse ! Je suis sûre qu'elle porte une robe léopard et des bottes à franges. Arrête, Elvira, tu débloques, pourquoi veux-tu que ce soit ton Ray ?

Parce que les représentants sont tout le temps sur la route, logique qu'ils draguent, non ?

Ma pauvre louloutte, pourquoi voudrais-tu que, sur les mille VRP affamés de sexe qui arpentent le bitume, ta

Katwoman7 soit tombée sur Ton Ray ? C'est trop ridicule.

N'empêche : j'aimerais bien pouvoir demander à Katwoman7 si son MAN a une cicatrice d'appendicite ou un signe distinctif, mais ça m'avancerait à quoi puisque je n'ai jamais vu Ray autrement qu'en photo ? !

– Il est grand ?

– O moin 1 maitre 4 - 20. Trè musklé. A 1 momen il ma F peur il a voulu mataché o li avec D Menot, G pa voulu, pa la premier foi ! G cru kil alé partir Mè il E resT & on a rigolé ++.

Maintenant c'est la vision de la pauvre Sandrine menottée et éventrée qui s'impose. Cindy-Katwoman7 joue avec le feu à suivre des inconnus dans des chambres d'hôtel. Je le lui écris :

– Tu devrais faire attention, tu as vu ce qui est arrivé à cette jeune femme de chambre !

– G sui pa fol ! G C bien voir si 1 tip é denjereu ou pa ! G konné L zHom.

C'est ça, et on se demande comment Ted Bundy a pu séduire puis tuer autant de femmes…

– G T kit, Loulou menmèn diné O chinoi. :-)

Pauvre cocu.

Elle m'a contrariée, j'ai mal à l'estomac. Je n'arrive pas à m'enlever de la tête que c'est Ray qui drague comme un malade à travers tout le pays et moi qui lui souhaite « bonne nuit » comme une vieille mamie pendant que monsieur s'envoie en l'air avec une blondasse méchée !

Elle a rencontré ce type cet après-midi. Voyons de quand date le premier message de Ray ce soir ?

Ah… « lonesomerider@libertymail.com, reçu à 19 h 12 ». À la fin de sa journée de travail ou de galipettes, impossible de le savoir. Il faut que je lui demande plus précisément où est-ce qu'il est en ce moment. Katwoman7, elle, n'a aucune raison de me mentir sur la ville où elle habite.

Mais monsieur doit dormir, épuisé.

Je vais arrêter de me tourneboulер l'esprit et aller me coucher. J'ignore pourquoi je me fais des films pareils. Comme si un écureuil paranoïaque pédalait dans ma matière grise.

Le sommeil est indispensable pour lutter contre le vieillissement prématuré de la peau. Une bonne couche de « nuit réparatrice », ma crème miracle, mon comprimé dispensateur de rêves, ma chemise de nuit en soie rose thé et voilà, je dors !

Pourquoi est-ce que ce fichu comprimé ne marche pas ? J'ai trop chaud. Je vais dormir avec juste mon string. Aucun bruit au-dessus. Il est peut-être mort ? Assis tout raide dans le fauteuil de Môman, une tasse de thé froid entre les mains.

Et Raymond chevauche Katwoman7 en la tenant par les cheveux.

Pendant qu'Alvarez déchire l'affreuse robe verte de Céline.

Qu'Anton ruisselle sous l'étreinte d'un géant baléare moustachu.

Et que je suis seule.

Il me faut un autre cachet. Il faut que je me repose.

Incision 3

Jambes écartées, cuisses écartées, fesses écartées, ventre fourrure ventre fourré ventre éventré, il faut savoir trancher dans le vif du sujet, oui, trancher, hacher, hacher menu les femmes de petite vertu, j'ai mal aux mains, elles sont trop grandes, trop raides, trop rouges, j'ai mal à la tête, trop étroite, par moments ma peau devient toute dure et se fend et *ça* sort, *ça* sort de moi comme une langue de velours tiède qui rampe sur le sol. Il faut que je la rattrape. Que je la rentre, que je l'enroule.

La femme a roulé par terre. La chose au visage de femme, la chose à l'odeur de femme a roulé sur le sol dans la merde et le sang et l'odeur de la chair cisaillée. Je joue au foot avec sa tête.

Mais elle ne meurt jamais vraiment. Non, elle glisse à travers la mort, elle se faufile sous un autre masque de peau, elle ajuste les yeux, et elle me nargue en agitant sa langue, il faut que j'attrape cette langue liane luisante bave rosée limace, que je la tire, que je la coupe, qu'elle se taise, qu'elle se taise enfin !

Chapitre 3

Mercredi 18 janvier - matin

Mal à la tête. Ai dormi près de dix heures ! J'ai beau me bourrer de café, je me sens tout embrumée. Dehors, le temps a viré au très sombre. Nuages noirs, bourrasques. La radio annonce une chute brutale des températures et peut-être même de la neige !

Vais brancher MacChou.

9 h 36. Ai attendu d'avoir un peu dégonflé et que l'anti-cernes ait fait effet. Me demande si ce ne sera pas tout de même vraiment fatigant quand j'aurais installé la webcam. D'un autre côté ça va me forcer à me dépasser. À me remettre en question chaque jour, à remonter chaque jour sur scène.

Ray m'a laissé un message à propos de Latinlover : il ne connaît pas et il me recommande d'éviter les sites de rencontres foireux. « Merci pour les saucisses », ajoute-t-il, mais il a été sage comme une image, « fromage blanc et céréales » ! Je lui ai souhaité une bonne journée et lui ai demandé à nouveau où il était en ce beau mercredi d'hiver.

– Où es-tu mon prince ? J'aime pouvoir visualiser les paysages que tu traverses, comme si j'étais à côté de toi sur le siège passager.

Wait and see.

La mauvaise surprise du matin, c'était les placards vides ! Avec ce froid et la neige annoncée... j'ai tenu presque un mois avec mes dernières provisions, mais là, plus rien ! J'ai été obligée de sortir faire mes courses à la supérette. J'ai pris mes comprimés, je me suis tout emmitouflée dans ma parka noire, avec mes lunettes de glacier et mon passe-montagne. Quand on est bien couvert, le dehors entre moins en vous. J'ai rasé les murs en regardant mes pieds et en comptant mes pas. Il n'y a pas de rue à traverser et il y a cent dix pas. Je pourrais y aller les yeux fermés. Froid de canard, me suis sentie vilain cygne noir sur lac de glace !

Dans le magasin, j'ai rencontré Léonardo, l'ex d'Anton, mon pote informaticien. Tout le monde l'appelle « Che » à cause de sa barbe et de ses treillis. En fait, il n'est pas trop sympa, prétentieux et cauteleux à la fois, mais il connaît bien son boulot. Il m'a mis plein de trucs hyper-class dans ma bécane, même trop, il y en a dont je suis incapable de me servir !

On a un peu papoté de tout et de rien, il voulait savoir si j'étais contente de MacChou, tu parles si je suis contente ! Ça m'a changé la vie, tout simplement. Je pourrais écrire un livre : *Des nouvelles technologies et de l'accomplissement de soi*.

Et puis il a embrayé sur l'hôpital, « cet univers impitoyable », etc. Je voyais bien qu'il tournait autour du pot et pour finir il m'a demandé si c'était bien nous qui nous étions occupés de la malheureuse jeune femme qui s'était fait assassiner. Je lui ai dit que oui mais pourquoi me demandait-il ça ?

« Pour rien », m'a-t-il répondu, « juste pour savoir », avec des petits yeux noirs brillants, comme ceux des voyeurs qui s'arrêtent pour regarder les accidents sur la route. Il était tout émoustillé à l'idée que notre service avait accueilli la malheureuse. Il m'a encore demandé si c'était vraiment terrible.

« Atroce », ai-je répondu, et il a voulu des détails, le nombre de coups de couteau, le type de blessures, si elle était totalement défigurée, si c'était vrai qu'elle avait été dépecée vivante, etc.

Les gens sont ignobles. Ils se délectent d'images insoutenables. Il en circule plein sur le Net et je suis certaine que Léonardo est un accro de ces sites morbides. Du coup, je lui ai demandé s'il avait des nouvelles d'Anton – c'est Anton qui l'a largué. Il a moins rigolé, il m'a dit savoir qu'il était en vacances à Ibiza et lui souhaiter bien du plaisir.

« Du plaisir, pas du bonheur », a-t-il précisé, « les mecs comme Anton ne connaissent que le plaisir. »

Je sais par Anton que Léonardo a un tout petit machin et qu'il en est très complexé. Bizarrement, ça m'a réjouie. Je lui ai souhaité une bonne journée et j'ai pris congé.

Et puis je me suis souvenue que c'était une méga-pointure dans son job et j'ai fait demi-tour : il était au rayon droguerie en train d'acheter des lavettes dépoussiérantes. Une lavette qui achète des lavettes, ai-je pensé en ricanant – ce que je peux être sotte parfois ! Je lui ai dit que j'avais une amie qui était harcelée d'e-mails par un vicieux et demandé comment à son avis elle pouvait remonter jusqu'à son identité.

Il est resté un moment silencieux et j'ai cru qu'il ne voulait pas répondre, jusqu'au moment où il m'a demandé des renseignements sur l'abonnement de « mon amie », son adresse e-mail, son fournisseur d'accès, et de le laisser y réfléchir un moment, qu'il m'appellerait. Je lui ai redonné mon numéro de téléphone portable, il m'a redonné le sien, on s'est dit au revoir et il est parti en marmonnant : « HyperTrace… hmm. »

Pas de réponse de Ray à mon mail de ce matin :

Évidemment s'il est sur la route, il ne peut pas me répondre.

Je relis son précédent message :

– Ma petite puce, je vais me mettre en route, longue journée aujourd'hui. Voudrais tant t'emmener sur mon grand cheval blanc et caracoler avec toi le long des vertes forêts.

Caracoler sur Cindy, oui !

Je prends conscience que la radio bourdonne comme une grosse mouche affairée. Les infos. Je monte le son.

« … Attentat meurtrier en Irak… émeutes en Côte d'Ivoire… perte de popularité du président… ouragan au Pakistan… le crash de l'Airbus en Colombie, 300 morts… du nouveau dans l'affaire de la jeune femme de chambre assassinée vendredi dernier ».

« Du nouveau » ? Je m'approche.

« On apprend de source sûre à l'instant que la police craint d'avoir affaire à un émule de Jack l'Éventreur. En effet, les conclusions de l'autopsie font apparaître une étrange similitude entre les mutilations pratiquées sur la jeune femme et les meurtres commis de sinistre mémoire par le tueur mythique que l'on n'a jamais réussi à arrêter. Fonds de pension…

Mais qu'est-ce qu'il raconte ? Un émule de Jack L'Éventreur ? ! Ils vont vraiment chercher n'importe quoi pour exciter le peuple et faire monter l'audience. Ce soir, je demande à Alvarez s'il y a quelque chose de vrai là-dedans.

Et à propos de ce soir et du dîner de Veld : qu'est-ce que je vais me mettre ? !

J'ai demandé à Steven s'il voulait partager un taxi. Il nous prendra devant la porte et nous ramènera. Je pourrais fermer les yeux pendant le trajet s'il va trop vite ou si c'est trop… trop dans la rue. Pourquoi ai-je accepté ? Au restaurant il fera nuit, on ne verra pas l'extérieur. Mais tout de même… on est si bien chez soi. Il faut que je double ma dose de comprimés. Je suis trop nerveuse.

Oh, vite, c'est l'heure de *Destinées*, l'émission sur les grands de ce monde, aujourd'hui ils rediffusent le numéro consacré à Grace Kelly, j'adore cette femme, une classe, un chic ! Tiens on dirait que Steven-les-Charentaises regarde la même chose, j'entends le générique. Le cher vieux garçon est abonné à *Gala* et à *Images du monde*, les seules fois où il s'anime un peu en parlant c'est en discutant des mariages princiers ou des potins de stars.

Ce qui ne l'empêche pas d'être un fan de Madonna, comme moi. Il l'écoute toujours à fond. Y a pas à dire, *Love Profusion* reste un must.

Je trouve que je lui ressemble un peu. Quelque chose dans la forme du visage. C'est pour ça que j'ai changé de coiffure la semaine dernière. J'aime bien sa période glamour, corsets and co, j'y peux rien, j'aime la belle lingerie et la féminité, ces femmes hommasses en jogging quelle horreur !

Je ne me souviens pas d'avoir pendu mon peignoir blanc sur ce cintre. Je croyais l'avoir mis au sale. C'est drôle, depuis quelque temps, quand je suis fatiguée comme ça, j'ai des petits trous de mémoire. L'impression que les choses ne sont pas exactement à leur place. Comme si quelqu'un était venu en douce tripoter mes affaires et les remettre à peu près au bon endroit. « Mais qui donc a mangé dans mon assiette ? ! » C'était joli, ce conte.

Pauvre Grace, quel destin ! Monter tout en haut de la roue pour finir tout en bas d'un ravin, si banalement dans un accident de voiture. C'est l'heure du bain. Oh là là, mon flacon de perles marines est presque vide. C'est quand même pas Steven-Godasses-de-Sport qui vient me voler mes perles de bain ! Une pointe d'huile essentielle de géranium, et mon masque super-adoucissant polyvitaminé, et hop ! la petite sirène entre dans l'eau.

Nue et désirable.

Oh, Ray...

Téléphone. Peux pas répondre. La messagerie vocale s'enclenche, je rappellerai tout à l'heure. Et si c'était Ray ? Impossible. Alvarez ? Je suis obligée de me tortiller pour atteindre la coiffeuse, attention ne pas faire tomber ce fichu mobile à 250 euros dans l'eau... Répondeur :

– « Pense au chèque de participation s'il te plaît, à tout à l'heure. »

Céline. Trente euros par personne, le repas. C'est cher pour souhaiter une heureuse retraite à un type qui en gagnait 10000 par mois ! Il n'est pas à la soupe populaire, le Pr Veld, il aurait pu nous inviter, le vieux salaud !

Babyphone encore.

Dès que je mets un pied dans ce bain, il sonne, pire qu'un gosse qui appelle sa mère sans arrêt. C'est comme quand on prend la pause : une urgence arrive aussi sec. Re-tortillage, on dirait un ver coupé en deux dans un bain de mousse. Trop tard ! Ça a raccroché. Écoutons.

– « Mais qu'est-ce que vous avez raconté aux flics, bon dieu ? ! Rappelez-moi. »

L'aimable Dr Simon. Ça commence à me prendre le chou, cette histoire de téléphone. Hop, je me mets sur vibreur et basta !

Un bon masque à la moelle pour les cheveux, ils ont besoin d'un coup de revitalisant, hmm, se prélasser telle Cléopâtre dans son bain.

Sauf que le téléphone n'arrête pas de vibrer. Pire que le standard de l'hosto. Je m'efforce de l'ignorer. Il attendra.

Impossible de résister à la tentation de savoir qui m'a laissé un message, Elvira, la curiosité te perdra. 1, 2, 3, top.

– …

Je n'entends rien. Si, on dirait que quelqu'un respire. Fort. Et puis ça raccroche.

Un con qui a fait un mauvais numéro. Oh, ces vilains poils sur les cuisses, vite ma pince !

Je me sens toute propre, toute fraîche, toute soyeuse. Rappelons cet adorable Dr Simon.

– Ouais ?

Hou ! qu'il est vilain, l'animal !

– Bonsoir, docteur.

– Ah, c'est vous ! Écoutez, Rossetti, je ne sais pas ce que vous avez dit aux flics, mais…

– Écoutez, docteur, je ne sais pas ce que j'étais censée leur dire, alors j'ai dit ce que je savais, que vous pensiez avoir perdu votre téléphone et que vous aviez fini par le retrouver dans la poche d'une de vos blouses !

– On a retrouvé des appels que je n'ai pas passés, vous ne comprenez pas !

Il commence à me fatiguer, le beau gosse mal embouché.

– Eh bien, c'est qu'on vous avait bien volé ce fichu portable et que le voleur s'en est servi. On vous avait dit d'utiliser le code PIN !

– Avec votre putain de version, Rossetti, me coupe-t-il, on peut croire qu'on ne m'a jamais volé ce téléphone !

– Ah… ça vous pose problème pour la facture ?!

– …

– Mais vous pouvez certainement prouver que vous n'avez pas pu vous en servir à ce moment-là, puisque vous étiez en train d'opérer, docteur !

– Laissez tomber, c'est gentil, merci.

Il a lâché ça du ton qu'on réserve aux pronostics désespérés.

– Est-ce que je peux vous aider ? lui demandé-je malgré tout.

– Non, laissez tomber, je vous ai dit. À plus.

– Vous ne venez pas au dîner du Pr Veld ?

– Rien à foutre de ce dîner à la con ! Ne commencez pas à me casser les burnes, Rossetti, OK ?!

Il a raccroché. A-DO-RA-BLE ! Qu'il aille se faire foutre, lui, son téléphone, sa carte SIM et toute la semence de ses foutues burnes jusqu'à la troisième génération. Voilà, j'ai plein de rides de contrariété. Mon masque coup d'éclat, vite vite.

Je vais sûrement être en retard. Autant je suis toujours à l'heure à l'hôpital, autant dès que j'ai rendez-vous j'adore qu'on m'attende, je ne sais pas pourquoi.

Un petit coup d'œil à mes e-mails.

lonesomerider@libertymail.com :

– ma douce princesse, j'ai passé la journée à regarder défiler les champs de maïs gelés et à faire le tour des pharmacies de péquenots, je suis fourbu, arrêt au motel, il y a une salle de musculation, je vais en profiter un peu, j'aime sentir mes muscles se contracter et se tendre en pensant à toi, mon ventre durcir à ta douceur.

C'est une réponse, ça ?! Je lui ai demandé où il était en ce moment et tout ce qu'il trouve à me dire c'est : « dans des champs de maïs » ?

katwoman7@ :

– MAN ma Lssé 1 sms il M. téléfonra 2main, il revien D kil pe, G lui mank déja. E toi, sa va ?

Non, ça ne va pas. Je lui répondrai tout à l'heure.

latinlover@ :

– Plus personne devant l'écran ? Tu te fais bien silencieuse ma petite chatte… Tu me snobes ? Tu joues les effarouchées ? Petite hypocrite, je sais bien que tu adorerais que j'ouvre tes lèvres de force et que j'y enfonce ma grosse queue bien raide. Tu sais ce qui arrive aux petites allumeuses comme toi ? !

Des menaces ! Carrément des menaces ! Quel salopard ! Il faut qu'Alvarez voie ce mail. Je vais le transférer sur ma clé USB et l'imprimer au cybercafé d'à côté.

Ah ! vider le répondeur de Babyphone, sinon ça sature. Tiens, deux messages que je n'avais pas entendus, ça doit dater de ce matin quand j'avais coupé le son pour ne pas être réveillée trop tôt.

– …

Silence. On dirait bien que quelqu'un respire… oui, à peine, en fond… numéro d'appel masqué, merde. Peut-être un faux numéro comme tout à l'heure… ? Message suivant.

– Elvire, c'est Steven. Je voulais juste vous demander de mettre la musique moins fort le soir. Merci.

Non, mais, je rêve ? ! Je ne fais pas plus de bruit qu'une petite souris et Mister Super-Coincé me dit de mettre une sourdine ! Je peux pas laisser passer ça.

Son répondeur. Il a dû sortir.

– Steven, c'est Elvira, je viens de trouver votre message. Écoutez, je ne comprends pas, je fais toujours très attention avec la musique, mais les murs sont comme du papier à cigarettes. À tout à l'heure.

Et clac !

Ça sonne. Steven qui rappelle ? Je ne décroche pas.

Mon répondeur : « Bonjour, je ne peux pas vous répondre pour le moment, *please leave a message, bye bye !* » J'aime bien ma voix sur le message, grave, très classe.

– Bonsoir, c'est Léonardo, j'ai peut-être la solution à ton problème, rappelle-moi demain soir. Bisous.

Pourquoi pas ?

Je verrai ça en rentrant.

Enfin chez moi ! J'ai cru que ce dîner ne finirait jamais. Oups, j'ai trop bu. Je ne voulais pas, mais Alvarez n'a pas cessé de me servir. J'étais entre lui et le Dr Daguey, le puant Dr Daguey, « Appelez-moi Mike ». Steven était là aussi, évidemment, pull à col roulé noir, pantalon noir, bonnet noir, un ninja ! Cette idiote de Céline lui a posé des questions sur la famille royale d'Angleterre, il a jacassé toute la soirée, je n'ai pas pu en placer une ! Le Pr Veld, lui, semblait très satisfait, sa femme n'avait d'yeux que pour lui et riait à chacune de ses blagues à la con.
Je m'étais installée dos au mur pour pouvoir surveiller la porte, on ne sait jamais, et heureusement les rideaux devant les fenêtres étaient bien tirés à cause du froid. Alors on aurait presque pu croire qu'on était dans une maison, pas dans un restaurant perdu au milieu de la ville, de l'étendue de la ville. Et puis j'avais pris deux gélules de Librax pour être tranquille. Inutile de me montrer ridicule en public ! Les gens sont tellement prompts à se moquer.

Heureusement qu'au dessert il y a eu le karaoké. Voir Daguey se trémousser et rouler des yeux en susurrant : « Bouge tes hanches, danse pour moi, excite-moi », ça valait le déplacement ! Il se croit irrésistible ! Le pire c'est que ça marche, Sofia le buvait des yeux ! Si elle croit que Daguey est du genre à sortir avec une infirmière ! Bien trop frimeur, le yuppie ! En tout cas, pendant qu'ils se bousculaient pour chanter – oui oui, même Veld qui a presque fait pleurer la salle avec un morceau de Gaetano Veloso ; « J'en ai des frissons », a dit son idiote de Russe encore tout heureuse de s'être échappée de l'enfer post-communiste –, bref pendant que tout le monde poussait sa goualante, on a pu discuter un peu avec Alvarez. C'est lui qui a commencé :

– Le Dr Simon n'est pas là ?

– Il a horreur des soirées mondaines, il est plutôt sauvage, a répondu Steven-Me-Mêle-de-Tout.

Alvarez a eu un vilain sourire.

– C'est vous qui le dites... a-t-il répondu en allumant un cigarillo, un petit toscan noueux.

– Je peux vous avoir des cigares cubains si vous voulez, a dit Steven.

Il les a par Anton, Anton adore Cuba, il y est déjà allé trois fois, tout le monde se prostitue pour rien là-bas...

– Non merci, je n'aime que les toscans, a répondu Alvarez en tirant sa première bouffée avec délice.

– C'est quoi, le problème avec Simon ? ai-je demandé.

– Impossible de vous en parler, a-t-il rétorqué en secouant sa cendre qui a atterri dans la tarte aux fraises de Mike Daguey.

J'ai espéré très fort que personne ne s'en aperçoive.

– Ça m'embête, mais il y a quelque chose qu'il faut que je vous dise, a marmonné Steven.

J'ai tendu l'oreille et Alvarez a plissé ses petits yeux noirs.

– Ouais ?

– La fille, la fille qui a été assassinée... Sandrine Machin-truc.

– Mankiewickz, a rectifié Alvarez machinalement.

– Oui, eh bien, je suis presque sûr de l'avoir déjà vue à l'hôpital.

Alvarez a failli bondir de son siège.

– Mais pourquoi vous n'avez rien dit, nom de Dieu !

– Je ne m'en suis souvenu que cette nuit. Elle était tellement abîmée… je n'ai pas fait le rapprochement tout de suite. C'est quand j'ai détaillé sa photo dans le journal…

– Vous l'avez vue, oui ou merde ? le coupe Alvarez. Où ? Quand ? Et pourquoi vous hésitiez à m'en parler ?

– À la porte du foyer des médecins de chirurgie A, a soupiré Steven. J'ai remarqué ses longs cheveux blonds. J'ai pensé que c'était la petite amie d'un de nos médecins… Daguey, Mazzoli ou Simon, a-t-il conclu en se mordant les lèvres.

– Vous êtes complètement con ou quoi ? lui a demandé Alvarez en braquant sur lui son toscan à demi consumé.

– Je vous répète que je m'en suis souvenu cette nuit, et je n'en suis même pas sûr ! Elle était complètement défigurée, capitaine !

Alvarez a noté quelque chose dans son carnet, puis a pointé de nouveau son cigare sur Steven-le-Bon-Citoyen.

– Pourquoi il n'est pas là, Mazzoli ?

Mazzoli, notre troisième médecin, la trentaine, petit, roux déjà à moitié chauve, marié, deux enfants, sympa, circulez y a rien à voir.

– Eh bien… a commencé Steven.

Je lui ai coupé la parole.

– Sa femme est de nouveau enceinte, ai-je expliqué, alors il reste avec elle à la maison pour l'aider, avec les deux petits. C'est important qu'on ait peut-être déjà vu la fille à l'hôpital ?

– Vous le faites exprès ou quoi ? a grogné Alvarez-l'Aimable. Aucun des médecins ne s'est manifesté pour dire qu'il la connaissait, OK ? Or, ce sont bien Simon et Mazzoli qui l'ont opérée cette nuit-là, non ? Si on vous emmène votre petite amie éventrée et agonisante, vous en parlez peut-être aux flics, non ? ! s'est-il énervé en secouant son cigarillo.

Et vlan ! plein de cendre dans la tarte.

– Ils ne la connaissaient donc certainement pas, ai-je répondu, ce qui me semblait logique.

Il a soupiré. Céline se déhanchait sur le dernier Britney Spears et il l'a regardée quelques instants, adouci, comme si c'était Britney en personne et pas une vieille imitation avec dix kilos de plus et des cheveux en moins, avant de reprendre :

– Où était Daguey, cette nuit-là ?

– De repos, a dit Steven, et sans doute en train de s'éclater en boîte, c'est un clubbiste forcené.

– Comment un type peut-il travailler soixante heures par semaine et avoir encore la force d'aller danser pendant son temps de repos ? a marmonné Alvarez comme pour lui-même.

– Et votre tueur, vous croyez qu'il ne travaille pas ? Il fait bien ça sur son temps libre, ai-je lancé en pensant à toute l'énergie nécessaire à cette dépense de violence.

Alvarez a grogné quelque chose d'inaudible et a reporté son attention sur la scène où Céline saluait sous les maigres applaudissements des autres convives. Veld a repris le micro, et a annoncé *Stranger In the Night*, rien que ça.

Il a une voix de crooner, plutôt agréable, mais ça faisait drôle de voir ce vieux Pr Veld avec ses cheveux blancs coupés en brosse, son costume en tweed et son éternel nœud papillon bordeaux en train de chanter dans un resto, l'air doux et patelin, quand vous l'aviez vu pendant dix ans terroriser ses internes, son personnel et ses malades et arpenter les couloirs à grands pas dans sa blouse toujours tachée de sang.

– Vous n'y allez pas ? m'a demandé Alvarez, et j'ai secoué la tête : « Non merci bien, je chante comme une casserole », Steven a approuvé, style : « Moi aussi, pitié ! », et puis la conversation de notre SuperFlic n° 1 m'intéressait bien plus.

– Et vous ? ai-je ajouté, vous ne voulez pas nous interpréter *Le Pénitencier* ou *Sing Sing* ?

– Ha, ha ! a-t-il laissé tomber. Ce meurtre me prend la tête.

– Ce n'est pas la première fois que vous tombez sur quelque chose d'aussi horrible.

– Ce n'est pas la barbarie du meurtre qui me travaille le plus, c'est que ce type n'a laissé aucun indice. Et ça, c'est très rare.

– Vous parliez de barbarie… ai-je enchaîné, c'est vrai que le tueur imite Jack l'Éventreur ?

Il nous a dévisagés, les yeux mi-clos, les lèvres pincées.

– Qui vous a dit ça ?

– Tout le monde sauf vous, la télé, la radio… lui ai-je répondu.

Il a grogné quelque chose du style « bordel de merde ».

– Alors, est-ce que c'est vrai ? a insisté Steven avec son petit ton obstiné.

– Eh bien… a commencé Alvarez, mais il s'est mordu les lèvres avant de reprendre : Je bois trop, je parle trop, vivement la retraite, je me fais trop vieux pour ce boulot. Une cabane à la montagne, un torrent, une canne à pêche, une femme qui me fait la paella, c'est tout ce que je demande.

– Tu parles ! Vous vous ennuieriez à mourir ! Vous avez besoin de stress et de caféine comme d'autres de leur Prozac.

– Qu'est-ce que vous en savez ?

– Regardez-vous, les doigts tachés de nicotine, les yeux cernés, les narines frémissantes, le parfait prédateur urbain accro au speed !

– Hé ! je touche pas à la came ! a-t-il précisé en écartant les mains.

– Je parle du speed mental, de la vitesse, du bruit, des lumières de la ville, quoi !

– J'en ai mon compte, des néons de la morgue ! a-t-il rétorqué en écrasant son toscan en plein milieu de son île flottante.

Décidément, il a un problème avec les desserts, me suis-je dit.

Il a soupiré, contemplé un instant le désastre dans son assiette sans le voir, puis il a allumé un autre toscan.

– Et vous fumez trop, ai-je ajouté, vous savez combien on reçoit de cancers du poumon par an ? Vous savez combien en réchappent ?

Il s'est frotté les yeux, a bâillé.

– Hé, je sais lire ! a-t-il lancé en désignant le paquet de clopes de Daguey : c'est écrit là : « Fumer tue. » Et alors ? Qu'est-ce que j'en ai à foutre de mourir en bonne santé ? Mankiewicz, elle est morte en bonne santé, la pauvre gosse ! a-t-il aboyé avec amertume.

On est restés silencieux.

– Je vais vous dire, a-t-il repris, le type qui a tué la petite Sandrine, il est comme ça, comme la fumée, invisible et mortel, et ça, ça me rend malade !

– Vous devriez prendre un demi-Lexomil de temps en temps, pour vous décontracter.

Il a brandi son verre de vin rouge chilien :

– J'ai ce qu'il me faut, merci !

Et puis les autres sont revenus et on a recommencé à parler de conneries diverses.

Et maintenant je suis crevée. Et un peu soûle. Un peu plus qu'un peu soûle. Il s'est mis à neiger. C'est joli. Surtout quand il neige de l'autre côté du double vitrage et que je suis à l'abri. Juste un coup d'œil à mes e-mails et dodo.

lonesomerider :
– Je pense à toi. Je voudrais t'emmener avec moi au pays des rêves enchantés. Demain, journée épuisante en vue : réunions toute la journée au siège. Tu es mes moments d'évasion, de douceur, tu es mon repos désiré et désirable.

Ouais ouais, demain MAN va voir WOMAN, curieuse coïncidence ! Zut, je ne me rappelle pas s'il m'a déjà dit le nom de sa boîte ? Attends, ma fille, recherche dans ses premiers mails… hmmm… non… oui ! « Braun-Berger ». Demain, je leur téléphone.

Oh non !

latinlover@ :

– espèce de petite salope, t'as pas compris que c'est moi qui mène la danse ? ! Tu rêves que je te défonce ton petit cul blanc, c'est pour ça que tu te caches derrière ton clavier. Mais tu lis tous mes messages. Et je sais que t'aimes ça, hein, ma salope, ça te fait mouiller de savoir que Latinlover te veut et bande pour toi, que sa grosse queue bien musclée veut te fourrer bien à fond… bientôt, ma petite salope, bientôt, et je te jure que je vais te faire hurler.

Imprimer ça aussi demain matin sans faute. Ce cinglé est peut-être dangereux.

Voyons… qu'est-ce qu'il y a comme *chats* ce soir ? Bien envie d'aller sur opening.night, il y a toujours des gens sympas.

C'est quoi le sujet ce soir ? La Déesse Mère. Ouais, bon. Et qui y a-t-il ? veritas, bof, il est trop chiant, toujours à pontifier sur tout, estrella.del.sur, elle est marrante, elle dit qu'elle est danseuse orientale, LeLutin, je l'aime bien celui-là, il me fait rire, tiens, un nouveau, wolf, en toute simplicité, un petit loup ou un grand méchant loup ? Qu'est-ce qu'il nous dit sur la Déesse Mère, Wolf ?

– Désolé, veritas, mais tu dis des conneries, la Déesse Mère est le premier culte de l'humanité et il a disparu avec la sédentarisation, la division en castes et la mise en place des prétendues « civilisations ». Plus de place pour la magie, pour la Déesse et son époux le Taureau Qui Féconde, la force brute et animale, la sève du monde !

Il ne mâche pas ses mots, ce wolf-là ! Hmm… le Taureau brutal et puissant… me sentirais presque Déesse Mère, moi ce soir !

Allez, au lit ! J'y vois double.

Incision 4

Ils disent que Jack is back. Jack-le-Scalpel t'appelle, ma belle. Jingle bell Jungle bell lâchez les fauves, il est l'heure de s'abreuver à la source de sang.

Elle sent la poudre, le talc, elle sent le parfum, la femme, elle sent les mains qui écartèlent mes tempes et fouillent dans la matière spongieuse de mon cerveau avec un grand spéculum, et ça fait mal, la douleur sort et rebondit, se tortille entre mes cuisses, la douleur cherche une autre proie, elle renifle, elle sent la femme cachée là-bas, elle me dit que je dois m'en occuper, que je dois prendre la mallette avec les lames tranchantes, *Jack is back, I'm all right, Jack!*

Elle ne sait pas que je l'observe. Elle ne voit pas les yeux de braise derrière mes yeux. Elle ne voit pas les griffes au bout de mes doigts. Elle ne voit pas mes crocs tapis derrière mes lèvres. Elle ne voit pas le scalpel qui gonfle ma braguette et qui se balance en sifflant doucement son nom. Elle ne sait pas qu'elle va mourir.

Bientôt.

Mais en attendant il m'en faut une. Juste une bouffée rouge braise, rouge baise couleur couteau. Une là, tout de suite. Ni deux ni trois, mais une il me la faut.

Chapitre 4

Vendredi 20 janvier - après-midi

Tout à l'heure, en allant chercher le courrier, ai rencontré Steven dans l'escalier vers quinze heures. Il avait l'air crevé.

– Vous avez fait la fiesta ? lui ai-je demandé, un rien sournoise…

– Insomnie ! a-t-il répliqué l'air sombre. J'ai dû m'endormir une demi-heure avant de me lever. J'ai un de ces mal de crâne, j'ai pris deux citrates de bétaïne, mais… et en plus j'ai le dos en compote, trois décès ce matin, vous vous rendez compte !

J'ai hoché la tête, je me rends très bien compte, ce métier vous bousille physiquement et moralement.

– J'ai dû emmener moi-même Madame Balland – vous savez, 88 ans, le cancer du pancréas – à la morgue, faute de personnel disponible !

Il a fait une pause, un peu théâtrale.

– Là, j'ai rencontré Susie Kyu, a-t-il repris, c'est elle qui a effectué l'autopsie de Sandrine Mankievickz.

Je sais ! Abrège !

– En fait elle est plus humaine qu'elle n'en a l'air. Je crois qu'elle se donne un genre parce qu'elle est timide…

J'ai fait « hmm ». Je me fous totalement des états d'âme du Dr Kyu.

– Du coup, a-t-il repris, on a bavardé un peu, je lui ai dit qu'à la télé ils avaient fait allusion à un nouveau Jack l'Éventreur. Kyu a fait la grimace.

– Pourquoi ? ai-je demandé, intéressée malgré moi.

– Elle m'a dit qu'ils ne devraient pas en parler dans les médias. Qu'elle ne comprenait pas qui avait pu divulguer ce genre de détails. Qu'Alvarez devrait surveiller ses collaborateurs !

– Parce que c'est donc vrai ? Il y a des similitudes ? ai-je voulu savoir.

– Quelques-unes, a-t-il confirmé, les yeux brillants.

– Est-ce que ça ne pourrait pas être un simple hasard ?

Il a soigneusement déposé son chewing-gum à la menthe dans un kleenex, a roulé celui-ci en boule et l'a jeté dans la petite poubelle métallique du couloir.

– Le Dr Kyu m'a dit qu'elle avait publié une monographie sur le *modus operandi* des meurtres attribués à l'Éventreur, a-t-il énoncé de son petit ton pédant. Et qu'en pratiquant l'autopsie elle avait eu la pénible impression que notre tueur l'avait apprise par cœur !

– Elle pense donc qu'il imite bel et bien l'Éventreur ?

– Pas forcément. Il est peut-être mû par les mêmes pulsions. Ce qui serait pire, en un sens.

– Elle croit qu'il y aura d'autres victimes ?

– Je lui ai posé la question, bien sûr. Réponse : « Je ne suis pas *profiler* ! Demandez au capitaine Alvarez », m'a-t-elle répondu. Vous savez comme elle peut être sèche ! Bon, je vais me faire une bonne tasse de thé.

Il a grimpé pesamment jusqu'en haut pendant que je filais dans ma tanière. Heureusement qu'il ne m'a pas proposé de prendre le thé avec lui. Ce type est tout simplement d'un ennui mortel !

Il faut que je change l'eau des fleurs si je veux que ces roses tiennent un peu. Des roses rouges. Rouge passion, rouge baiser ! Voilà mes belles, je vous pose sur l'évier, une, deux, trois… Tiens…

C'est curieux…

J'étais sûre d'en avoir acheté une douzaine. Oui, une botte de douze. Le type m'en aura rajouté une, c'est sympa. « Treize roses rouges. »

On dirait un titre de polar.

J'ai un sale goût dans la bouche. Envie d'une petite bière bien fraîche pour m'ôter ça. Je n'ai pas dit à Ray que j'aime la bière, ça fait trop vulgaire pour une femme. Si nous allons au restaurant, je prendrai un martini bianco *on the rocks*, please.

Quelle heure est-il ? Dix-sept heures, vendredi 20 janvier proclame Betty Boop, parfait : j'appelle Braun-Berger ? Non, d'abord le Che.

Ça sonne, une fois, deux fois, trois fois…

– Oh oh, c'est notre petit *hacker* !

Avec la présentation du numéro, plus aucun anonymat !

– Je te dérange ? lui demandé-je.

– Non, mais je t'entends mal, je suis dans un bar… la musique est à donf !

Effectivement, décibels de basses à faire vibrer les murs en fond sonore.

– Tu veux que je te rappelle ?

– Non, je ne suis pas sûr de rentrer chez moi ce soir…

Il ricane, très fier de lui, style « Eh oui, j'ai un rancart ! »

– J'ai regardé ton problemo de plus près, reprend-il, la bouche collée au téléphone, ce qui me donne l'impression d'être dans le bar avec lui. J'ai appelé un de mes potes, la Grande Yves, il bosse pour ton fournisseur d'accès à haut débit, c'est un wizard, il va fouiner un peu chez ses confrères.

– Un wizard ?

– Ouais, un magicien, comme le magicien d'Oz tu vois ? Mais un magicien du Web. Un expert, quoi. On pourrait se faire un petit dîner un soir… ajoute-t-il dans la foulée.

Voix mielleuse. Échange de bons procédés. Il me rend service, je nourris son voyeurisme. Je me fends d'un :

– Merci, t'es super-gentil.

Je l'entends presque se rengorger. Puis :

– Au fait, tu sais qu'il y en a eu une autre ?

– Une autre quoi ?

– Une autre meuf assassinée. Éventrée et dépecée.

Deux meurtres en une semaine ! On dirait qu'il en bave d'excitation, le pervers !

– Ils n'ont rien dit aux infos !

– Évidemment, ils viennent de la trouver. À cinquante bornes d'ici. Dans sa voiture, sur le bord de l'autoroute. Ils sont en train de l'emmener chez toi.

– Chez moi ? répété-je stupidement.

– À l'hôpital ! À la morgue plus exactement.

– Comment tu le sais ?

– C'est un copain motard qui vient de m'appeler, il était sur l'autoroute… (Il change de ton.) Ah, voilà Michaël, le coquin ! Look, look, me chuchote-t-il et j'entends un déclic, puis il me lance un sonore « à plus, honey ! » et Babyphone m'informe que je viens de recevoir un MMS. Photo d'un jeune éphèbe hirsute et mal rasé, les mains dans les poches, avec la mention « Michaël me donne des ailes ».

Je l'efface, préoccupée.

Un autre meurtre. Dans le périmètre de la ville. Ça devient franchement inquiétant. Et si j'appelais

Alvarez ? Oui, mais sous quel prétexte ? On verra, j'improviserai.

Ça sonne.

– Ouais ?

– Capitaine, bonjour, c'est Rossetti.

– Ouais ?

– Ça va ? Vous avez une drôle de voix.

– La voix d'un mec qui se trimballe un macchab coupé en rondelles dans le coffre.

– C'est une blague ?

– Bien sûr. Savez comme j'aime me marrer. Vous me dérangez pour quoi exactement ?

Je me jette à l'eau.

– On m'a dit qu'il y avait eu un nouveau meurtre…

Long soupir.

– La vitesse de propagation de Radio-BlaBla est vraiment sidérante. Et vous croyez que je vais en parler avec vous au téléphone comme deux vieux amis ?

– Ça fait peur !

– Je sais. Mais je ne peux rien vous dire de plus. Dégagez-moi cette ligne, j'en ai besoin.

– Je suis au courant de ce qu'a dit le Dr Kyu à propos de la similitude entre le meurtre de Sandrine et ceux de l'Éventreur.

Re-long soupir.

– Kyu ferait mieux de tenir sa langue.

– Elle dit que c'est vous qui parlez trop, lui renvoyé-je, sournoise.

– Cette gamine a eu son diplôme il y a deux ans ! Et j'en suis à mon quarante-troisième homicide !

Diviser pour régner.

– Mais c'est une bonne, reprend-il, une sacrément bonne. Bon, à plus.

Il a raccroché. Je resserre les pans de mon déshabillé en satin blanc.

J'ai froid.

Dehors, il neige toujours. J'imagine l'ambulance en train de rouler tranquillement sous la neige, pas la peine de se presser, viande froide à bord. Moi aussi je suis froide. Je vais toucher le radiateur : il est brûlant. Mais j'ai froid. Je me sens anxieuse. À cause de ces meurtres, à cause de Ray, à cause de… je ne sais pas, oh, besoin d'un cognac, vite vite, un petit verre plein d'énergie chaude et douce.

Quelqu'un a bu de ce cognac. Là, pour le coup, ce n'est pas une impression ! La bouteille était quasi pleine avant-hier et elle est à demi vide ! Allons, c'est idiot, ça voudrait dire que quelqu'un est entré ici. Juste pour boire du cognac, puisqu'on ne m'a rien volé.

Steven ?

Le chéri à Môman descendant en douce pour me siffler mon cognac ? Il nous rebat les oreilles avec son abstinence, mais…

Est-ce qu'il a un double des clés ? Non, s'il en avait un il ne m'aurait pas demandé les miennes pour faire entrer le type de la dératisation.

Le type de la dératisation !

C'est sûrement lui. Il s'est copieusement servi, le salaud ! Et c'est sans doute lui qui a tripoté mes sous-vêtements. Il faut que j'en parle à Steven, qu'il l'appelle pour se plaindre. Et s'il n'ose pas, je l'appellerai moi-même. Non mais !

Encore un petit verre, ça réchauffe.

J'imagine les grosses mains calleuses de ce mec en train de farfouiller dans mes strings. J'espère qu'il ne s'est pas caressé avec ! Il faut que je relave tout.

Je me sens sur les nerfs. Encore un tout petit verre. J'en ai besoin. Imaginer sa grosse bouche collée au goulot, ses grosses lèvres pressées contre mes soutiens-gorge en dentelle…

Et ce nouveau meurtre…

Et Ray qui saute peut-être Katwoman7 ! Non, ça c'est ridicule ! Pur fantasme, Elvira.

Mais Latinlover qui m'envoie des messages obscènes et menaçants et le type de la dératisation qui tripatouille mes affaires, c'est pas des fantasmes.

Bon, je monte chez Steven.

Personne. Il a dû sortir, faire son footing ou quelque chose de ce genre. Un loto. Les vêpres. Une permanence à l'Armée du Salut…

Ou alors il dort ?

Je lui laisse un mot « Tél. moi en rentrant, merci, c'est à propos du mec de la dératisation. »

Est-ce qu'ils parlent du nouveau meurtre à la télé ? Non, c'est pas l'heure des infos. La radio.

– … la venue du président Chinois à Paris… défenseurs des droits de l'homme… manifestation… grave incident dans une usine de retraitement des déchets… pétrolier en perdition au large de… Retraites : ce qui va changer… Le corps d'une jeune femme assassinée retrouvée en bordure de l'A 83, sur l'aire de repos d'une station-service. C'est un routier qui, après être allé boire un café avant de reprendre la route, s'est aperçu que la conductrice de cette Toyota Corolla garée tout au fond du parking avait l'air malade. Il a ouvert la portière pour lui porter secours et a vu que la voiture était inondée de sang ! La police, arrivée aussitôt sur les lieux, s'est refusée à tout commentaire. Sur notre antenne, Pedro Guttierez, le routier qui a découvert le corps.

– Monsieur Guttierez, c'est vous qui avez appelé la police depuis votre véhicule.

La voix secouée du routier :

– Oui, la voiture, elle était déjà là quand je me suis arrêté pour dormir vers sept heures ce matin, et j'ai trouvé ça bizarre qu'elle soit encore là, six heures plus tard, alors j'ai jeté un coup d'œil par la portière et il y avait une femme blonde derrière le volant, penchée en avant, comme ça… les bras qui pendaient, avec juste son soutien-gorge, un soutien-gorge noir, ça c'était déjà pas normal vu le froid, et je me suis dit qu'elle avait eu un malaise, j'ai ouvert la portière…

– Et… ?

– Je lui ai touché l'épaule et elle est tombée sur le côté, au ralenti… C'était horrible, il y avait du sang partout, et la femme, elle… elle… sa tête, elle était défigurée et… sa poitrine…

– Merci Pedro, c'était Stan Gucci en direct de l'A 83 pour Radio-Infos.

Je baisse le son. Vraisemblablement, la pauvre femme était déjà morte à l'aube. Le corps doit être arrivé à l'hôpital maintenant. Kyu va bien voir si c'est l'œuvre du même assassin. Ce serait quand même terrible qu'un psychopathe se mette à imiter Jack l'Éventreur.

En soutien-gorge noir malgré la neige. S'est-elle déshabillée de son plein gré ou sous la menace ? Brr.

Et si le type de la dératisation a fait faire un double de mes clés ? Il peut revenir quand il veut… les rares fois où je sors faire mes courses au supermarché voisin… ou même pendant que je dors. Il se penche sur moi, il me regarde dormir, il tend la main vers ma poitrine avec un rictus de fauve… stop délire ! Et mon grand fauve solitaire à moi ? Il est où ?

Instant de vérité.

Tu es prête, Elvira, ma chérie ?

Alors on y va.

Téléphone. Numéro de Braun-Berger and co. Index composant le numéro avec sûreté. Babyphone bien coincé sous le menton, regard ferme et droit, respiration parfaitement contrôlée. Ça sonne.

– Braun-Berger, bonjour.

– Bonjour, ici Madame Lemay, Pharmacie des Cèdres. Je cherche à joindre un de vos représentants, il a oublié son ordinateur portable chez nous !

– Un instant s'il vous plaît... allô, oui ? Ne quittez pas. Comment s'appelle-t-il ?

– Justement, c'est bien le problème, je ne me souviens que de son prénom : Raymond. C'est embêtant parce que ça doit valoir cher un truc comme ça...

– Oui... Raymond... Braun-Berger bonjour, un instant s'il vous plaît... Je vous passe le service du personnel.

Clic. Nouvelle sonnerie. *La Lettre à Élise*. Connaissent pas Madonna ou Dido apparemment. Ohé les mecs, réveillez-vous ! Service du personnel. À l'autre bout, grosse voix de bon vivant. Je ressers mon petit baratin.

– Raymond... Raymond... attendez un peu ma petite dame, voilà on en a deux, vous avez de la chance, hein, deux pour le prix d'un !

Je ris poliment.

– Alors, numéro un : Raymond Kaminsky, et numéro deux : Raymond Mantegna.

Un russe et un italien.

– Ils sont dans quel coin en ce moment ?

– Mantegna doit être... voyons... Ah, il doit être de repos chez lui, à Sponville, et Kaminsky, il est en tournée vers Tardinghen. Alors, c'est lequel, votre étourdi ?

Je réfléchis à toute allure. Un dans l'Est, l'autre à fond au Nord-Ouest. Tous les deux à mille kilomètres de moi.

– Il ressemble à quoi, Kaminsky ?

– Franchement, j'en sais rien, ma bonne dame. Je l'ai jamais vu, moi. Je m'occupe des plannings sur l'ordinateur, c'est tout.

– Vous n'avez pas de photos d'identité avec sa fiche ?

– On n'a pas encore scanné tout ça. On est en pleine restructuration. Vous êtes dans quel coin, vous ?

– Destry.

– Ah, alors ce sera plutôt Mantegna que vous avez vu.

– Vous pouvez me donner leurs numéros de portable ? Je vais essayer les deux.

Les gens hésitent moins à communiquer les numéros des mobiles que des fixes.

– Un instant… Kaminsky : 06 12 28 15 13, et Mantegna : 06 19 45 18 54. Ouais j'arrive ! Excusez-moi, on m'appelle.

– Eh bien, merci beaucoup.

– C'était un plaisir. C'est sympa, Destry ?

– Y a plus gai, mais ça va.

Il gueule encore deux ou trois « j'arrive » et raccroche.

Me voilà bien avancée. Qui me dit qu'un de ces deux Raymond est le mien ? Qu'est-ce que je fais maintenant ? J'appelle ? Je n'ose pas. Elvira, allez, secoue-toi ! Impossible. Ray va être furieux que j'aie appelé l'entreprise. Et puis, même si je tombe sur lui, ça ne me dira pas où il est. Saloperie de portables. D'un autre côté, je connaîtrais le son de sa voix… et lui de la mienne. Que faire ? Je vais attendre un peu.

Et si j'appelais Céline ?

– Médecine A, bonjour.

– Céline c'est moi, j'ai entendu les infos !

– Ne m'en parle pas ! Quelle horreur ! Ricky est enfermé dans la salle d'autopsie avec Kyu. Spellman est là aussi, tu sais, son adjoint, un grand blond pas mal…

– Oui, je vois. Et alors ?

Sa voix vibre d'excitation :

– Ils m'ont demandé d'aller voir le corps, au cas où je la connaîtrais !

– À toi ? mais pourquoi ?

Elle baisse la voix :

– Ils ont trouvé de la méthadone dans son sac, Ricky s'est dit qu'elle suivait peut-être un programme de désintox chez nous. Et comme j'ai fait ce stage en psy le mois dernier…

– Qu'est-ce que ça peut faire, qu'elle se soit camée ou pas ?

– Ce n'est pas le fait qu'elle se soit camée ! me reprend-elle comme si j'étais idiote, ce qui les intéresse c'est de savoir qui elle aurait pu rencontrer ici ! Les participants de sa thérapie de groupe, tout ça…

Un fou furieux qui déambule dans l'hôpital déguisé en patient, de mieux en mieux !

Incapable d'attendre une seconde de plus, elle continue, tout essoufflée :

– J'y suis allée, oh là là, tu peux même pas imaginer !

– Je crois que si, hélas.

Murmure :

– Il lui manquait la moitié du visage.

– Pardon ?

– Il lui a arraché la moitié du visage ! Tailladé, tranché ! L'œil, la joue, tout ! J'ai failli tomber dans les pommes et pourtant tu sais que je ne suis pas particulièrement sensible, mais là, ce demi-visage… avec un côté de la mâchoire à nu et l'orbite vide… et juste quelques mèches blondes pleines d'esquilles…

Je frissonne.

– C'est immonde ! Et tu as pu la reconnaître ?

– Tiens-toi bien ! j'ai reconnu son tatouage !

– Son tatouage ?

– Hmm hmm ! Je l'avais remarqué quand elle venait, parce qu'elle venait bien suivre le programme, Ricky a mis dans le mille ! Un tatouage sur le poignet, un très beau papillon en couleurs. J'avais envie de me faire faire le même. Bref, je leur ai dit que oui, elle était suivie chez nous. On a ressorti son dossier, elle s'appelait Mélanie. Mélanie Dumas.

Mélanie Dumas… ça me dit vaguement quelque chose, mais quoi ?

Une voix policée, mais autoritaire, près d'elle :

– Céline, s'il vous plaît, vous pouvez venir un instant…

– J'arrive, lieutenant Spellman. Beau mec, me chuchote-t-elle, si t'aimes le genre rugbyman blond décoloré en costard gris.

Elle prend congé.

Régis Spellman, un type super-baraqué, visage nordique, yeux gris-bleu, cheveux très blonds coiffés en pétard, toujours en costume-cravate. Anton n'arrête pas de baver dessus.

– Je suis prêt à assassiner Céline si c'est Reggiiie Spellman qui assure la garde à vue, m'a-t-il susurré un jour pendant que Céline nous demandait pour la millième fois si son atroce jupe en cuir noir ne la boudinait pas trop.

Mélanie Dumas. Une jeune femme qui fréquentait l'hôpital. Comme la première, si Steven ne s'est pas trompé. Et tuée de la même manière, à quelques jours d'intervalle. J'espère que Céline va me tenir au courant.

La moitié du visage arrachée. Une bête. Un animal qui ne se contrôle plus. Un cannibale ? Non, Kyu aurait décelé des traces de morsure. Tu es stupide, Elvira, il peut découper cette femme au couteau et en manger les morceaux ensuite.

Beurk ! Le problème quand on travaille en milieu hospitalier, c'est qu'on côtoie trop la mort pour que son évocation reste abstraite. Je visualise vraiment trop exactement l'état de la malheureuse assassinée, j'en sens trop l'odeur. L'odeur du sang, de la merde, du pus, des escarres, on s'y fait. Mais l'odeur de la mort… ça continue à me soulever le cœur.

La gencive à nu. Ça devait être comme Madame Rossi, après son ablation du nez et de la joue, à cause de son carcinome. Elle voulait quand même sa permanente, je lui mettais ses bigoudis pendant qu'on lui essayait ses prothèses.

Un papillon…

Ça me dit vaguement quelque chose. J'ai dû la croiser, moi aussi.

Ce que Céline m'énerve quand elle est surexcitée comme ça, à faire sa star. À vrai dire, elle m'énerve tout le temps. Je deviens irritable avec l'âge.

Avec tout ça, je n'ai même pas regardé mes mails, faut que je sois perturbée !

Pas grave : aucun nouveau message.

Et je n'ai pas appelé Ray. « E. T. téléphone Ray » ou pas ? « Zat is 2 KStion », comme dirait Cindy. Pile j'appelle, face j'appelle pas.

Pile.

Je commence par qui ? Kaminsky ou Mantegna ? Pile Kaminsky, face Mantegna.

Face.

J'ai les doigts qui tremblent. Je cale le combiné contre mon épaule pour avaler une gorgée de cognac.

– Allô ?

Une voix de mec tranquille, la cinquantaine, ni grave ni aiguë.

– Raymond ? je chevrote.

– Qui est à l'appareil ?

Un léger accent du Sud.

– C'est moi…

– Écoutez, je vous entends mal. Vous pouvez répéter votre nom ?

Une voix de femme en fond sonore.

– C'est prêt, mon chéri !

Je vois Cindy-Katwoman7 en train de tortiller du cul en string, une pizza surgelée entre ses longs ongles carminés, mais le type lance : « Je viens, Lise ! » pendant que je bafouille : « Excusez-moi, j'ai dû me tromper » et que je raccroche, le souffle court.

Résultat des courses : si Mantegna est Raymond, il vit avec quelqu'un. Une Lise qui tâte des fourneaux. J'espère qu'elle est grosse, moche, avec des cheveux filasse. Il faut maintenant essayer Kaminsky.

– Ouais ?

Voix éraillée de fumeur, un brin vulgaire. Arrière-fond sonore : des conversations, des tintements de verre, un bar ou un resto.

– Raymond ?

– Ouais, c'est qui ?

Je dirais même : légèrement éméché, ce Ray-là.

– C'est moi.

– C'est toi, Sandra ? Mais qu'est-ce que tu fous ? Ça fait une demi-heure que j'attends !

Je raccroche.

J'ai les mains qui tremblent. Les deux Raymond ont une maîtresse ! Ou, pire encore, une épouse ! Une Lise et une Sandra. Il s'est bien foutu de moi, le saligaud ! Kaminsky ou Mantegna, même combat ! Je ne répondrai plus jamais aux mails de ce salaud !

Comme pour me narguer, mon signal de réception d'e-mails clignote.

Katwoman7. Elle tombe bien !

– MAN vien 2 mapelé, il revien 2main, tro super, M. 100 hyper chod !

M. 100 les dents qui grincent de contrariété.

– Tu le vois où ?

– Mm hôtel à 6 h, E di A Loulou K jaL fer D courss.

– Super, amuse-toi bien !

– Mrci T rakontré.

Je lui envoie un gros baiser baveux et je me déconnecte. Le type vient de l'appeler, donc ce ne peut pas être Mantegna, avec sa grosse Lise à côté. Kaminsky qui attend sa pétasse dans un troquet ? Bon, je me calme avec ces bêtises et je reviens à mon cas. Nous avons trois possibilités :

– Raymond est un salaud qui trompe sa meuf.

– Raymond ne s'appelle pas Raymond. C'est un pseudo.

– Raymond n'est pas un pseudo et dans ce cas il n'a jamais travaillé pour Braun-Berger.

Je ne suis pas plus avancée.

Téléphone chez Steven. Cheminée.

On décroche. Il a dû rentrer sans que je l'entende. Grésillement du haut-parleur.

– Ici le lieutenant Spellman.

– Bonjour lieutenant.

– J'aurais besoin de passer vous poser une ou deux questions.

– À quel sujet ?

– Je ne peux pas en parler au téléphone. Je suis là dans dix minutes.

– Très bien.

Spellman raccroche. Oh là là, ça bouge. Qu'est-ce qu'il peut bien vouloir demander à Steven-le-Bon-Garçon ? S'il connaissait lui aussi la victime ?

Où est mon pull noir, je gèle !

Le pas lourd de Spellman dans l'escalier. Quinte de toux. Sonnette. Porte qui s'ouvre en grinçant.

– Entrez, lieutenant.

– Désolé de vous déranger. Je n'en ai pas pour longtemps, lance Spellman dans une nouvelle quinte de toux.

– Qu'est-ce qu'il se passe ?

Un blanc. On dirait que Spellman a envie de prendre son temps. Ou sa respiration, vu qu'il a l'air de tenir un sacré rhume.

– Mélanie Dumas, ça vous dit quelque chose ? demande-t-il enfin d'un ton patelin.

– Mélanie Dumas ? Non, pas spécialement. Ça devrait ? s'étonne Steven.

– Regardez la photo.

Éternuement. Un bref silence, puis Steven, hésitant :

– Non, vraiment... encore que... Vous n'avez pas autre chose qu'un permis de conduire ? Il a dix ans !

– On n'a que ça. Réfléchissez, lui intime Spellman, la voix cassée.

– Je l'ai peut-être aperçue, mais vous dire où...

– À l'hôpital ?

– Elle ne fait pas partie du personnel. Et ce n'est pas une de mes patientes. Mais son visage m'est vaguement familier. Une visiteuse ?

– Et ça, ça vous dit quelque chose ?

– C'est le bandana du Dr Simon ! Son bandana bleu, son préféré.

Spellman toussote.

– Et ça ?

– Une des cravates du Dr Daguey, il ne porte que des Lacoste de couleur vive. Il met la rouge les jours où il a des opérations difficiles. Mais qu'est-ce que vous faites avec ces objets ?

– Et ça ? demande Spellman sans répondre directement.

– Les lunettes de soleil du Dr Mazzoli... ou du moins il a les mêmes, c'est Braun-Berger qui les lui a offertes, il y a leur sigle sur la branche.

– Braun Berger ? répète Spellman.

– Un gros laboratoire de produits pharmaceutiques, ils font souvent des cadeaux d'entreprise comme ils disent. Ils ont offert un percolateur au service. Pourquoi est-ce que vous avez ces objets ? répète Steven, perplexe.

– On les a retrouvés dans la voiture de cette jeune

femme, Mélanie Dumas, dans un sac en plastique dans son coffre.

– Elle les a volés ?

– On ne sait pas encore. On a pu les lui donner.

– Vous ne lui avez pas demandé ?

Spellman soupire, fait craquer ses souliers.

– Mélanie Dumas est décédée. On a retrouvé son corps cet après-midi. Elle a été égorgée.

C'est un euphémisme…

– Mon Dieu ! s'exclame Steven. Mais… Mais quel rapport avec nos médecins ?

– Justement, on se pose la question. D'après la déposition de votre collègue, Céline Durand, Mélanie suivait un programme de désintoxication à l'hôpital.

– J'ai donc pu la croiser dans les couloirs… Beaucoup de toxicos sont kleptomanes, vous savez.

– Ouais…

Spellman n'a pas l'air enthousiaste. Je réfléchis à toute vitesse. Si la fille n'a pas volé ces objets, c'est que les médecins les lui ont donnés. Or pourquoi donner un bandana, une cravate ou des lunettes de soleil à une parfaite inconnue ? C'est donc qu'ils la connaissaient. Et on ne donne pas sa cravate à une copine. À une maîtresse, oui. Est-ce que Mélanie Dumas était la maîtresse des trois à la fois ? !

Spellman a dû suivre le même raisonnement. Il renifle, tousse de nouveau.

– Putain de crève ! lâche-t-il en éternuant.

– Un Aspégic 1 000 au coucher et un au lever, dit Steven, vous vous sentirez mieux.

– Ouais, merci. Bon, je m'en vais, si vous vous rappelez autre chose… n'importe quoi…

– Où est-ce qu'on a trouvé le corps ?

– Sur une aire d'autoroute. C'est un routier qui a découvert le cadavre. Et c'est Céline Durand qui l'a identifié, grâce à son tatouage. Un grand papillon sur l'avant-bras.

– Ça y est ! Je la remets ! s'exclame alors Steven. Elle venait déjeuner au self deux fois par semaine. Avant sa thérapie de groupe. Le genre de fille qui se fait remarquer, fausse blonde, qui rit fort, qui parle fort, qui porte des fringues moulantes, très maquillée, vous voyez ce que je veux dire…

– Sexy ?

– On peut dire ça. Grosse poitrine. Longues mèches bouclées. Le genre gypsy.

– Vous avez déjà vu un des médecins déjeuner avec elle ?

Nous y voilà !

– Non, je ne crois pas, dit Steven, pensif. Non, ça m'aurait frappé. Vous avez interrogé les autres participants de son groupe ?

– On a commencé. Cinq femmes et trois hommes. On se concentre sur les hommes, évidemment.

– Ça ne peut pas être une femme qui l'aurait tuée ?

– Ça cadre pas avec le profil de l'assassin. Les femmes éviscèrent rarement leurs victimes et s'acharnent encore plus rarement sur leurs organes sexuels, grogne Spellman.

– Une femme jalouse ? Une épouse trompée qui aurait voulu se venger ?

– Peu plausible. Trop de sang, trop de violence. Non, c'est un meurtre de mec. De mec complètement à l'ouest et qui va pas s'arrêter ! OK, merci. Je vous recontacterai. Au fait, vous n'avez pas travaillé aujourd'hui ?

– J'étais de service ce matin. Je suis rentré directement, j'étais crevé, je n'ai pas bougé d'ici, sauf pour aller au supermarché.

Spellman s'en va en toussant, l'escalier craque, la porte claque. Je me redresse.

Mal de tête lancinant. Soit c'est le cognac, soit c'est la contrariété de savoir que le meurtrier rencontre très certainement ses victimes à l'hôpital ! À notre hôpital ! Qu'il les observe et les choisit comme un félin ses proies. Ça me fait froid dans le dos.

Il faudra que je demande à Céline de me communiquer les noms des trois types qui suivaient le programme de thérapie de groupe avec cette Mélanie. Surtout s'en tenir bien à l'écart.

Mais ce ne peut pas être l'un d'eux qui a donné à cette pauvre Mélanie les objets appartenant aux médecins. Aux médecins de notre service.

À moins qu'il ne les ait fauchés. Oui, pourquoi pas ?

En tout cas on devrait rapidement remonter la piste du tueur, maintenant. Trois types à interroger, confronter leurs alibis et puis hop, c'est bon.

Sauf si ce n'est aucun d'eux.

Sauf si Mélanie couchait vraiment avec nos trois docteurs.

Impossible.

Daguey passe encore, mais Simon ne supporte pas les camés, ils lui répugnent, je crois que sa petite sœur est morte d'une overdose, et Mazzoli est dingue de sa femme et de ses gosses.

Daguey ? Avec son grand sourire de surfeur à la con, ses chaussures de yuppie, sa coiffure branchée, son portable-organizer-tv hd à 1 500 euros ?

Daguey…

Stop ! Elvira ma fille, Daguey n'aurait pas été jusqu'à donner à sa maîtresse des objets appartenant à ses confrères !

Donc on en revient à l'hypothèse que Mélanie volait. Ou se faisait les trois médecins. Ou encore que le tueur a volé ces objets pour une raison X et les a fourrés dans la voiture de sa nouvelle victime. Mmouais… Pour quelle raison ?

Je tourne en rond.

Une enveloppe clignote sur MacChou.

Ray !

– Salut ma puce ! Du boulot par-dessus la tête ! Je rentre à peine et suis vanné. Je vais manger une salade et puis au lit ! Au lit, blotti contre ta douce chaleur.

C'est ça.

– Tu es rentré chez toi, mon prince ?

– Non ! Petit motel sans intérêt.

– Et demain ? Encore sur la route ?

– Oui hélas. Mais c'est confirmé : ma prochaine tournée passe par chez toi !

Quoi ? ! Mon cœur bat la chamade. Je ne me souviens pas d'avoir vu l'annonce de la visite du représentant Braun-Berger sur le tableau d'affichage.

– Quand ça ?

– La semaine prochaine. Et là, tu ne pourras pas m'échapper, ma belle !

Sauf que je suis en arrêt-maladie et que tu ne me verras pas, monsieur l'imposteur pseudonymé ! Je ne peux pas retenir une vacherie :

– Tu te présenteras sous ton vrai nom ? Ou déguisé ?

– À ton avis ma puce ? Comment as-tu envie que je me présente ?

– Sous ton vrai jour, mon prince.

– Alors je viendrai t'enlever sur mon fougueux cheval blanc.

Ça y est on est reparti !

– Je t'ai dit que c'était trop tôt pour qu'on se voie, je ne suis pas prête Ray !

– Le boulot c'est le boulot, ma beauté ! Ne t'inquiète

pas, tout ira bien. Bon, je te quitte, le snack va bientôt fermer, je t'embrasse partout ma pucette.

Vite expédiée, la pucette !

Et rien ne m'inquiète plus que lorsque quelqu'un me dit : « Ne t'inquiète pas, tout ira bien. »

Si Ray vient la semaine prochaine pour Braun-Berger, c'est qu'il est bien représentant. Et qu'il ne s'appelle pas Ray. Comment va-t-il faire quand il va devoir se présenter à la surveillante générale ? « Bonjour, je suis Michael Douglas, surnommé Ray-le-Menteur » ? !

Tout ça me prend la tête ! Je vais me regarder un film et essayer de penser à autre chose. Un beau film d'amour. Quelque chose qui parle de sentiments et pas de boucherie, de meurtres, de sang, de sales menteurs ou de vulgaires parties de jambes en l'air.

Je me suis passé la fin de *Retour à Cold Mountain* en boucle, quand ils se retrouvent enfin après quatre ans d'absence, quand ils font l'amour pour la seule et unique fois, quand il meurt dans ses bras, c'est beau !

Je suis allongée dans mon grand lit, entre mes draps en satin ivoire, il fait nuit, il neige, les flocons virevoltent dans la lumière orangée du réverbère, c'est joli. La neige étouffe tous les bruits, les voitures semblent loin, loin…

Pourquoi est-ce qu'il m'a répondu : « Comment as-tu envie que je me présente ? » Ray. Je lui demande s'il va venir déguisé. Il aurait dû me répondre : « Mais pourquoi tu dis ça, ma puce ? Tu débloques ? » Mais non, il me répond : « Comment as-tu envie que je me présente ? »

Style : « Je prendrai l'apparence que tu désires. » « Je serai le fantasme que tu veux. » Comme si c'était moi qui le réclamais. Comme le vampire sur le balcon qui attend que l'idiote de service l'invite à entrer. Parce qu'il est l'incarnation de son désir de mort, à l'idiote de service.

Stop, Elvira, arrête ta psychologie de pacotille. C'est ça qui est terrible de nos jours : on ne peut plus rien penser, rien dire, rien souhaiter sans y voir plein de références, de désirs secrets, de motivations inconscientes. Ligotés par la psychologie de bazar.

N'empêche qu'il a dit : « Comment veux-tu que je me présente ? »

Je suis stupide. C'est une question de ton. Il voulait dire : « Mais enfin ma puce… comment diable veux-tu que je me présente, sinon comme moi-même ? ! »

On n'entend pas l'intonation sur l'ordinateur, mais oui, c'est certainement ça.

Avec tout ça, Steven ne m'a pas rappelée à propos du dératiseur.

Demain matin sans faute.

« Demain sera un autre jour », comme disait Scarlett.

Incision 5

Peau lisse Police gyrophares vagues rouges l'intérieur de la voiture comme une mer démontée ça glisse ça tangue, la langue glisse sous la lame, l'œil roule babord tribord un œil à la mer, je ne veux plus qu'elle me regarde je ne veux plus me voir il faut crever le miroir, tais-toi tais-toi, le silence est d'ordures, la pluie sur le tableau de bord, la pluie du sang qui déborde me borde, j'aborde au port, calme.

Jusqu'à quand ? Elle est partout. Démon furtif aux lèvres rouges qui m'aspirent, m'aspirent pour que je me vide.

Vide.

Chapitre 5

Dimanche 22 janvier - après-midi

Hélas, les jours se suivent et se ressemblent.

Vendredi, j'ai laissé un mot sous la porte de Steven pour lui dire de m'appeler à propos de la dératisation, mais nada.

Je n'arrête pas de ruminer, impression d'avoir la tête comme une cage à hamster avec la roue qui tourne non stop.

Nous sommes dimanche 22 janvier.

Deux femmes en relation avec mon lieu de travail ont été assassinées à quelques jours d'intervalle, la première le jeudi 12 janvier, la seconde à l'aube du vendredi 20.

Le type de la dératisation a peut-être un double de mes clés.

Je ne sais toujours pas qui est Ray. Qui est l'homme censé travailler pour Braun Berger qui va se présenter à l'hôpital la semaine prochaine. Qui va demander après moi ? Qui va obtenir mon adresse par la gourde de l'accueil ? Débarquer chez moi à l'improviste ? M'assassiner au débotté ?

Je sais que je panique pour pas grand-chose.

Pas grand-chose, un assassin en liberté à l'affût de femmes à découper vives ?

On ne te parle pas de ça, Elvira, on te parle de ta tendance à tout dramatiser et à tout ramener à ta petite personne. Ray est certainement inoffensif, arrête donc ton cinéma. Ancre-toi un peu plus dans la réalité, comme te le conseillait le psy sur Internet. Sors, bouge, vois des gens. Brr.

Je sais que je suis ridicule, que tout le monde se moque de moi, Céline la première qui veut toujours me pousser à sortir, à les accompagner dans ses fiestas du vendredi soir. Je n'y arrive pas.

Téléphone. Numéro privé. J'hésite, puis décroche.

– Salut honey, c'est Léonardo.

– Ah ! salut !

– J'ai quelque chose pour toi.

Je dresse l'oreille :

– Je t'écoute.

– T'as une drôle de voix, t'es malade ? s'enquiert-il.

– Non, un peu fatiguée, j'ai mal dormi.

– Ah oui ? Ben, moi j'ai pas dormi du tout ! T'as vu comme il est beau ?

Ricanements lubriques.

– Superbe, j'acquiesce mollement.

– Bon, reprend-il, j'ai rencontré un mec qui se fait appeler…

Il laisse sa phrase en suspens. Suspense. Je me demande où il veut en venir quand il lance :

– qui se fait appeler « Latinlover »… !

Je sursaute.

– Quoi ? !

– C'est un moine.

– Un quoi ? hoqueté-je en me demandant si j'ai mal compris.

– Un moine ! répète-t-il avec délectation. Mais c'est pas tout.

Je ferme les yeux.

– Vas-y.

– Il est folle à lier ! pouffe-t-il.

– Pardon ?

– Pédé comme un phoque et complètement barje ! s'étouffe-t-il de rire. Il sort de l'asile. Il y a passé six mois, il avait des visions délirantes, avec le diable, les flammes de l'enfer et tout le barda.

Un moine gay et fou ? Mais pourquoi enverrait-il des e-mails pornographiques à des femmes ? Je le dis à Léonardo que j'entends presque hausser les épaules.

– Il est fou, ma chérie ! Un vrai pervers polymorphe, demande à Tonton Sigmund ! Bourré de médocs jusqu'au fondement. Un beau cul d'ailleurs, mais là n'est pas la question. Bref, j'ai pensé que ça pouvait intéresser ton pote le flic.

– Il a l'air dangereux ?

Léonardo s'esclaffe.

– Comment veux-tu que je le sache ! Il avait les yeux brillants, les cheveux sales, une belle gueule de taré à la Raspoutine sans la barbe… Mais bon, dans une rave, au milieu de mille cinq cents mecs défoncés, tu vois…

Vaguement. Je n'ai jamais été gambader dans une rave party avec mille cinq cents mecs défoncés.

– Tu ne l'as pas photographié, lui lancé-je, vaguement agressive.

– J'ai essayé, pas assez de lumière, je t'envoie, tu verras.

– C'est lui qui t'a raconté qu'il sortait d'une unité psychiatrique ?

– Oui, il m'a super-collé toute la soirée, il voulait à tout prix me faire partager ses états d'âme, et me vendre de la dope, il avait des cachetons plein les poches, de quoi transformer Hannibal Lecter en agneau. Tu sais ce qu'il m'a dit en me montrant son cœur ? « Jésus était le premier latinlover ! » Texto !

Un fou complet ! Une brusque intuition me traverse et, quasi certaine de connaître la réponse, je demande :

– Il t'a dit où est-ce qu'il avait été interné ?

– Ha ha ! je vois que ces petits neurones fonctionnent à plein régime ! Chez vous évidemment ! clame-t-il comme s'il venait de gagner un concours. Suivi par un médecin qu'il appelle Big Brother.

Un moine défroqué et délirant qui a correspondu avec la première victime, la jeune Sandrine, et qui revend les médicaments certainement volés au cours de son séjour dans notre unité de psychiatrie, unité que fréquentait la deuxième victime, Mélanie. Sûr que pour intéresser Alvarez, ça allait l'intéresser !

– Alors, honey, on se le fait quand, ce dîner ? reprend Léonardo d'une voix doucereuse de charmeur de serpent.

– Je te rappelle ! lancé-je précipitamment.

– J'y compte bien !

Ce type est un vrai voyeur par personne interposée ! Je suis sûre qu'il a toute une série de ces fichiers vidéo sanglants montrant de vrais accidents, me dis-je tout en ouvrant le MMS qu'il m'a envoyé.

Effectivement, on ne distingue pas grand-chose : une longue et maigre silhouette en sweat noir, capuche abaissée sur le visage. Pas assez de lumière ou trop de boisson pour Léonardo ? En tout cas, inutilisable, pensé-je en composant une fois de plus le numéro d'Alvarez.

– Ouais ?

– C'est Rossetti, inspecteur.

Soupir.

– Capitaine, rectifie-t-il machinalement.

– C'est pareil. Écoutez, je connais quelqu'un qui connaît peut-être Latinlover.

– Quoi ?!

– Ce serait un ex-moine, homosexuel, qui aurait passé récemment six mois en psychiatrie chez nous. Demandez à Céline de vérifier le fichier.

– Hé ! Je connais mon boulot, OK ?! proteste-t-il illico. Contentez-vous de me donner vos infos. Un moine, vous dites ? Un moine pédé et cinglé ?

Je sens une certaine incrédulité dans sa voix et je le comprends.

– Je sais, ça fait beaucoup, mais…

– Qu'est-ce qu'on vous a dit d'autre ? me coupe-t-il.

– Il aurait été interné en psychiatrie chez nous et suivi par un médecin qu'il surnomme Big Brother. Et il deale des tranquillisants.

– Un profil parfait pour un suspect ! grogne Alvarez. Trop beau pour être vrai ! Signalement ?

– Une tête à la Raspoutine sans la barbe.

Ricanement :

– Le technicien des portraits-robots va adorer…

– Le type dont je vous parle l'a rencontré dans une soirée gay, une rave-party, il ne le connaît pas plus que ça, protesté-je. Il a essayé de le prendre en photo avec son mobile, mais ça a raté.

Soupir Alvarezien taille XXL.

– Les coordonnées de votre pote ? souffle-t-il.

Léonardo n'a certainement pas envie d'être mêlé à tout ça et j'ai besoin de lui. Donc, voix sucrée et :

– Je ne sais pas. J'ai juste son adresse e-mail : commandante@free.com.

Je l'entends jurer à l'autre bout du fil et vouer Internet aux gémonies. Puis il grogne :

– OK, merci pour les renseignements.

– Vous pensez qu'il va encore recommencer ? Je veux dire, il y a si peu de temps entre les deux meurtres…

– Apparemment, notre mec a complètement perdu les pédales. C'est malheureusement possible que ça aille crescendo, s'il est dans une sorte de crise et bondit sur tout ce qui excite son instinct prédateur.

Pas très réjouissant.

– Vous avez du nouveau pour Mélanie Dumas ? ne puis-je m'empêcher de demander.

– Rossetti ! aboie-t-il, Kyu n'a même pas fini l'autopsie ! Ça fait même pas quarante-huit heures qu'elle est morte et vous voulez quoi ? Que je vous dise que son assassin est allé à Eurodisney en mars 1998 et ne porte que des slips Éminence à rayures bleues ? Vous trouvez qu'on bosse pas assez ? Vous vous rendez compte de tout ce qu'on a déniché en une semaine ?

– On ne sait jamais, il aurait pu y avoir un détail, un nouvel indice... marmonné-je, boudeuse.

– Ouais, eh bien c'est pas le cas !

Clic.

S. A. A., Son Altesse Alvarez, Super-Aimable-Alvarez, a mis fin à la conversation avec sa courtoisie habituelle. En tout cas le filet se resserre. Si jamais Latinlover-Raspoutine a suivi la même thérapie de groupe que Mélanie Dumas...

Bien que, comme dit Alvarez, ce soit un suspect trop beau pour être vrai ! D'un autre côté, quand je repense à ses e-mails, il est quand même très agressif, très violent. Il faut vraiment que je les imprime.

Est-ce que j'ai un message de Ray ?

Oui !

– Ma douce, ma tendre, j'ai hâte d'être près de toi, de te connaître, te sentir, te voir ! Ces conversations à travers une machine sont si frustrantes ! J'espère que tu vas bien. Je t'embrasse partout.

« Frustrantes ». Est-ce que je me sens frustrée ? Au

fond, ai-je vraiment envie de voir Ray ? N'est-ce pas plus agréable comme ça, comme dans un rêve ? Est-ce que j'ai vraiment envie d'être dans ses bras ? Ou n'est-ce qu'un jeu ? Comme quand on est petit et qu'on joue à « faire semblant pour de vrai ». Parfois, je ne sais plus. Parfois, j'ai du mal à me dire que c'est un vrai homme de chair et de sang et pas juste des mots, des mots délicieux rien que pour moi. On se sent tellement proche de l'autre à travers la machine justement, comme si tout ce qui n'est pas essentiel, tout ce qui est anecdotique, n'avait plus d'importance et qu'on communiquait d'âme à âme.

Ouais bon, pour ce qui est de l'âme et de Latinlover, tu repasseras, Elvira ! En fait Internet sert surtout d'exutoire sexuel à tous les frustrés de la Terre ! Et toi, pauvre bille, tu es là à roucouler sous les étoiles des boîtes postales. Après le Dernier des Mohicans, la Dernière des Romantiques !

Je réponds vite un petit truc gentil passe-partout à Ray, trop agitée pour me concentrer.

Ah ! Katwoman7 maintenant !

– MAN ma tel, il V1 M cherché.

– Vous allez à l'hôtel ?

– Non, il a son 4×4, on va SbalaD dan la foré !

– Dans la forêt ?

– G Fré L pti chaperon rouge, il Fra L Loup ! Hi hi ! Bizz !

Elle se déconnecte.

Une balade en voiture dans la forêt par les temps qui courent… Enfin, le tueur ne peut pas être là-bas et ici en même temps. Quoique depuis hier il ait eu le temps d'aller jusque chez Katwoman7. Mais pourquoi je me fais de la bile comme ça ?! Le type qu'on cherche est en rapport avec notre hôpital. Rien à voir avec Katwoman7 et ses amants.

Est-ce que j'aurais peur pour elle parce que je suis jalouse ? Et qu'en fait ça me fait plaisir de me la représenter en danger de mort ? Et allez ! on repart dans la psy de magazine !

J'allume la radio, je zappe jusqu'à tomber sur des infos. Quelques mots pour nous rappeler « l'horrible meurtre » commis hier matin sur l'autoroute du Sud, rediffusion d'un extrait de l'interview du routier, et « l'enquête suit son cours », je vais couper quand le speaker ajoute : « un proche de la victime entendu comme témoin ».

Quoi ? ! Je bondis sur Babyphone. Texto à Céline :

– Rappelle-moi, :)

Kyu a dû finir l'autopsie maintenant. Est-ce cela qui a mené à « un proche de la victime » ? J'ose pas rappeler Alvarez. Et Steven qui doit dormir s'il a travaillé cette nuit. Bien que parfois il ne dorme que trois, quatre heures… Oui, mais là il est à peine dix heures.

Et de nouveau cette migraine ! J'ai vraiment une sale gueule, des cernes noirs, plein de ridules, le cheveu mou, oh là là, un bain moussant tout de suite et un shampooing-masque !

Téléphone chez Steven. Cheminée. Personne ne répond. Monsieur dort. On raccroche sans laisser de message. Et si j'appelais Spellman ? Mais sous quel prétexte ? Laisse tomber, Elvira, tout ça ne te concerne pas.

J'adore l'huile de genévrier, très relaxante. À peine je plonge un pied dans la baignoire pleine de bulles et de mousse que Babyphone carillonne le dernier Beyoncé que j'ai téléchargé, je l'attrape au vol.

– Votre putain de moine, il s'appelle Manuel, Manuel Rivera, dit Manu-le Dingue.

Alvarez ! Il ne me laisse pas le temps d'en placer une, il enchaîne :

– Il est moine comme vous et moi. Il a essayé plusieurs fois d'entrer au séminaire sans succès. Les curés ont reniflé le barjo à cent kilomètres. Il a effectué plusieurs séjours en psychiatrie, dont le dernier, et le plus long, chez vous. Il suivait la même thérapie de groupe que Dumas, c'était le troisième sur notre liste.

Oh là là !

– Et devinez un peu qui est le Dr Big Brother ? Ce bon vieux Simon !

– Simon ? Mais Simon n'est pas psychiatre ! lancé-je.

– Non, mais on a craint que ledit Manu se tape une tumeur au cerveau et c'est Simon qui a fait les examens et donné un traitement pour un léger problème de vascularisation. Apparemment Rivera l'a pris en grippe et s'est imaginé que Simon avait implanté une microcaméra dans son cerveau pour le surveiller 24 h / 24 h, d'après ce que nous a appris la surveillante, Nathalie Ropp, avec qui je viens d'avoir un entretien.

Un dragon incorruptible de la vieille école, celle des électrochocs et des camisoles de force. Casque blond cendré et tailleur gris fer. Elle devait bien rigoler maintenant que Rivera était recherché par les flics pour homicide. Avec elle, il aurait été lobotomisé depuis longtemps et inoffensif !

– Tout ça pour vous dire que Rivera est éminemment dangereux, poursuit Alvarez. Alors faites gaffe.

– Moi ?

– Vous avez été en relation avec lui par l'intermédiaire de cette saloperie de Net. Sandrine Mankiewickz aussi.

Je me sens glacée.

– On a lancé un mandat d'arrêt, reprend-il, mais ce genre de type est très difficile à alpaguer. Pas de domicile connu, pas d'habitudes fixes, il peut cuver sa méthadone ou autre dans n'importe quel coin… S'il vous envoie un nouvel e-mail appelez-moi aussitôt.

Raccroché.

Manu-le-Dingue, dit Latinlover, est donc le suspect n° 1 officiel. Quand je pense qu'on a échangé des e-mails assez sympas au début, avant qu'il devienne obscène… Ce que je ne comprends pas, c'est le rapport avec les objets trouvés dans la voiture de Mélanie Dumas. Ce serait ce Manuel Rivera qui les aurait volés ? Et abandonnés sur place ?

Et Sandrine Mankiewicz ? Quel lien avec Rivera à part Internet ? (Frissons.) Elle ne se droguait pas, ne suivait pas de psychothérapie chez nous. Est-ce qu'il l'a repérée pendant qu'elle attendait un de nos médecins ? On dirait que le deuxième meurtre polarise toute l'attention de la police et que le premier passe au second plan. Mais si c'est bien le même meurtrier, les deux sont forcément liés !

Et s'ils fréquentaient tous un site sado-maso ? Sandrine portait une cagoule-bâillon. Et Mélanie était en soutien-gorge noir sur l'aire d'autoroute alors qu'il neigeait…

Si seulement j'étais moins fatiguée, je réfléchirais mieux. Il doit me rester un flacon de multivitamines quelque part… Dans la cuisine ? Hmm… Zut, il est vide ! J'étais persuadée qu'il y en avait encore la moitié ! Peut-être du Magné B6 dans l'armoire à pharmacie… Il faut que je fasse un tri de tout ça, quel foutoir, là au fond, peut-être…

Oh ! Qu'est-ce que c'est que ça ? Mais… mais non, je ne rêve pas !

Un *préservatif usagé* ! Dans MA salle de bains ! Mais c'est immonde ! Et je l'ai touché ! Vite me laver les mains, beurk ! ça me donne envie de vomir, mais qu'est-ce que ce truc fout là, dans mon armoire à pharmacie, tout au fond, derrière mes réserves de tranquillisants ?!

Je le jette dans la poubelle par réflexe. Je respire à fond, je me penche sur ma petite corbeille en osier. Il trône au-dessus de mes cotons démaquillants sales. Transparent et visqueux. Le modèle basique, sans nervurations, taille standard.

Je m'aperçois que je frissonne autant de froid que de dégoût. J'enfile mon peignoir en éponge blanc, je saisis ma pince à épiler et j'attrape le truc que je dépose sur le lavabo. Vite, un sachet plastique à congélation. Voilà, je fourre l'horreur dans le sachet. Si jamais il est nécessaire de l'analyser…

Ma pauvre Elvira, qui cela intéresse-t-il qu'un inconnu ait caché un préservatif usagé dans ta salle de bains ? La police a assez de boulot avec ces meurtres !

Il ne l'a peut-être pas simplement caché. L'inconnu que je soupçonne est peut-être le même que celui qui a vidé mon cognac. Il s'est peut-être masturbé dedans ici même ! En dégustant mon cognac précisément ! Ça ne va pas se passer comme ça ! Je monte chez Steven, je vais lui montrer ça et lui dire d'appeler ce mec immédiatement ! Sinon je porte plainte !

Steven ne répond pas. Complètement sourd, cette andouille.

Sorti ?

Il n'a peut-être pas vu le mot que j'ai glissé sous sa porte avant-hier, je vais lui en laisser un autre.

Tiens, c'est ouvert.

Je vais le laisser sur la table de la salle à manger.

Impression de rentrer chez moi par effraction ! Un chez-moi transposé dans une autre réalité, même espace, autres meubles… Et quels meubles… Il faudrait vraiment qu'il change ce vieux bahut faux rustique, c'est d'un triste ! Et ce canapé ! Rien que ce canapé verdâtre vous donne irrésistiblement envie de vous défoncer au Rohypnol ! Pas un objet qui traîne, c'est propre, mais tout fait triste. Le papier peint défraîchi, la table éraflée, la danseuse en porcelaine sur la télé, les pantoufles devant l'un des fauteuils avachis… quel est le mec qui range ses pantoufles devant son fauteuil ?

Ah non, j'avais pas vu, c'est pire, ce sont les pantoufles de Môman, taille 37, de belles charentaises à carreaux vert et bleu. Installées à côté de son fauteuil. Comme si elle allait revenir. Ou comme si elle n'était pas partie. Sinistre.

Et le lustre ! Années 50, verre dépoli, lumière jaunâtre convenant parfaitement à un reposoir. Et son fauteuil à lui, avec un napperon posé sur l'accoudoir droit, si si ! Un napperon au crochet, une des œuvres de Môman. Je suppose que le reste de la collection est entreposé, soigneusement repassé et amidonné, dans l'armoire à linge.

Je gagne la chambre à pas de loup. J'aurais l'air malin s'il dort… Le lit est vide, les draps tirés. Un lit une place, on rigole pas, avec têtière en bois qui sert d'étagères à livres. Radioréveil aux chiffres luminescents, modèle 1980. Couverture en mohair beige, pas de couette à imprimé, taie de traversin blanche, armoire normande de 562 kilos. Je ressors. Je sais, oui, je sais que je n'ai pas à rôdailler dans son appartement en son absence, mais ça m'amuse de me faufiler partout comme une petite souris.

La salle de bains est vraiment gaie avec ce carrelage noir et blanc ! Et pas un slip sale qui traîne ! Môman devait être sévère question linge sale. Panier en osier au couvercle bien en place. Tout est propre et bien tenu, poussière faite, moi qui aurais besoin d'une femme de ménage…

Cuisine. Même pas la peine de parier, c'est évidemment resté la cuisine de Môman. Plus moderne que le reste de l'appartement, même si les placards sont en merisier teinté marron. Môman devait aimer cuisiner : hotte aspirante, four encastré, billot de boucher avec panoplie complète de couteaux, plan de travail imitation marbre, table en formica blanc, deux chaises. Vaisselle rangée par ordre de taille dans égouttoir en plastique bleu ciel. Dix contre un que le frigo, un modèle récent avec grand congélateur, contient des plats tout préparés pour une personne à réchauffer. Gagné : barquettes en alu, ah mais on dirait que monsieur cuisine ! Du ragoût, voyez-vous ça… des abats… et ça, on dirait une salade de museau. Pas de vin, du lait et du jus de fruit concentré. Le lait doit être typique des grands garçons attardés.

Sur le buffet en pin des Landes, des dossiers étiquetés. « Impôts », « Salaires », « Assurances » « Factures » et ça, c'est quoi ? Des coupures de journaux. Il y a un peu de tout. La photo de la promotion d'élèves infirmiers 1986, le Trophée Lions Club 1994 remis à Super-Steven par le président de l'association en personne, le concours de crêpes de l'hôpital 1998 (finalistes Steven-le-Virtuose et Céline-la-Gourmande, gagnante Céline), l'annonce du décès de Môman, la photo de la tombe de Môman recouverte de fleurs, la nomination de Kyu, le vin d'honneur pour le centenaire de notre plus vieille patiente – Steven-le-Parfait lui tend sa coupe de champagne –, l'annonce de la retraite du Pr Veld, les deux meurtres de Sandrine et de Mélanie… tu parles d'une vie palpitante, rien qui n'aie trait au boulot !

Tiens, il y a deux numéros de téléphone accrochés à la coupure de presse concernant Sandrine Mankiewicz. Deux numéros de portable. J'ai l'impression que je connais le premier.

Que je suis bête, c'est le mien !

L'autre ne me dit rien. Elvira, ça ne nous regarde pas ! J'ai assez traîné ici, si jamais il arrive…

Hop hop hop refermer soigneusement la porte et filer dans ma tanière. Babyphone se met à piauler *Good Bye My Lover* juste comme je referme la porte, je me jette dessus.

– Tu as vu ça ?! me lance Céline surexcitée, ils vont le coincer, tu vas voir ! Dire qu'on a dû croiser ce dingue cent fois ! Ricky pense qu'il trouve ses proies sur Internet !

Léger silence.

– Allô ?! t'es là ?

– Oui, oui.

– Du coup ils vont sûrement laisser tomber la piste de Simon.

Je sursaute.

– Simon ? Le Dr Simon ?

– Non, Simon le coureur cycliste ! Ben oui le Dr Simon, oh là là, tu planes ou quoi ?

« Mélanie Dumas… Un proche de la victime entendu », ça me revient d'un coup, c'est même pour ça que j'avais appelé Céline !

– C'est lui, « le proche de la victime » ?

– Tout à fait ! Ils étaient amants !

– Qui ?

– Simon et Mélanie Dumas, m'assène-t-elle. Tu te rends compte, ce salaud, il couche avec ses patientes !

– Mais ce n'était pas une de ses patientes !

– C'est pareil, c'était une malade, c'est contraire à l'éthique !

Céline défendant l'éthique, on croit rêver !

– Comment on le sait, qu'ils couchaient ensemble ? veux-je savoir.

Elle prend le ton patient de la maîtresse d'école morigénant un cancre :

– Parce qu'il l'a avoué quand ils l'ont questionné à propos du bandana. Tu te rappelles, le bandana de Simon, trouvé dans la voiture de Mélanie ? Bon, ben il a tout avoué : il avait aperçu Mélanie à la cafétéria, il lui a proposé de prendre un verre en dehors de l'hôpital, elle a accepté et voilà...

– Il lui a offert son bandana ?

– Non, il dit qu'elle a dû le lui piquer. Et en plus ça explique le reste !

– Quel reste ?

– Ah oui, c'est vrai, t'es pas au courant !

Ton satisfait de la femme qui est dans le secret des dieux, sous-entendu : « Ah oui, c'est vrai, t'es pas la petite amie d'Alvarez, toi ! »

– Dans la liste des appels reçus au motel où travaillait Mankiewickz, reprend-elle, il y avait le numéro du portable de Simon !

– Celui qu'on lui avait soi-disant volé ?

– Oui ! En fait il avait appelé pour réserver une chambre pour s'envoyer en l'air avec Mélanie Dumas ! Une drôle de coïncidence, hein ? !

– Il a pu le prouver ?

– Ils ont la facturette de sa carte bleue, avec le montant et la date. Trois jours avant le meurtre de Sandrine Mankiewicz ! Et le type de l'accueil de jour a reconnu Mélanie Dumas sur les photos de l'Identité judiciaire.

Une drôle de coïncidence, oui !

– Mais alors, Simon avait croisé Sandrine Manckiewicz ?

– Il dit que non, qu'ils ont pris les clés à la réception et qu'ils n'ont vu personne, c'était l'après-midi, m'apprend Céline pendant que j'entends en fond sonore les sonnettes des malades se déchaîner.

– Mais pourquoi avoir choisi ce motel ? demandé-je encore, un peu sonnée par toutes ces révélations en cascade. Pourquoi ne pas l'avoir emmenée chez lui ?

– Il a dit à Ricky qu'il n'emmenait jamais personne chez lui, et sûrement pas un membre du personnel !

– Du personnel ? répété-je sans comprendre.

Re-ton patient :

– Tu t'imagines bien que la Mélanie ne lui avait pas dit : « Je suis camée jusqu'aux yeux et je viens ici pour me faire soigner », elle lui avait balancé qu'elle était ASH, en psychiatrie, précisément.

ASH. Aide-soignante hospitalière. Oui, pourquoi en aurait-il douté ? On ne peut pas connaître tout le monde.

– Et le choix de l'hôtel ? m'obstiné-je avec la ténacité d'un bull-terrier.

– Il y emmenait toujours ses conquêtes, il avait une carte de fidélité donnant droit à un tarif réduit.

Et en plus radin ! Le beau et sympathique Simon en prend un coup !

– Sûr que pour sauter une ASH, il allait pas l'emmener au Ritz ! conclut Céline en écho à mes pensées. Enfin, au moins ça avance, faut dire que Ricky et Régis bossent 24 h/24 h, les pauvres. Oh mince, ça arrête pas de sonner, la douze, tu sais, la vésicule, j'y vais !

« Ricky et Régis » ! Je me laisse choir sur mon canapé, entourée de mes coussins préférés et j'appuie sur la télécommande du lecteur CD, un peu de classique me fera le plus grand bien, rien de plus réconfortant que d'entendre une billionième fois *I will survive* quand le monde vacille autour de vous.

Le Dr Simon a couché avec Mélanie Dumas, victime n° 2, dans l'hôtel où a été assassinée Sandrine Manckiewicz, victime n° 1.

À noter qu'on ne l'aurait jamais su sans le bandana trouvé dans la voiture de la victime n° 2 et sans le relevé de l'appel passé depuis le portable dudit docteur pour réserver une chambre, puisque monsieur n'avait pas jugé bon de dire quoi que ce soit à la police quand il a appris que la femme de chambre dudit hôtel avait été assassinée.

À croire que ce salaud avait inventé qu'on lui avait volé son téléphone pour pouvoir dire que ce n'était pas lui qui avait appelé l'hôtel !

D'un autre côté, s'il ne la connaissait pas plus que ça, cette Sandrine, pourquoi en parler à la police ? Exemple : si on assassine la caissière de la supérette aujourd'hui, je ne vais pas aller dire aux flics que j'y étais passée il y a trois jours.

Cela dit, ça doit quand même bien l'arranger que les soupçons se portent sur Manu-le-Dingue dit Latinlover.

N'empêche, ça me fera tout drôle de me retrouver seule avec le Dr Simon. Être en contact avec les deux victimes à quelques jours près, faut le faire.

Ouais ouais ouais…

Une petite dose de Robbie Williams et un petit cognac s'imposent.

Je cogite sec.

Mélanie Dumas a été retrouvée en soutien-gorge noir dans sa voiture. Or Mélanie Dumas couchait avec le Dr Simon. Objection, Votre Honneur, je vois où vous voulez en venir, mais son agresseur, quel qu'il soit, a très bien pu l'obliger à se dénuder pour pouvoir l'éventrer plus à son aise. Raspoutine, par exemple. Raspoutine-Manu Rivera, l'homo qui s'attaque aux femmes.

Viol ? Personne ne m'a dit s'il y avait eu viol sur ces deux femmes ! Il faut que Lèche-Bottes-Steven demande à Kyu, elle a l'air de l'avoir à la bonne. J'ai beau rassembler mes souvenirs, ni Alvarez ni Spellman n'ont parlé de viol. Éviscération, torture, énucléation, oui, mais pas viol. Ce qui serait logique si l'assassin est gay. Ou bien s'il couchait déjà avec ses victimes, comme un certain médecin…

Stop, Elvira, personne n'a jamais prétendu que Simon couchait avec Sandrine Mankiewickz. On n'en sait rien. Peut-être bien que oui !

Quelle histoire ! J'en suis toute retournée. Et j'ai la trouille. Parce que Latinlover court toujours. Est-ce que j'ai bien fermé mes verrous ?

Et celui de la porte principale ? Je ne suis pas sûre. Oh là là, il faut que j'aille vérifier. Et le jardin ? On peut se cacher dans le jardin, il y fait noir comme dans un four et cette saleté de haie n'a pas été taillée depuis des mois ! Je cours voir cette porte.

Elle était ouverte ! J'ai tendu la main vers la serrure, une antiquité, et à ce moment-là quelqu'un l'a poussée, j'ai failli crier. C'était le facteur avec un colis recommandé pour Steven qui a surgi sur ces entrefaites. Ils ont échangé des petits papiers roses pendant que je lorgnais le paquet – qui pouvait bien lui envoyer un cadeau ? À moins qu'il n'ait commandé quelque chose par correspondance ? J'ai juste réussi à distinguer une partie du tampon de l'expéditeur : Amazing – et puis le facteur est parti et on a commencé à papoter.

Je lui ai raconté tout ce que Céline m'avait dit. Il a pris des airs mystérieux en me disant qu'à son avis Manu-le-Dingue faisait un coupable un peu trop évident. Super-Steven-FBI menant l'enquête, laissez-moi rire. Je lui ai parlé du problème avec le type de la dératisation et il a eu l'air très surpris, choqué même.

– Mais Monsieur Morand vient depuis des années et il n'y a jamais eu de problèmes ! Maman le trouvait vraiment très bien.

Peut-être qu'il ne se masturbait pas dans la salle de bains de Môman, môssieu Morand ! me suis-je dit dans mon for intérieur.

Je lui ai demandé quel genre d'homme c'était.

Réponse : quinquagénaire sportif, très poli, toujours bien propre sur lui, et qui travaille vite.

Qui vide vite les bouteilles aussi, lui ai-je lancé.

Il a ouvert des yeux de bécasse apercevant son premier chasseur :

– Monsieur Morand ? Mais il ne boit pas une goutte ! Maman et lui fréquentaient la même paroisse.

Jésus Marie ! Ben, décidément un sacré hypocrite, le p'tit père Morand !

– Écoutez, quelqu'un a bien vidé mon cognac et tripoté mes affaires ! lui ai-je répété. Et c'est la seule personne à qui j'aie prêté mes clefs !

Il a eu l'air ennuyé et m'a promis de lui en toucher deux mots, mais je suis sûre qu'il ne le fera pas. Parce qu'il ne me croit pas. Ça l'embêterait trop que son cher Monsieur Morand qui chante si bien à l'église se bourre la gueule en fouillant dans mes culottes !

Du coup, j'ai sorti mon atout : le préservatif !

J'ai cru qu'il allait tomber dans les pommes.

– Un préseeervatiiiif usaaagé ? a-t-il chuchoté en lançant des regards affolés tout autour de nous comme si on était en pleine rue entourés d'une nuée d'espions de la police des mœurs.

– Oui, parfaitement, je l'ai chez moi dans un sachet en plastique si vous voulez le voir !

Il a hoché la tête : « Non non non », épouvanté, son paquet serré sous le bras.

Est-il d'ailleurs capable de faire la différence entre un préservatif et un ballon gonflable ? Quoi qu'il en soit, il a cessé de me seriner les louanges de Monsieur Morand. Je lui ai dit que je voulais faire changer ma serrure au cas où le vieux saligaud aurait fait faire un double de mes clés. Ça a eu l'air de l'embêter, mais il a été obligé de dire oui. Il est près de ses sous, le cher Steven, mais s'il croit que c'est moi qui vais payer alors que c'est à cause de son artisan que je suis obligée de la changer, cette serrure, il se fout le doigt dans l'œil jusqu'au coude.

Il a vite capitulé, comme toujours. Ce type n'a pas de couilles, je le dis comme je le pense.

Je serais quand même plus rassurée quand le serrurier sera passé. Entre ce saligaud de Monsieur Morand, ce cinglé de Latinlover et Ray qui débarque, ça fait un peu beaucoup pour moi… Envie de me pelotonner sous ma couette et de tirer les rideaux, les volets bien fermés. Juste un petit coup d'œil à ma messagerie.

Ray :

– Chaque jour qui passe nous rapproche, ma douce.

Oui, et c'est bien ce qui me fait peur !

– Encore une soirée solitaire devant la télé dans un motel pourri. Tiens-moi chaud dans tes bras.

J'adore les soirées solitaires devant la télé. Comment même ai-je pu rêver d'autre chose ?!

Je tapote un petit truc gentil en retour.

Pas de message de Katwoman7. Je lui envoie un : « Coucou beauté fatale ! » Pas de réponse. Je renvoie un « ça va ? ». Rien. Oh, je tombe de sommeil. Mes comprimés et basta !

Quand même : que pouvait bien contenir le paquet de Steven ? « Amazing », c'est quoi, ça « Amazing » ? Autant que je me souvienne, ça veut dire « stupéfiant, étonnant ». Qu'est-ce que Steven-le-Normatif peut bien commander d'étonnamment stupéfiant ? Un manuel de relookage ?

Incision 6

Tendre est la nuit, tendre est la chair, tendre est la viande, la nuit pleine de viande, de viande qui gémit, G MI en sol mineur, le sol de la cuisine sale, si sale, rouge de femme, G MI fin à ces cris, aigus comme des clous enfoncés dans mes tempes, G marché gliC dans son ventre étalé par terre, sale et brun et noir et fétide.

Femmes fleurs de cimetière, je les arrache une à une comme les pétales de la marguerite, un peu beaucoup passionnément, une à une tombées, une à une soufflées, jusqu'au cœur, ton cœur qui bat si près si loin, mais trop, de toute façon beaucoup trop, l'ordinateur est sur la table, avec les voix dedans qui dansent et s'agitent, grotesques. Il faut qu'il se taise O ssi, que tout fasse SI lent S.

Chapitre 6

Lundi 23 janvier - matin

J'ai fait le tour du cadran ! Je suis peut-être malade. C'est pour ça que je me sens si fatiguée. Épuisée, comme après une nuit blanche. Et remplie d'idées noires. Les yeux qui brûlent. Des vertiges. J'ai sûrement pris froid. Pourtant, le chauffage est à fond. Et je ne renifle pas, je n'ai pas mal à la gorge.

Et si Morand avait versé quelque chose dans le cognac ? Pour pouvoir venir abuser de moi quand je serai inconsciente ? Elvira, tu te fais un roman, là ! C'est sans doute tout simplement un effet secondaire de mon traitement. Ça arrive tout le temps. Comme si Monsieur Morand était tapi derrière la porte, son gros machin dans une main et un couteau de boucher dans l'autre !

Mais je ne suis pas un peu stupide de me raconter ça, moi ? ! Vite, trottiner pieds nus jusqu'à la porte et jeter un œil dans le trou de la serrure.

Personne. Ou alors il est à quatre pattes. Non, non et non ! Je ne veux plus m'imaginer de bêtises comme ça. J'appelle un serrurier tout de suite pour commencer !

Voyons… « pagesjaunes », ah, un message de Ray, lundi 23 janvier 6 h 35, il s'est levé tôt le pauvre bichon. Toujours la même chose, je lui manque, etc., etc. Oui oui, toi aussi tu me manques, mais bon, j'ai quand même pas envie de te voir rappliquer ici ! Ça, je ne l'écris pas. Je lui écris que je pense fort à lui.

Tiens, Cindy est toujours connectée – elle n'y a pas passé la nuit quand même ? ! – et j'ai plein de messages d'elle.

De : Elvira@freebox.com à Katwoman7@hotfree.com - dimanche 22 janvier - 20 h 15 :

– Ça va ?

De Katwoman7@hotfree.com à Elvira@freebox.com - dimanche 22 janvier - 23 h 30 :

– Ça vient…

Qu'elle est bête !

– … G sui OQP.

Occupée ? Occupée à quoi ?

– … 2 DF…

2 DF ? J'ai parfois du mal à comprendre son charabia. C'est quoi un DF ?

– … G monte O ciel.

Au 7e ciel ? Elle était avec MAN ? Comme si elle avait lu dans mon esprit, elle a ajouté :

– … Toi O Si biento.

Moi aussi avec MAN ? Elle a disjoncté ou quoi ? Fumé un joint de trop ? Et si jamais elle a pris de la drogue ? « G monte O ciel » ça fait bien délire de camé. Et « 2 DF » ça pourrait vouloir dire : je suis occupée « à me DéFoncer ? » Un peu tiré par les cheveux, OK, mais enfin jusqu'à présent Katwoman7 a toujours été cohérente. J'ouvre précipitamment les autres messages.

Et là :

– 1 ami Ki vous ve du mal.

– 1 ami Ki Vous Ve.

– 1 @me Ki vous ve du mâle.

C'est le dernier message, daté de 23 h 58 hier soir.

Qu'est-ce que c'est que ça ? Pourquoi Katwoman7 me dit-elle qu'elle est une amie qui me veut du mal ? Qui me veut ? Qui me veut du mâle ?

Et si Katwoman7 n'existait pas ? Si Katwoman7 était alias Manu-le-Dingue ?!

Chhhut, Elvira, la démence précoce te guette. On se calme ! Mais que signifient ces messages ?

Je relis.

Je frissonne. Parce que ça ne ressemble pas du tout à Katwoman7 de jouer avec les mots. Pas du tout.

Ça veut dire… *ça veut dire que ce n'est pas Katwoman7 qui a écrit ça ?*

Je tapote bêtement :

– Ça va, ma grande ?

Je regarde l'horloge en attendant : 23 janvier - 08 h 45

Aucune réponse bien sûr. Mon Dieu, où est Katwoman7 ?

À 23 h 30 hier soir, elle est OQP. « 2 DF ».

Elle utilise souvent « 2 » pour le mot anglais « To », l'équivalent de notre « à ».

Donc elle est occupée à DF. DEF ?

Et ensuite, quelqu'un écrit qu'il me veut du mal ! À moi, Elvira !

To DEF, To DEF…

Bon sang ! Non, ce n'est pas possible…

TO DEATH…

OQP 2 DF : occupée to death.

Occupée à la mort ?

Occupée à mourir !

Et puis : « Je monte au ciel. »

Ça se tient. Ça se tient horriblement. La radio, tout de suite !

Blablabla… élections… blalabla… rien sur un meurtre commis cette nuit.

Comment puis-je m'affoler aussi vite ! C'est à cause

de tout ce qui se passe, je suis sur les nerfs. Le son de *Supernature* remixé m'avertit que j'ai un message.

– Elvira, c'est Steven, je suis très embêté, Monsieur Morand était furieux, il nie complètement et il m'a dit qu'il ne remettrait jamais les pieds dans cette maison…

Bon débarras.

– … Je suis en repos, je pars chez ma tante Flo, poursuit sa voix fade.

Tant mieux.

– … Si vous voulez me joindre, appelez-moi sur le portable.

Ouais, c'est ça. Le message date d'hier soir, 21 h 35. Je n'ai rien entendu, je dormais déjà comme une souche avec mes boules Quies ! C'est bien le genre de Steven d'avoir une tante Flo. Qui doit porter un tablier blanc et lui faire des gâteaux. Ah, Monsieur Morand n'était pas content, je vais le plaindre, tiens ! Message suivant :

– On n'a pas le droit d'insulter les gens comme ça, madame ! Je n'ai jamais touché à rien chez vous ! Je suis un homme respectable, moi ! Je ne vous souhaite pas le bonjour !

Quand on parle du loup… Grosse voix en colère, accent vulgaire. À oublier, le Morand. Suivant :

– C'est Léonardo, j'ai du nouveau, *call me* !

Je l'appelle, il répond à la première sonnerie.

– J'ai reçu un e-mail d'un certain capitaine Alvarez ! me lance-t-il sans préambule.

Je lui explique le coup. Il acquiesce.

– Je sais, je sais, mon chou, je te pardonne. Bon, donc hier, je suis allé au commissariat, j'ai rencontré son adjoint, un certain Spellman, lieutenant Régis Spellman, très très man, un vrai mâle pas mal du tout !

Je ris poliment.

– Je lui ai dit tout ce que je savais, continue-t-il, c'est-à-dire pas grand-chose, il m'a offert un café…

– Les flics ont mis la main sur Latinlover ? l'interromps-je.

– Nada ! Je dois contacter Spellman si je l'aperçois, il m'a laissé son numéro de mobile perso, glousse-t-il. D'après moi, le Manu il s'est tiré loin d'ici, reprend-il. Il est peut-être dingue, mais il a sûrement l'instinct de conservation. Et puis, si tu veux mon avis, ajoute-t-il sans que je lui aie rien demandé, ce n'est peut-être pas lui le coupable ! Ce type n'en avait vraiment rien à foutre des nanas !

– Il les hait peut-être assez pour les tuer, hasardé-je.

– Ouais, vu comme ça… J'ai reçu un coup de fil d'Anton, me dit-il soudain changeant abruptement de sujet, il rentre la semaine prochaine, il veut me voir !

– Super, bonne chance ! dis-je machinalement.

Puis, sous le coup de l'impulsion :

– Tu peux me rendre un dernier service ?

– Dis toujours…

– Je corresponds avec un certain Ray, Raymond, qui signe « Lonesomerider », il est chez Libertymail, tu peux me trouver qui c'est ?

– Lonesomerider… Le cavalier solitaire ? Qui cherche sa Reine ?

Il glousse de nouveau.

– Bon, je vais essayer de le débusquer ! lance-t-il. Je te rappelle !

– Bonjour à Anton ! réponds-je. Je vous offre un super-dîner quand tout ça sera fini.

– Tout ça quoi ? me demande-t-il.

Oui : quoi en fait ?

– Eh bien, ces meurtres, tout ça… marmonné-je avec l'impression d'être une de ces vieilles filles qui vivent par procuration.

– OK ! *Hasta la vida !* conclut-il, à bientôt !

Il doit être ravi qu'Anton l'ait rappelé. À chacun sa chacune ou son chacun.

Et à moi Ray le fantôme du Net.

Je suis quand même tracassée par les curieux messages de Katwoman7. Et si Loulou le mari cocu avait tout découvert ? Ce pourrait être lui qui envoie des mails furieux à tous ses correspondants. Je vérifie si elle n'a rien laissé depuis tout à l'heure. « Nada », comme dirait Léonardo. Tant que j'y suis, je me balade un peu de chat en chat, m'arrête quelques instants sur un site consacré aux violences envers les femmes, il y en a plusieurs depuis qu'une actrice célèbre est morte accidentellement de coups assénés par son mari, ah ! tiens : wolf. Qu'est-ce qu'il nous raconte de beau ?

– Le pouvoir des femmes fait peur aux hommes, la puissance de la Femme les terrifie, c'est pour cela qu'ils les frappent, pour faire taire la toute-puissance de la Déesse, niée, rejetée, réduite en esclavage par les nouveaux maîtres de la terre, les rationalistes.

Ouais, bon, assez exalté, le wolf, et toujours dans le même genre de discours ! Un néo-celtique sans doute. Un druide, qui sait ? Lassée des violences contre les femmes, je vais quitter quand une signature retient mon attention : Katwoman7 !

C'est sans doute une homonyme, combien de millions de Katwoman7 sur la Toile ? Je lis :

– L FM son D ogre L S nouriS 2 la chair D MEN. L Sperm E leur boisson PRFR !

Indifférente aux déluges de protestations variées et outrées qui s'ensuivent en direct, je vais pour lui répondre, toute joyeuse, quand je vois que son adresse e-mail n'est plus la même. C'est une autre boîte free. Et pourquoi ma Katwoman7 irait-elle dire des conneries pareilles ? Cindy se fiche du sort des femmes comme de son premier string, tout ce qui l'intéresse c'est son sort à elle et à ses petits amis. Mais combien de probabilités pour que deux Katwoman7 écrivent de la même manière ? Je cherche désespérément une idée pour en avoir le cœur net.

– Ma Katwoman7, dis-moi, tu peux me redonner ta recette de coloration à la passiflore ? Je l'ai perdue.

Un type nous traite de poufiasses, une femme nous dit que nous sommes la honte de notre sexe, un autre type dit à la femme qu'il lui mettrait bien le sien, de sexe, bref, c'est le bordel, mais Katwoman7, elle, ne me répond pas.

Évidemment. Celui qui se fait passer pour elle est bien incapable de me donner la recette d'une crème colorante.

Ça devient vraiment très inquiétant.

Surtout quand je retourne dans ma boîte perso et que je trouve un message de la « nouvelle » Katwoman7, avec la même adresse « free ».

– T'Inkiet Tu Sra biento AVK moi.

Il date d'il y a un quart d'heure. Je soupçonne que son expéditeur se trouve dans un cybercafé, à l'instar de Latinlover-Manu-le-Dingue et l'idée me vient de nouveau que c'est peut-être lui. Je réfléchis encore un peu et ça devient pire.

Si Katwoman7 n'a jamais existé, qu'elle n'était qu'une personnalité d'emprunt pour un mystérieux X, dans ce cas elle n'aurait pas dû changer, vous me suivez ?

Si Katwoman7 a su un jour la recette de la coloration à la passiflore et puis change de langage et ne la sait plus, c'est donc qu'il y a bel et bien eu une Katwoman7 et que maintenant quelqu'un usurpe son identité d'internaute.

Et alors, Elvira ? Ça mérite la une du journal du soir ? « Qui s'amuse à se faire passer sur le Net pour Katwoman7-Cindy-la-coiffeuse ? »

– Nathalie Ropp, me répond la radio que j'ai laissée branchée.

Hein ? J'ai dû mal entendre, je pivote comme si j'avais des micros orientables à la place des oreilles.

– … Nathalie Ropp, répète la radio têtue. La surveillante du service de psychiatrie a peut-être été victime d'un patient dangereux actuellement recherché par la police. Le capitaine Alvarez, chargé de l'enquête, se refuse pour l'instant à tout commentaire.

Je me jette sur le mini-poste, le secoue, change de station, musique, foot, jeux débiles, ah !

– Le corps a été découvert ce matin vers dix heures par le mari, Louis Ropp, directeur des Charcuteries du Soleil, qui rentrait d'une tournée chez ses fournisseurs. Terrorisme, nouvel attentat à…

Je zappe encore, mais plus rien. Je n'ai pas rêvé, ils ont bien prononcé le nom de Nathalie, *notre* Nathalie, et ils ont fait allusion à Manu-le-Dingue. Nathalie assassinée ! Et son mari, elle n'en parlait jamais, je savais qu'elle était mariée, mais rien de plus… Un charcutier…

Comme le mari de Cindy-Katwoman7, tiens. Et qui s'appelle Louis.

Louis. Loulou ?!!!

Je dois tout mélanger, parce que c'est impossible ! Nathalie Ropp ne peut pas avoir été assassinée cette nuit et elle ne peut pas être Katwoman7, *ma* Katwoman7 !

Et en imaginant que Nathalie Ropp soit ma Katwoman7, alors, avec qui ai-je communiqué tout à l'heure ?

Avec son assassin ? !!

Et c'est lui qui a écrit ces messages hier soir…

Impression d'avoir les chutes du Niagara entre les oreilles. Se calmer. Respirer à fond.

Il faut que j'envoie tout à Alvarez d'urgence.

Je suis bête, il doit avoir trouvé tous nos échanges dans la messagerie electronique de Katwoman7-Nathalie. S'il s'agit bien de la même. Oh, j'appelle.

– Allô ? ! aboie-t-il.

– Rossetti, capitaine.

– Putain, quoi encore ? ! Je bosse, là !

– Justement, je viens d'entendre les infos…

– Passionnant, Rossetti, passionnant…

– J'avais une correspondante sur Internet qui se faisait appeler Katwoman7…

– Vous m'en direz tant…

– Et dont le mari était charcutier et s'appelait Loulou.

– Rossetti, qu'est-ce que vous voulez que ça me foute, je suis sur une scène de crime, nom de Dieu. On est en train de patauger dans du sang, OK ? !

– Je crois que cette Katwoman7 était Nathalie Ropp, lâché-je d'un trait pendant qu'il reprend son souffle.

– Ah oui ? grince-t-il, et pourquoi diable ? !

– À cause de la profession et du prénom de son mari.

– mmpfff…

– et aussi parce que hier soir elle m'a envoyé de drôles de messages, vers 23 h 15. Comme si quelqu'un avait pris sa place. Des messages qui parlaient de mort ! Vous n'avez qu'à vérifier sur l'ordinateur de Nathalie !

– Le disque dur a été effacé, me rétorque-t-il avec la même hargne que si je l'avais effacé moi-même. Ce n'est plus qu'une coquille vide. Et Nathalie Ropp est décédée aux alentours de deux heures du matin, des suites de multiples blessures à l'arme blanche. Vous allez me laisser travailler maintenant ?

Clic.

Mais il est con ou quoi ?!

Je reste seule comme une idiote avec la réalité qui s'impose peu à peu. Nathalie est morte à son tour ! Et ce n'était pas une patiente, elle faisait partie du personnel ! Je frissonne. Pourvu qu'ils attrapent ce Manu rapidement !

Partons du principe que c'est lui qui l'a tuée. Il a trouvé son adresse dans le listing de l'hôpital ou bien elle la lui a donnée par Internet. Quoi qu'il en soit, il se rend chez elle, elle lui ouvre. Il la massacre et m'écrit cette nuit de chez elle avant d'effacer son disque dur. Puis ce matin il se connecte d'un cybercafé, complètement défoncé apparemment. Tout se tient. Mais comment le localiser ? Il a déjà dû changer d'endroit.

Et cet imbécile d'Alvarez qui refuse de m'écouter. Steven qui n'est pas là. Céline qui dort certainement.

Je n'arrête pas de vérifier que la porte est bien fermée. Ah, appeler le serrurier !

Ils ne peuvent pas venir avant trois jours. « On est débordé ! » J'en appelle deux autres : pareil ! À croire qu'il y a une épidémie de changement de serrures !

Alvarez est vraiment trop borné. Et si j'essayais Spellman ? Je tombe sur son répondeur. Je lui laisse un message. J'imagine que les flics écument la ville pour débusquer Manu-le-Dingue. Et s'il s'attaquait au Dr Simon ? Il l'appelle Big Brother, il croit qu'il lui a implanté une station de contrôle dans le cerveau. Il peut essayer de se rapprocher de lui. Est-ce qu'ils y ont pensé ?

J'appelle Simon.

– Allô ?

– Bonjour docteur, c'est moi.

– Oui, qu'est-ce qu'il y a ? J'opère dans cinq minutes.

– Vous avez appris pour Nathalie Ropp ?

– On ne parle que de ça ici ! Encore un coup de ce taré !

– Vous ne pensez pas qu'il risque d'essayer de vous trouver ?

– Moi ? Pourquoi ? s'étonne-t-il.

– À cause de « Big Brother ». Il croit que vous lui avez implanté dans le cerveau quelque chose pour le contrôler.

– Je sais. J'aurais mieux fait, on serait tranquilles ! grogne-t-il. Je pense qu'il doit plutôt se planquer. Il sait qu'il a la police aux fesses.

– Ça ne l'a pas empêché de s'attaquer à Nathalie ! Vous qui le connaissez, il est vraiment fou ?

– Pour faire ce qu'il fait, oui, il est psychotique à 100 % ! Mais même les psychotiques ont l'instinct de survie. Vous avez de la chance d'être en repos, on est assaillis par une nuée de flics qui posent des millions de questions, il y en a partout, on se croirait dans *Starky et Hutch au Cook County*.

– C'est le Dr Kyu qui va faire l'autopsie ?

– Oui, avec un confrère détaché par le juge d'instruction, car elle est débordée. Elle n'avait même pas tout le détail des analyses toxicologiques de Mélanie Dumas et voilà que ça recommence ! Le lieutenant Spellman est en salle d'autopsie avec eux, d'ailleurs. Vous savez que la présence d'un officier de police est obligatoire, il n'avait pas l'air très heureux !

– Nathalie a été torturée elle aussi ?

– Une véritable boucherie ! m'assène-t-il. Quand je pense qu'il était en train de la massacrer pendant que je regardais un documentaire sur la vie des fauves à la télé ! Je peux bien vous le dire puisque vous êtes de la maison, ajoute-t-il plus bas : on nous l'a ramenée en six morceaux.

– Pardon ? hoqueté-je.

– Complètement démembrée. La tête posée dans l'abdomen éventré et éviscéré.

Je déglutis. Apparemment le meurtrier, comme l'Éventreur en son temps, se contrôle de moins en moins et pratique la surenchère dans l'horreur.

Une idée me vient :

– Et l'ADN ? On a peut-être gardé une trace du passage de Rivera entre nos murs ?

– Hélas, mes instruments ont été stérilisés et son linge lavé, Rossetti ! nous sommes stupides, c'est vrai, de ne pas avoir pensé à lui prélever quelques tubes de sang et à les mettre au frigo au cas où…

Ses sarcasmes ne m'atteignent pas, les hommes éprouvent toujours le besoin de ricaner quand ils sont dans l'incapacité d'agir efficacement.

– Et vous, ils vous ont demandé un prélèvement ? demandé-je perfide, histoire de lui clouer le bec.

– Évidemment ! J'ai donné mon sperme si ça vous intéresse. Mais le problème est qu'ils n'ont pas trouvé sur les victimes quoi que ce soit qui provienne du tueur. Apparemment il porte non seulement des gants, mais un masque de protection et un bonnet, style bonnet de piscine : ni poils, ni salive, ni cheveux, c'est ce que m'a dit Kyu, elle était furieuse : aucun marqueur génétique disponible.

– Quel salaud ! m'exclamé-je. Et tant de précautions, ça vous semble compatible avec un psychopathe ? veux-je savoir.

– Je n'en sais rien et je m'en fous, tout ce que j'espère c'est qu'on le mette hors d'état de nuire le plus vite possible ! Il faut que j'y aille, le devoir m'appelle ! Une mammectomie droite.

Je lui souhaite bonne chance et je raccroche.

Démembrée. Je compte : deux bras, deux jambes, un torse, une tête, ça fait bien six morceaux. J'essaye de visualiser Nathalie, la tête de Nathalie, posée dans son ventre ouvert. Comme ses yeux. Et l'autre malade en bonnet de douche, masqué et ganté, qui la découpe vivante tout en tapant d'un doigt sur l'ordinateur.

Je visualise si bien que je cours à l'évier et vomis.

Il est grand temps de prendre un bain.

Je ne sais pas pourquoi la mousse a des vertus si apaisantes. La chaleur me détend. Mon masque à l'argile me donne la sensation de faire peau neuve.

Masque. Gants.

Non, non, non. Ne penser à rien. Savourer le plaisir exquis de ne penser à rien. Passer les doigts dans la mousse douce, la malaxer. S'en faire une moustache, comme quand on est gosse. Je me demandais toujours si les nuages avaient la même texture que la mousse du bain. Aujourd'hui, adulte, j'ai pris l'avion, je les ai vus tout près, mais je ne saurai jamais ce qu'on ressent quand on les touche.

Sandrine Mankiewickz. Mélanie Dumas. Nathalie Ropp.

La première : tuée sur son lieu de travail, un hôtel.

La deuxième : tuée dans sa voiture sur une aire d'autoroute.

La troisième : tuée chez elle en l'absence de son mari.

Il y a une nette progression dans l'intimité des victimes.

Et comment savait-il que Louis Ropp était absent ? Correspondait-il avec elle par Internet ? Flirtaient-ils ?

Lui a-t-elle dit : « Mon mari s'en va pour quelques jours » ?

Et était-elle vraiment Katwoman7 ?

Oui, il y a trop d'indices : le prénom du mari, l'ordinateur mis hors service, les messages que j'ai reçus…

Je vais quand même les faire parvenir à Alvarez, une fois calmé il verra bien que c'est très important.

Mais quand même : la si revêche et si sérieuse Nathalie surfant sur le Net sous l'identité de la frivole et lubrique Katwoman7 !

Et couchant avec MAN, MAN le tueur ?

Attends, attends ! Si Katwoman7 est en fait la revêche Nathalie, ça m'étonnerait qu'elle ait eu de vrais amants. Des fantasmes, oui.

Nathalie Ropp n'a sans doute jamais trompé son Loulou, c'était juste un jeu, un jeu tragique qui l'a conduite à ouvrir sa porte à un loup !

Wolf ? Elvira, arrête de voir des correspondances partout ! À propos : y a-t-il eu effraction ? C'est vraiment assommant de suivre une enquête de loin sans avoir accès à toutes les informations !

Et où était Simon cette nuit ?

Le tueur opère ganté, masqué, avec un bonnet.

Une tenue de chirurgien ?

Quoi de plus pratique pour la vivisection ?

Le Dr Simon est en dehors de tout ça, ma fille, il faut te le répéter combien de fois ?!

Le Dr Simon, Votre Honneur, est comme par hasard toujours dans le sillage du tueur, il a même opéré le principal suspect, et il connaît très bien Nathalie Ropp qui a été surveillante dans le service dudit charmant docteur pendant dix ans avant d'être mutée en psychiatrie !

Était-elle sa maîtresse, elle aussi ? Une belle femme sous ses airs austères. Grande, blonde, glacée…

Le bain est chaud, lui. Besoin de chaleur, de tiédeur. Il fait bon dans l'eau qui sent bon. Rajouter de l'eau brûlante. Fermer les yeux. Se concentrer sur les galets effervescents dont les bulles m'effleurent le dos et les cuisses. Chasser les visions de violence, de peur, d'horreur.

Écran noir.

Respirer profondément. Savourer l'odeur de l'encens qui se consume doucement. Respirer.

Lentement.

Je me suis endormie ! Oh là là, j'ai dormi au moins un quart d'heure, c'est l'eau devenue froide qui m'a réveillée. Brr, faire couler la douche brûlante. Se rincer, enlever le masque, il a séché, ça tire…

Téléphone au-dessus.

Une moitié de visage couverte d'argile verte, je bondis jusqu'à la cheminée.

Le répondeur s'enclenche. Grosse voix d'homme éraillée.

– Ici René Morand. Vous direz à la cinglée du rez-de-chaussée que j'ai vérifié mon emploi du temps, c'est même pas moi qui suis venu ce lundi, c'est mon ouvrier ! Je vais voir ça avec lui et lui secouer un peu les puces, mais…

– Monsieur Morand ? Excusez-moi j'étais dans la salle de bains, dit Steven en décrochant.

Il a dû rentrer pendant que je dormais dans mon bain. Je frissonne toute mouillée, mais je veux entendre.

– Vous disiez ? continue-t-il.

– Je disais que c'est pas moi qui suis venu ce lundi-là ! aboie Morand, alors vous direz à votre locataire que j'ai pas pu y fouiller dans sa lingerie ou y boire son cognac, compris ?! Dès que je mets la main sur mon ouvrier, je vous rappelle !

– Elle n'a donc peut-être pas rêvé ? lance Steven que pour une fois j'approuve.

– Peut-être, admet Morand à contrecœur, j'attends de voir mon gars.

– Vous ne pouvez pas le joindre ?

– Non justement, il s'est volatilisé ! Il m'a fait faux bond sur un chantier et son portable ne répond plus ! Il a une carte, pas un abonnement, et il oublie toujours de la recharger, l'animal !

– Vous me rappelez dès que vous avez du nouveau ? demande Steven.

– Ouais, je vous l'ai dit, dès que je remets la main sur ce fichu Manu !

Impression que la cheminée me tombe sur la tête. Manu ? !!!

– Manu ? fait écho Steven de son côté. Manu comment ?

– Ravier. Emmanuel Ravier. Pourquoi ? Vous le connaissez ?

– Peut-être, il ressemble à quoi ?

– Ben, vous l'avez vu, non ? Quand il est venu chercher les clés !

– J'étais sorti, je les avais laissées scotchées dans la boîte aux lettres avec un mot.

Alors là, bravo ! Et pourquoi pas devant la porte sous le paillasson ? Andouille de Steven !

– Un grand brun, plutôt maigre, avec une queue de cheval, dit Morand pendant ce temps.

– Non, ça ne me dit rien, dit Steven.

– Bon, je vous rappelle ! répète Morand visiblement pressé.

– Très bien, merci.

Je m'extirpe de sous la cheminée, transie, et file me sécher avec ma super-moelleuse serviette en coton blanc.

L'ouvrier s'appelle Manu. Grand, brun, maigre, ça vous fait penser à qui ? Et queue de cheval signifie cheveux longs. Probabilité pour que le Manu qui fouille dans mes affaires et se masturbe chez moi soit le Manu qui vient d'*éventrer* trois femmes ?

Hein, pro-ba-bi-li-té ?

Simple coïncidence, c'est ça ? !!

Eh oui, ça arrive tout le temps, les coïncidences. Après tout, Manu est un diminutif assez courant, les grands bruns un modèle répandu, et ce Manu-ci s'appelle Ravier, pas Rivera. Ça devrait me rassurer. Sauf que…

Ravier est le parfait anagramme de Rivera.

Pourquoi cet imbécile de Steven n'a-t-il pas réagi plus fortement ? « Non, ça ne me dit rien… » Il lui faut quoi ? Une photo du Manu avec une hache pleine de sang à la main ? C'est lui qu'on devrait étriper !

On se calme, on finit d'enlever le masque parce que ça tire la peau.

Voilààà. Dehors il neige toujours. Je m'habille confortablement, pantalon noir en velours pattes d'eph, petit top ras du cou assorti, mon collier de perles blanches toutes simples, mes petites tennis en cuir blanc. Il faut que j'aille voir si j'ai du courrier et il faut absolument que j'aille acheter les journaux pour lire le détail de l'affaire, ça doit être dans l'édition du soir.

Kiosque à quatre-vingt-cinq pas sur la gauche. Facile.

Mais j'ai la trouille d'ouvrir la porte. C'est d'autant plus bête que la porte principale de la maison est en principe toujours verrouillée, donc double protection. Allez, du nerf ma fille ! Tu as peut-être des centaines de lettres de ton fan-club qui t'attendent.

Incision 7

Quelqu'un est venu. Quelqu'un a touché. A regardé. Son odeur partout. Nauséabonde. Comme l'autre. Comme toutes. Mon sang chaud bout dans mes doigts. Mes doigts de glace brûlent. La peau de mon visage se fendille et commence à tomber. Je la ramasse. Je la plaque sur les os. Je réajuste mon sourire pour qu'il ne ressemble plus à une blessure béante grouillante de vers.

Ils sont en train de l'autopsier. Auto-psy pas besoin d'aide. Recoudre. Rapiécer. Voudrais pouvoir me recoudre, mais le trou dans la nuque par où fuit mon âme est trop grand, je peux juste le colmater, avec une boule de leur chair, il m'en faut toujours plus pour ne pas me répandre sur le sol, petit tas de glaires visqueuses.

Quelqu'un est venu. Méandres de ses regards comme des traînées de bave. Yeux-filaments collés à mon moi, les arracherai, plus d'yeux derrière la tête, plus d'yeux du tout, pluie d'yeux sous la neige, tombe de neige douce.

Est-ce que j'irai à l'enterrement ?

Chapitre 7

Lundi 23 janvier - après-midi

Deux factures, trois publicités. Pas une seule lettre personnelle. Qui m'écrirait, à vrai dire ? Les gens que je connais, je corresponds avec eux par e-mail ou par téléphone. Je n'écris jamais à personne non plus. N'empêche, ça me ferait plaisir de recevoir une vraie lettre qui ne soit pas de mon percepteur, de Mister PizzaQuick ou de l'Amicale des joueurs d'ukulélé.

Ai mis ma parka trempée de neige à sécher et me suis versé un petit cognac, il est midi passé, lundi 23 janvier, oui Miss Boop.

Ai comme d'habitude croisé Steven qui remontait avec son propre courrier. À croire qu'il m'espionne ! Je l'ai rejoint dans l'escalier, il s'est immobilisé un pied quasi en l'air. Il m'a répété sa conversation avec Morand, sans la déformer : au moins il n'est pas menteur. Je lui ai demandé ce qu'il pensait de cette coïncidence entre l'ouvrier-voyeur-vicieux Manu et le tueur-cinglé Manu. Il a toussoté, s'est remis une mèche de cheveux en place, a regardé ses pieds et a fini par lâcher de sa voix de béni-oui-oui : « Ça m'étonnerait tout de même que l'employé de Monsieur Morand soit notre patient soupçonné d'assassinat ! »

Comme si, parce que le père Morand fréquentait la même église que Môman, ça absolvait, par une sorte de ricochet spirituel, tout son entourage ! L'employé de mon ami est forcément mon ami ! Je l'aurais poussé en bas des escaliers, cette andouille ! Il me dévisageait avec sa figure sans expression, les yeux aussi vifs que ceux d'une langouste au court-bouillon, bien propre, bien sage, devrait aller travailler en culottes courtes, tiens !

– Vous ne trouvez pas que la coïncidence est quand même étrange ? ! ai-je lancé, les lèvres un peu pincées.

– C'est le propre des coïncidences, m'a-t-il rétorqué avec un aplomb que je ne lui connaissais pas.

Je l'ai bien regardé pour voir s'il se foutait de ma gueule, mais non.

– Et le fait qu'Emmanuel Ravier soit maigre, grand et brun et porte les cheveux longs comme Manuel Rivera ?

– Comme un homme sur deux ou peut-être trois ! a-t-il répondu en haussant les épaules.

– Et le fait que Ravier soit l'anagramme de Rivera ? ai-je quasiment hurlé dans la cage d'escalier.

Là, il a tiqué.

– Vraiment ? qu'il a fait sans savoir qu'il était à deux doigts – les miens – de passer par-dessus la rampe. Ça alors ? !

J'ai laissé tomber. Ce type a le fauteuil miteux de Môman à la place du cerveau. J'ai ramassé mon fichu courrier et j'ai trottiné jusqu'au kiosque, pas trop vite à cause du verglas.

Le cognac m'a réchauffée. C'est décidé, j'appelle Spellman.

Répond ? Répond pas ? Répond.

– Lieutenant Spellman, j'écoute, dit-il à voix basse.

– Lieutenant, c'est Rossetti, excusez-moi de vous déranger, mais j'ai peut-être un renseignement pour vous.

– Un instant.

J'entends en fond sonore le grincement de la scie électrique qui découpe sans doute la boîte crânienne de Nathalie. Le bruit s'atténue, il a dû sortir dans le couloir.

– Je vous écoute.

Je lui balance tout, ma conviction que Nathalie était Katwoman7, mes raisons de le croire.

– Envoyez-moi donc ces e-mails, me dit-il.

Enfin quelqu'un qui s'intéresse à ce que je dis. J'en profite pour enchaîner sur l'employé de Morand et la troublante similitude des noms et du physique.

– Vous me dites qu'un dératiseur s'est livré à des voies de fait sur votre linge intime et que son signalement correspond à celui de Manuel Rivera ?

– Son nom aussi ! Manu est le diminutif d'Emmanuel et Ravier l'anagramme de Rivera ! approuvé-je avec force.

– Et Spellman celui de Malesplan ! me renvoie-t-il.

– Pardon ? Je ne comprends pas, avoué-je.

– Malesplan, c'est le nom sous lequel le Dr Simon s'était inscrit au motel. Pourtant je ne suis pas le Dr Simon, n'est-ce pas ? ricane-t-il.

Mon Dieu, ils sont tous complètement siphonnés !

– En fait, c'était le nom de jeune fille de sa mère, à Simon, m'explique-t-il, tout ça pour vous dire que le hasard existe !

Dois-je comprendre que lui aussi se fout complètement de mon histoire ?

– Envoyez-moi ces e-mails, reprend-il plus sérieusement, et de mon côté je vais quand même demander qu'on se renseigne sur cet Emmanuel Ravier, au cas où il serait fiché.

Je le remercie et il doit rentrer dans la salle d'autopsie parce que j'entends de nouveau du bruit et la voix monocorde de Kyu qui énumère des mesures.

Je me sens un peu rassurée.

Je me mets devant mon écran et me connecte à Outlook Express. Ma boîte de réception ne s'affiche pas en gras, donc pas de nouveaux messages de la fausse Katwoman7. Ouf. Bon, voyons, je vais…

Oh non, ce n'est pas possible !

Non ! Non ! Non ! Ma messagerie est vide ! *Vide !*

Et une stupide icône clignote, agrémentée d'une bombe : « Une erreur de type G10 est survenue, veuillez enregistrer vos fichiers en cours et redémarrer. »

Quels fichiers en cours, fichu MacChou ?! Mon courrier a disparu ! La corbeille ! Je me rue dans la corbeille électronique. Rien. J'ai peut-être fait une fausse manœuvre, je compulse tous mes dossiers, je lance mon programme de recherche de fichiers, je sors le manuel qui pourrait être écrit en sanscrit pour ce que j'y comprends. Où est passé mon courrier ? J'ai envie de hurler.

Léonardo. Mon seul espoir.

L'espoir fait peut-être vivre, comme l'amour et l'eau fraîche, mais ne répare pas les ordinateurs. Léonardo a été charmant, il m'a posé toute une série de questions extrêmement précises et j'ai suivi ses instructions en lui donnant chaque fois la réponse qui s'affichait à l'écran. Résultat des courses : la fonction « supprimer définitivement tous les messages » a été activée à 13 h 11 !

Ce qui en soit n'aurait pas été dramatique, car je pouvais les récupérer sur le disque dur, mais apparemment j'ai aussi manœuvré l'effaceur aimablement installé par ce con de Léonardo, et donc non : pas moyen de les récupérer. Comment ai-je pu appuyer sur cette touche fatale sans m'en apercevoir ? Mes e-mails ont été engloutis dans un trou noir informatique. Je n'ai rien à montrer à Spellman qui va penser que je suis une fabulatrice, et ni lui ni Alvarez ne me prendront plus au sérieux. J'imagine la conversation :

– Heu… Lieutenant Spellman, coucou c'est moi ! Vous savez à propos de ces e-mails que j'ai reçus accréditant ma théorie que ma Katwoman7 est certainement votre Nathalie, eh bien… ils ont été effacés par erreur ! Voui voui, EraserNet est passé par là, c'est bien malencontreux comme vous dites…

Bordel ! Je n'ai pas l'habitude de jurer, mais là ! Bordel de bordel de merde ! Dommage que je n'aie rien à casser, ça me détendrait les nerfs. Un des verres de l'horrible service de six offert par Céline pour mon anniversaire ? Elle ne s'est pas trop fendue : c'était le cadeau d'une entreprise de vente par correspondance, j'avais vu la photo sur un bon de commande. L'art du recyclage. Du coup, moi, pour le sien d'anniversaire, je lui ai offert le vanity-case cadeau bonus de Médicall. On est quittes. Mais je ne peux pas casser un verre, ça porte malheur. À moins que ce soit le contraire ? Me souviens plus.

Pourquoi mon destin a-t-il basculé à treize heures onze minutes ? Qu'est-ce qu'il m'a pris à ce moment-là ? Je venais de prendre mon bain, je m'apprêtais à sortir, je…

Minute ! Je n'ai pas touché à MacChou depuis… depuis mon dernier échange avec la fausse Katwoman7. Et, ça, ça c'est peut-être encore en mémoire ! Je vais dans « Historique ». Je fais défiler : dernière connexion à librespensees.com à 11 h 22.

Comment ai-je pu faire une fausse manœuvre à 13 h 11 ?

Je vérifie l'horloge interne : elle est à l'heure.

Donc je n'étais pas devant cet appareil à 13 h 11. Donc, je n'ai pas pu effacer accidentellement mon courrier électronique.

À 13h11, je devais être en train d'acheter les journaux.

À 13h11 quelqu'un s'est introduit ici et a délibérément supprimé toute trace de ma correspondance avec Katwoman7 ! Ici, chez moi, dans mon appartement, et avec une clé, puisqu'il n'y a pas eu effraction.

Emmanuel Ravier.

Il a la clé. Je suis certaine qu'il est Manu-le-Dingue. Il faut que je rappelle Morand.

– Monsieur Morand ?

– Oui ? J'entends mal.

La ligne est mauvaise, ça frite…

– C'est la locataire de Steven.

Il souffle bruyamment.

– Est-ce que vous avez retrouvé votre employé ? lui demandé-je de but en blanc.

– Non ! Je sais pas où il est passé, personne l'a vu depuis plusieurs jours, ni au PMU, ni au café. L'a peut-être eu un accident, je sais pas. Je commence à m'inquiéter.

– Moi aussi, Monsieur Morand, moi aussi, parce que quelqu'un s'est introduit chez moi tout à l'heure pendant que j'étais sortie faire une course, et a abîmé mon ordinateur ! Je vous préviens que je vais porter plainte !

– Rien vous prouve que c'est mon gars ! proteste-t-il.

– Il n'y a pas eu effraction ! Donc c'est quelqu'un qui a les clés !

– Un ami à vous ? suggère-t-il.

– Je n'en ai pas. Pas qui ait mes clés, je veux dire.

– Demandez un peu à Steven au lieu de tout me fourrer sur le dos !

Steven ? Je reste coite. *Steven…*

– Y a pas plus sournois que ce type-là, continue-t-il, sa pauvre mère en a assez souffert !

Sur ce, la communication est coupée.

C'est vrai qu'il a l'air sournois, Steven. Trop poli pour

être honnête, comme disait mon père. Cependant, je vois mal Steven-le-Sournois venir tripoter MacChou en douce : il déteste ces « machins-là » comme il dit. « Je suis fidèle au papier et à l'encre. » À moins de vouloir espionner ma vie, vu que la sienne est d'un tel ennui… Il s'introduit peut-être ici dès que j'ai le dos tourné pour lire tous mes petits secrets. Soyons honnête : je préférerais ça à Manu-le-Dingue. D'autre part, c'est vraiment curieux qu'Emmanuel Ravier ait disparu au moment précis où la police recherche Manu Rivera, non ? !

Un accident, un accident… a-t-il pu avoir un accident ? Je suppose qu'il y a un flic muni d'une photo à l'entrée de chaque établissement médical et donc, si on avait repéré Rivera, on le saurait, mais vérifier quand même si on a eu une admission au nom de Ravier. Au cas où ils ne feraient qu'un.

L'hôpital a un site dont la partie professionnelle n'est accessible qu'en intranet, avec accès réservé selon votre fonction, login et mot de passe. Rapide et pratique, merci la technologie !

Accueil, présentation, passer l'intro sur les médicaments génériques, les différents services, entrer votre code à 4 chiffres, voilà, direction le registre centralisé des admissions qui regroupe les infos en provenance de chaque établissement de la communauté urbaine. R…

Aucun Ravier nulle part.

Et si j'allais traîner un peu dans les sphères supérieures ? C'est comme ça que j'appelle les sections auxquelles nous, les obscurs, les sans-grade, n'avons normalement pas accès. Mais quand j'ai fait fonction de surveillante il y a six mois, pendant les congés d'Élisabeth, j'ai dû utiliser son login et son mot de passe et bien sûr je les ai copiés. Confidentialité et informatique, c'est une contradiction, comme aime à le répéter Léonardo.

J'aime bien me balader dans les arcanes de l'hôpital. On croirait déambuler dans un vaste musée de l'Homme avec ses différentes ailes : « gastrologie » et ses spécimens, heureusement rares, de suicidaires au détergent condamnés à se nourrir par perfusion à vie, « cardiologie », « réanimation » : regardez le ballet incessant des blouses vertes et blanches, écoutez la symphonie des moniteurs, « dermatologie », aïe ça démange, « médecine interne », « oncologie », distribution gratuite de kleenex, « gériatrie » pour méditer sur le sens de la vie...

Je pilote là-dedans d'une main sûre. Direction les coulisses et Chronos, le service des plannings. Psychiatrie B1, hmm, Nathalie Ropp travaillait dimanche après-midi, de 13 h 30 à 21 heures. À quoi ça m'avance de le savoir ? Je ne sais pas. Besoin d'engranger des informations. Ça donne l'impression d'agir.

Un petit tour au service du personnel maintenant, rien que pour le plaisir de voir nos bobines. Dossier photos. Céline avec une choucroute de boucles carrément seventies. Nacera sanglée dans sa blouse comme un conducteur de tank dans sa tourelle. Augustin, l'œil torve, le nez rouge, la lippe pendante. Le sourire de Sofia, un vrai délice cette gamine. Élisabeth, les rides au garde-à-vous, le regard rivé sur la ligne vert horizon. Et Steven, digne d'un avis nécrologique. Blafard, la raie sur le côté, le col de la chemise boutonnée jusqu'à la pomme d'adam. Le fils naturel de la Famille Addams juste sorti du tombeau.

En parlant de morts, je me faufile du côté de l'athanée. Ils ont bien fait les choses. Visite du salon mortuaire. Des chambres froides. Explication du système de conservation des corps en attente. On a presque envie de réserver. Les rapports de Kyu doivent se trouver quelque part derrière un mot de passe, avec accès réservé aux personnes accréditées, collaborateurs ou enquêteurs. Ça amuserait sûrement Léonardo de venir se balader dans notre intranet. Hmm.

Trop risqué. Entrave à une enquête policière, s'ils remontent jusqu'à moi… Allez, Elvira, ressors de là.

Babyphone m'avertit que j'ai reçu un SMS.

Céline : « J'ai cinq minutes, rappelle-moi. »

Ben tiens, comme ça c'est moi qui paye !

Me suis pas trompée, elle m'a tenu la jambe au moins vingt minutes, très excitée.

« Tu te rends compte, Nathalie, notre Naaaathalie ! c'est aaaaffreux ! »

On aurait dit qu'elle était montée sur ressort, j'avais l'impression de la sentir sauter et trépigner au bout du fil. En tout cas, elle a compris, elle au moins, et sans me faire répéter cent fois la même chose.

« Notre Nathalie se faisait passer pour une coiffeuse nommée Katwoman7 qui s'envoyait en l'air avec tout ce qui frétille ? Wahhh ! Et tu penses que le tueur t'a écrit en direct de chez elle pendant qu'il l'éventrait ? Woohhh ! Et le type qui est venu pour tes cafards s'est branlé dans tes slips ? ! Wahhh ! Et tu crois que c'est lui, le tueur ? Ce Manu Riviera-Ravier ? Le pédé fou qui a été interné chez nous ? Wahhh de Wohhh ! »

Ensuite on a embrayé sur le meurtre lui-même.

L'autopsie n'a rien révélé de plus que les deux premières. Le type se protège un max, il utilise une lame de type scalpel, il est droitier, vu l'angle des incisions, et on ne peut pas affirmer s'il a des connaissances médicales ou pas, étant donné l'état dans lequel il laisse ses victimes. L'hypothèse d'un émule de Jack L'Éventreur version XXIe siècle semble se confirmer. Un psychopathe atteint de « *scalpel syndrome* ».

– Spellman était tout vert en sortant de la salle d'autopsie, a ajouté Céline avec délice.

J'en ai profité pour lui demander s'il y avait eu viol.

– Non, Ricky a d'ailleurs été très surpris : aucune d'elles n'a été violée ! Ça le perturbe. Il dit que tout indique pourtant des crimes à connotation sexuelle, il n'y comprend rien, le pauvre chéri, et ça le met dans une rogne ! Il est pas à prendre avec des pincettes, crois-moi ! Tu sais ce qu'il m'a dit ce matin ?…

Ils dorment donc ensemble ?

– … « Pourquoi faut-il que les bonnes femmes passent leur vie à se faire assassiner ? » Non, mais tu te rends compte ? ! Il a ajouté qu'il plaisantait, mais je n'en suis pas sûre. Il tire une de ces gueules !

J'ai compati.

Après, nous sommes longuement revenues sur le fait que Nathalie pouvait vraiment être ma Katwoman7 et que dans ce cas j'avais vraiment « conversé » avec le tueur. Elle m'a dit qu'à ma place elle mourrait de peur. Et m'a promis d'en reparler avec Alvarez dans un moment plus calme.

– Quel dommage aussi que tous tes e-mails aient été effacés, a-t-elle ajouté avec une pointe de malveillance.

Je me suis demandé si casser du verre était vraiment si néfaste que ça.

À part ça, elle n'avait pas grand-chose à m'apprendre : le comité d'entreprise va offrir une gerbe, est-ce que je veux participer ? Oui, bien sûr. L'enterrement est prévu dans trois jours, dès que Kyu aura effectué tous les prélèvements requis, recousu la malheureuse et lui aura redonné une apparence à peu près humaine, cercueil clos de toute façon, est-ce que je viendrais ?

– Je ne sais pas encore.

– Tout de même, c'est une collègue de longue date ! a rugi Céline-la-Morale.

Je me vois mal crapahuter jusqu'au cimetière, c'est loin, il y aura plein de monde, ce sera « dehors » pendant des heures, avec tout ce vent froid autour, tout ce ciel gris, parfois quand il y a trop de ciel on ne peut plus respirer, comme si l'air vous étouffait, j'aime mieux marcher près des murs, sentir le ciment sous le bout de mes doigts. Quand il faut traverser, s'élancer dans cet espace nu qu'est la route, c'est comme se jeter dans le vide, et j'ai le vertige.

Je vais m'inventer une grippe de dernière minute. Quelle importance pour Nathalie Ropp que je sois présente à son enterrement ou pas ? Ce n'est plus qu'un petit tas de chair martyrisée qu'on va descendre dans un trou humide. Toute son âme s'est envolée dans son supplice, il n'y a plus personne là-dedans.

Les gens aiment bien les cimetières, se repaître de la douleur, des signes extérieurs du drame et de la douleur, je suis sûre que Léonardo y sera !

Et l'assassin, si l'on en croit les romans policiers. L'assassin, que les flics taciturnes-mais-pas-cons traquent du coin des yeux pendant qu'une bruine sombre comme un capuchon de ténèbres dégouline dans le cou des assistants et qu'un prêtre âgé et arthritique marmonne des trucs que personne n'écoute.

Il fait sombre, j'allume ma petite lampe à abat-jour rose, je me blottis sur le canapé, entourée de mes coussins, je regarde la neige caresser les vitres de ses lèvres froides.

Vaguement la nausée. Rien envie de faire. Trop énervée. Je sursaute à chaque craquement de cette foutue vieille baraque hantée. Même pas envie d'allumer la télé. Mais besoin de son, de voix humaines.

Qu'est-ce que fout la télécommande sur les étagères ? Je la range toujours sur la table basse. Alzheimer te guette, Elvira ma fille.

Plaf, je zappe, plaf plaf plaf, du tennis, très bien, ploc ploc ploc, c'est monotone comme un métronome, ça détend.

Même pas faim. Même pas envie de pizza au thon.

C'est quand même une sale coïncidence que Nathalie, sous l'identité de Katwoman7, soit tombée sur un de ses ex-patients complètement barje ! Si c'est une coïncidence…

Manu Rivera l'avait peut-être repérée, choisie comme proie.

Ah oui, et comment a-t-il su qu'elle se faisait appeler Katwoman7 sur le Net, ma chère Elvira ?

Elle avait pu le lui dire.

Ben, tiens, c'est sûr : « Salut, cher ami et patient psychopathe, si jamais vous cherchez une poule à dégommer, moi je me fais appeler Katwoman7, voilà mon mail, à bientôt ! »

Oui, toutes ces coïncidences… ça me reste en travers.

Un : le Dr Simon qui emmène une de ses conquêtes – la deuxième victime – dans le motel où s'est fait assassiner la première.

Deux : Manu-le-Dingue qui retrouve Nathalie parmi des milliers d'internautes.

Trois : des objets appartenant aux médecins qui sont trouvés dans le coffre de la bagnole de Mélanie Dumas.

Évidemment, tout s'emboîte si c'est vraiment Manu Rivera le tueur.

Je tape à toute allure sur MacChou :

- Il connaît Nathalie Ropp et fantasme peut-être sur elle, l'inaccessible et glaciale nurse.

- Découvre par hasard qu'elle utilise un pseudo pour surfer sur les sites de rencontres. Hmm, oui, possible, si elle l'a fait depuis l'ordinateur de son bureau, il a pu aller y fureter, avec ce super concept de « service ouvert » qui permet à tous les patients de se balader partout.
- Il connaissait aussi Mélanie, puisqu'elle faisait partie de son groupe.
- Et Sandrine ? Sandrine que Pépère-Steven croit avoir aperçue près du foyer des médecins. Est-ce qu'elle couchait aussi avec le Dr Simon ? Non, il n'aurait pas emmené Mélanie dans l'hôtel où elle travaillait. Encore que... allez savoir avec les mecs, ils sont tellement balourds... Et puis, il ignorait peut-être qu'elle y travaillait, dans cet hôtel.

Attends, Elvira, tu vas trop vite, tu mélanges tout.

Reprenons.

- Manu-le-Dingue s'approvisionne en victimes à l'hôpital.

OK. Le lien avec Nathalie Ropp et Mélanie Dumas est donc évident. Mais Sandrine ? S'il l'a bien repérée là-bas, qu'est-ce qu'elle y foutait, à l'hôpital ? Si elle avait été malade, l'autopsie l'aurait révélé. Donc elle était venue voir quelqu'un. Donc elle couchait effectivement elle aussi avec Simon !

Il y a pensé à ça, Alvarez ? ou bien il est trop occupé à coucher avec Céline, lui !

Pourquoi ne suis-je pas flic ?! Qu'on me donne une étoile et un colt !

Sandrine pouvait aussi bien avoir rendez-vous avec Daguey, le tombeur. Daguey-Simon un tandem diabolique ? Un team SM qui massacre ses proies après usage ? Je m'égare. Revenons à Rivera.

Il a pu repérer Sandrine pendant qu'elle attendait son supposé petit ami, quel qu'il soit.

Conclusion ? Si Manu Rivera est effectivement un tueur en série qui mutile atrocement ses victimes,
- qu'il les choisit en rapport avec le milieu hospitalier,
- qu'il ne fait qu'un avec Emmanuel Ravier, l'ouvrier qui est déjà venu chez moi et a fantasmé sur ma lingerie,
- qu'il m'a accablé de messages pornographiques sous le pseudonyme de Latinlover,
- qu'il m'a écrit en direct pendant qu'il assassinait Nathalie Ropp,
quel est le pourcentage de probabilités – on ne peut pas employer ici le mot « chances », n'est-ce-pas ? –, quel est le pourcentage de probabilités pour que je sois la prochaine sur sa liste ?

Eh bien, je dirais 100 %, ma chère Elvira.

Je rappelle Spellman.

– Lieutenant Spellman, service des homicides, j'écoute.

– Lieutenant, c'est Rossetti. Je crains fort d'être le prochain homicide à avoir besoin de vos services.

– Vous avez un curieux sens de l'humour !

– Ce n'est pas de l'humour, lieutenant. Écoutez…

Je lui expose toute ma théorie concernant le fait que Rivera et Ravier sont peut-être une seule et même personne et que j'ai été en contact avec les deux, ce qui fait de moi un témoin potentiellement gênant. Il ne bâille pas, c'est déjà bon signe. Attend que j'aie fini. Soupire. Les flics sont des soupireurs professionnels.

– Un avis de recherche général a été lancé pour Emmanuel Rivera et pour Emmanuel Ravier. Mais à ce jour rien ne permet d'affirmer qu'il s'agit de la même personne.

– Vous devez bien savoir si Ravier ressemble à Rivera !

– Son patron n'a pas été en mesure de nous fournir de photo et il ne sait pas s'il a de la famille. Ce mec bossait épisodiquement pour lui. Au noir, je pense, ce qui explique le manque d'infos. Quant à l'adresse qu'il lui avait donnée, ça fait six mois que ledit Ravier a déménagé sans l'en avertir et personne n'a ses nouvelles coordonnées. Donc l'avis de recherche suit son cours.

– Mais il a quand même été capable de vous dire à quoi il ressemble, non ?! hurlé-je presque.

– Grand, brun, mince.

– Comme Rivera !

– Exact. C'est pour ça qu'on le recherche, ajoute-t-il doucereusement.

– Et Sandrine Mankiewicz ? Vous avez trouvé ce qu'elle fichait à l'hôpital ?

– Elle venait consulter le Dr Simon.

– Ah ah ! m'exclamé-je, me sentant bête de leur avoir inventé une liaison.

– Une hypocondriaque persuadée d'avoir une nouvelle maladie mortelle chaque semaine. En fait, il nous a avoué qu'elle était amoureuse de lui. Elle ne cessait de lui tourner autour sous des prétextes médicaux.

Ainsi, il y avait bien quelque chose entre eux !

– Je suppose que Simon avait couché avec elle, bien sûr ?

– Je n'ai pas à vous révéler ce genre de détails ! s'emporte Spellman-le-Vertueux.

– Donc, ça veut dire oui.

– Croyez ce que vous voulez, grommelle-t-il.

– Et après avoir rompu avec elle, il continuait à emmener ses conquêtes au motel ? Pour l'humilier ?

Re-soupir mâle.

– Le motel était bien situé, etc. Pratique. Il pensait que c'était juste une tocade, elle se sentait seule, avait besoin qu'on s'occupe d'elle, des tas de femmes passent leur temps chez le médecin pour avoir de la compagnie, y a qu'à voir la consommation de psychotropes ! conclut-il avec mépris.

Eh bien, tant mieux pour vous, Régis-le-Roc si vous

n'avez pas d'états d'âme et pas besoin de tranquillisants. Avez-vous même une âme ? ai-je envie de lui déclarer.

À la place, je lui dis :

– Quel goujat ce Simon, coucher une ou deux fois avec cette fille, la quitter et continuer à lui agiter ses conquêtes sous le nez ! C'est elle qui aurait dû le tuer, et non pas lui sous prétexte qu'elle le harcelait.

– Ne dites pas n'importe quoi ! Elle ne le harcelait pas, elle avait le béguin pour lui, c'est tout, et on n'éviscère pas une femme parce qu'elle a le béguin pour vous ! crie-t-il à l'autre bout du fil.

J'arrive tous à les faire crier, c'est un don.

– OK, OK ! En tout cas, c'est donc bien à l'hôpital que Manu-le-Dingue l'avait repérée.

– Certainement, acquiesce-t-il, plus courtois.

– Mais ça ne change rien au fait que je suis très certainement en danger. Si Ravier est Rivera, je suis un témoin gênant. Et le tueur m'a explicitement menacée par Internet interposé.

Toussotements. Je préfère encore les soupirs.

– Oui, les fameux e-mails malencontreusement effacés… marmonne-t-il.

– Précisément. Quelqu'un s'est introduit chez moi et a supprimé mes messages. Expertisez mon iMac, vous verrez bien !

– Nous avons trois victimes d'homicides qui attendent qu'on retrouve leur meurtrier, on est un peu sur les dents, ou à la bourre si vous préférez. On n'a pas trop le temps d'expertiser, comme vous dites, des ordinateurs défaillants.

– Il n'est pas défaillant ! On l'a saboté ! C'est un acte de malveillance !

– C'est quand même moins grave qu'un acte de barbarie, non ? Bon, écoutez, Rossetti, je prends bien note de votre appel et de vos craintes, je rédige un mémo pour Alvarez, OK ?

– OK quoi ? Vous m'envoyez pas un flic, quelque chose ?

– Nos « quelque chose » en uniforme sont tous occupés pour le moment. Si Ravier est Rivera, il se cache, il n'est pas assez bête pour revenir chez vous ! D'après nos informations, continue-t-il en baissant la voix, un type correspondant au signalement de Manu Rivera aurait passé la frontière espagnole en train cet après-midi. Alors, tranquillisez-vous (voix plus forte), d'accord ?

Clic.

Dois-je le croire ? Moi aussi, si j'étais Manu-le-Dingue, je ferais courir le bruit que je suis passé en Espagne. Et je resterais tranquillement planqué ici pendant qu'Interpol s'échinerait à fouiller les Pyrénées. Planqué. « Il n'est pas assez bête pour revenir chez vous. » Se cacher. Et où est-ce qu'il serait le mieux caché que chez sa prochaine victime, hein ?

Encore une fois, stop ! Stop, Elvira, ne te laisse pas entraîner par ton imagination débordante, comme disait Maman. Va te reposer, demain il fera jour.

Pas pour tout le monde, hélas.

Incision 8

Cours cours cours chasse à courre à couilles rabattues, à coups redoublés. Vomissements pourpres langues de soie tout ravaler, bien mâcher, longs serpentins des intestins, c'est la fête !

Les ongles vernis s'enfoncent dans mon scrotum et tirent, tordent et tirent, je me tords, je me tire, étirements infinis des cris, à l'intérieur du bâillon.

La bouche en caoutchouc jusqu'à se déchirer au coin des lèvres, commissures, fentes, fente grouillante de chaleur entre les fesses, fendre la fente, pourfendre, défendre.

Me dé-fendre. Fendre. Schizein. Jack the schizo dé-fend sa peau. Je ne suis pas Jack. Jack n'est personne. No Body. Homme de brume cornant aux ténèbres. Comme lui je glisse sur la surface lisse du réel. Mais je ne suis pas Jack. Stop Jacking me around. Je suis Je.

Chapitre 8

Mercredi 25 janvier - à l'aube

La neige a enfin cessé de tomber. On n'en a jamais vu autant depuis plus de vingt ans. Signe avant-coureur du dérèglement climatique ?

Tout est blanc. Tout est aussi blanc dehors que noir dans le cœur des hommes… Blanc gris parce qu'il fait à peine jour. Chuintement des voitures, tout étouffé. Le gyrophare du camion-poubelle éclaire le vasistas de la salle de bains. Jaune gris jaune.

C'est si rare qu'il neige si fort, la radio locale ne parle que de ça. Les gens vont sortir prendre des photos : les palmiers sous la neige, la plage sous la neige… un mercredi 25 janvier sous la neige.

Il y a même de la brume, une brume presque anglaise, une vraie brume à fantômes. Une vraie brume de Whitechapel. Une aubaine pour Manu l'Éventreur s'il se cache par ici.

L'Éventreur.

D'après Kyu, le tueur opère comme lui. Est-ce par imitation ou *naturellement* ? Certains types de tueurs sont-ils amenés à commettre les mêmes actes, mus par les mêmes fantasmes ? Mêmes causes, mêmes effets ? L'imaginaire macabre est assez répétitif si l'on considère les crimes de sang. Il y a le type qui s'acharne sur sa victime (cinquante-trois coups de couteau, dix-huit coups de marteau, etc., etc.) comme s'il voulait l'écrabouiller, comme on s'acharne sur un cafard ou une araignée, et il y a celui qui veut qu'elle souffre, qui veut la disséquer.

Notre tueur est de la seconde espèce. L'arracheur d'ailes de mouches, le coupeur de queues de chats, le Tortionnaire.

Qui rôde peut-être en cette aube blême dans mon jardinet.

Je colle mon visage aux carreaux. La brume s'est installée entre mes haies de lauriers, elle campe sur la neige vierge. Je distingue à peine mon hibiscus. J'aime bien cet hibiscus, il ne demande aucun entretien, il me donne des fleurs rouges et jaunes toute l'année, il est un peu trapu, noueux, l'air solide et souriant.

Tout le contraire de moi.

Avec tout ça, j'avoue que j'ai un peu oublié Ray, le preux chevalier du mensonge. S'il m'avait laissé un message hier avant 13 heures, il a été effacé avec les autres. Et depuis je n'ai pas regardé.

Je soulève le capot de ma bestiole avec appréhension. Et s'il y a un message du tueur ? Rien que d'imaginer la fausse signature de Katwoman7 me donne des crampes d'estomac. Mais non, Elvira, il n'y aura rien, c'est trop risqué pour lui.

Allez !

Trois messages. Nœud au ventre. Je me jette à l'eau.

Le premier émane d'une agence de voyages à laquelle j'ai commandé un jour un catalogue et qui m'offre ses bouleversantes promotions de printemps.

Le second, c'est de nouveau ce sex-shop en ligne qui me propose sa nouvelle ligne de sexy-toys. Si je tenais le salaud qui leur a fourgué mon adresse !

Le troisième, c'est Ray. Le message date d'hier soir 19h10.

– Alors ma puce, où es-tu ? Tu m'as oublié ? Moi je ne fais que penser à toi. Chaque jour me rapproche un peu plus de ta douceur. J'avale les kilomètres dans ma vieille Rossinante, tu es ma boussole, ma rose des vents.

Du vent, oui ! Tu n'as jamais travaillé pour Braun-Berger. Ou tu ne t'appelles pas Raymond. Mais pourquoi me mentir ? Parce que tu es marié, bien sûr. Que tu surfes en cachette, comme des milliers de tes congénères, le cœur battant, pendant que ta femme prépare la bouffe et que les gosses se flanquent des baffes. C'est peut-être bien toi, Ray chéri, qui est allé balader ta grosse truffe chez sex-city.com et y a laissé mon adresse. En espérant que je commande un bustier seins nus par-ci ou un collant fendu par-là. Ray, Ray, Ray, mon fiancé virtuel, pourquoi veux-tu à tout prix que nous nous incarnions ?

C'est drôle ce silence de neige, comme si la maison était emballée dans un paquet de ouate laissant à peine filtrer le jour. Un emballage froid, qui enferme sans protéger.

Il y a un peu moins de brouillard. Je me demande si je devrais déneiger l'hibiscus. Me souviens plus si la neige protège du gel ou risque de briser ses branches. Suis pas vraiment top en jardinage. Et j'ai pas trop envie de sortir dans le froid. Poser mes petites mules dorées sur le tapis immaculé de neige blême. Brr !

Immaculé pas tant que ça : il y a plein de traces. Un écureuil qui est allé faire son footing autour de l'hibiscus ? Ou des rats ? Des rats couinant et jouant à se poursuivre, trottinant joyeusement en roulant des boules de neige entre leurs petites pattes véloces ?

M'est avis que par ce temps les rats préfèrent rester au chaud dans les containers à ordures.

Un chat ?

Un chat amateur de glissades au clair de neige ? Négatif. Les chats et mes mules dorées ont la même aversion pour tout ce qui est froid et humide.

Reste le chien errant famélique aux babines retroussées, quasiment porteur de la rage. Bien ma veine d'avoir un chien sauvage enragé dans mon jardinet.

Trêve de plaisanteries, Elvira ma grande, il y a bien des traces sur cette belle poudreuse fraîche.

Les oiseaux ! Ils sont venus chercher des graines ou n'importe quoi à picorer. Mais oui, les petites pattes des oiseaux, tic tic tic, sautillant de-ci de-là, cahin-caha, et écrivant « SALE ».

« SALE » ? ! Pourquoi de charmants moineaux écriraient-ils « SALE » dans ma neige ?

Stop ! Stop, Elvira, il n'y a rien d'écrit, c'est juste une illusion d'optique à cause de la lumière.

Faut que j'aille voir de plus près. Venez mes mules, armons-nous de courage, où est mon manteau ? Voilà, et mes gants, j'ai les mains si fragiles.

J'entrouvre la porte-fenêtre, le froid me saute au visage, s'insinue dans mes narines, essaye de forcer ma bouche, je garde les lèvres bien closes, je déteste le froid, l'odeur du froid, le gris du matin, le crissement de la neige sous mes pas, le ploc ploc d'une gouttière qui goutte, je déteste cet hiver qui s'est trompé de latitude.

Bon alors, ces oiseaux écrivains, c'est quoi ?

Tic tic tic en serpent, tic tic tic en V renversé avec une barre centrale, tic tic tic en L tout bêtement et tic tic tic en râteau. SALE.

Des traits maladroits qui forment le mot SALE. Au

pied de mon hibiscus, oui oui messieurs-dames et nombreux public, venez admirer l'hibiscus magique et sa nichée de moineaux scripteurs !

Mais c'est quoi, cette connerie ? Steven-le-Propret venant écrire nuitamment SALE dans le jardinet avant de retourner se laver frénétiquement le machin ?

Ou bien...

Courant d'air, je me retourne, la porte-fenêtre claque, je bondis, non mais tu vas voir, tu vas voir que cette conne s'est refermée et que...

Elle s'est refermée. Et c'est moi la conne, dehors dans la neige en chaussons. Avec les oiseaux d'Hitchcock. Je vais être obligé d'appeler Steven. Ridicule.

Est-ce qu'elle s'est refermée toute seule ?

Et qui a écrit SALE dans la neige ?

Est-ce qu'il y a quelqu'un chez moi ? Qui me regarde à travers le rideau, collé contre le mur ?

Je lève la tête vers la fenêtre de Steven, à quatre mètres au-dessus de moi. C'est ça, qui est sympa, dans l'ancien, la hauteur sous plafond, 3,80 m, on a de l'espace, mmm.

– Steven ! Ohé, Steven !

Rien ne bouge. Aucune lumière. Pourvu qu'il ne dorme pas avec ses boules Quies ou qu'il ne soit pas au boulot, me souviens pas de ce qu'il m'a dit. Je réessaie, une fois, deux fois, sans résultat. Merde et merde. De l'autre côté, c'est le mur en ciment mitoyen de la mutuelle agricole, la secrétaire n'ouvre pas avant neuf heures.

Et le mur fait trois mètres de haut, je me vois mal l'escalader en chemise de nuit. Et même sans chemise de nuit, si je suis honnête.

Et si je m'accrochais à la gouttière pour me hisser jusqu'à la fenêtre du salon de Steven ?

C'est ça, ma chérie, tu te vois suspendue à cette pauvre vieille gouttière, surtout que tu n'as jamais été fichue de grimper à la corde lisse au lycée, rappelle-toi comme le prof te hurlait dessus pendant que tu pendouillais lamentablement sur ce bout de corde inerte et odieux…

Le vasistas de ma salle de bains.

Je suis peut-être assez mince pour passer entre les barreaux ?

D'accord, j'ai rien dit.

Le froid commence à geler mes ravissants petits pieds. Je colle mon oreille à la porte-fenêtre pour entendre s'il y a du bruit chez moi. Et en même temps j'ai peur que la porte s'ouvre et qu'une main luisante de sang me tire à l'intérieur. Aucun bruit.

La porte s'est refermée à cause du courant d'air, c'est tout, arrête ton cinéma, Elvira.

OK, et c'est moi qui ai écrit SALE sous mon hibiscus peut-être ? !

C'est sûrement Steven le siphonné qui avait dû rêver de sa Môman. « Vilain, qui fais de sales rêves, va vite courir tout nu dans la neige ! »

Et comment serait-il venu dans tes dix mètres carrés de jardinet, Elvira ? En sautant de sa fenêtre ? En se laissant glisser le long de cette fichue gouttière comme un cambrioleur ? Steven-Spiderman ?

Manu-le-Dingue. Il est entré cette nuit dans la maison avec le double de mes clés, il est venu rôder dans le jardin, effleurer la vitre de ses doigts pointus, écrire dans la neige fraîche en ricanant de son sourire de dément sanguinaire. Et maintenant il rôde dans mon appartement, reniflant mes petites culottes, cherchant un couteau bien affûté dans la cuisine.

J'ai froid. J'ai super froid et j'ai super peur. Je me sens super vulnérable. Bon, j'ai pas le choix, je vais casser la vitre. Aucune envie de finir en effigie de glace du Palais des Givrés. Et s'il y a vraiment quelqu'un dedans ?

J'hésite, ma mule à la main, en sautillant sur un pied. Je crie encore deux trois fois « Steven » à m'en faire péter la glotte. Tant pis, j'y vais.

Mule dorée contre double vitrage. Le match s'annonce serré. Bordel, pourquoi ce connard de Steven a-t-il fait poser du double vitrage ? ! OK, c'est plus sûr pour une porte-fenêtre qui risque de claquer à cause du vent, mais je fais quoi moi maintenant avec cette mule qui doit peser 3,8 g ?

Ça va pas se passer comme ça, je commence à en avoir plein le dos !

L'hibiscus, tiens, cette branche-là, crac sur le genou, me suis griffée, tant pis, ça saignotte, on verra plus tard. Alors la vitre, on rigole moins, hein ? !

Plaf ! Plaf ! Plaf ! Petite fêlure. Je souffle, je transpire malgré le froid, une sueur glacée dans le cou. Je cogne à coups redoublés sur la fêlure. Qui s'agrandit en étoile, c'est gagné, encore un effort, Elvira ma grande, explose-lui la gueule à cette sale vitre !

Craaac. J'adore les craaac de portes-fenêtres le matin à l'aube. Je pousse un peu avec la branche, des morceaux de verre dégringolent sur la moquette du salon. Je déblaye les échardes acérées, passe la main avec précaution, soulève le loquet.

Et voilà ! Sauvée ! Trempée, hagarde, échevelée, un pied victime d'engelures, un hibiscus amputé, une vitre à remplacer qui va me coûter la peau des fesses, mais sauvée !

Descendre le store en alu pour empêcher l'air glacé d'entrer. Appeler un vitrier. Mais avant…

Thé chaud, lampée de cognac.

Qui a allumé la cuisine ? Je suis sûre d'avoir éteint après avoir fait réchauffer mon café. Je pose la branche, j'attrape un de mes grands couteaux de cuisine, je regarde autour de moi, j'écoute.

Pas un bruit, ça veut rien dire.

Clic.

Un clic très doux, presque silencieux. Le genre de clic qui veut vous faire douter d'avoir entendu clic. Mais je sais ce que c'est. Le clic de la poignée de la porte d'entrée. Je bondis dans le couloir, le couteau à la main, pas de traces de pas, rien, la porte bien sagement refermée. Est-ce que j'avais mis le verrou avant de me coucher ? Certainement mais... J'essaye de visualiser. Rien à faire, m'en souviens pas.

Je retiens mon souffle. J'approche mon oreille gauche du panneau de bois. Pas de fuite précipitée dans le couloir, pas de lourde porte d'entrée qui claque. Juste le silence sépulcral de ce mausolée de deux niveaux. Et moi dans le rôle de la momie.

En retenant toujours mon souffle, je me force à lever la tête. L'œilleton. Je dois regarder par l'œilleton. J'oblige mon visage à se diriger vers le petit trou vitré. Allez, Elvira, regarde ! Que veux-tu qu'il t'arrive ?

Plein de trucs. Ai vu assez de films d'horreur pour savoir qu'il peut arriver plein de trucs. Du genre aiguille qu'on vous plante dans l'orbite.

Pas à travers un œilleton en verre de loupe bien solide.

Allez regarde, regarde qui vient de refermer ta porte, qui se cache dans le hall d'entrée, qui a écrit SALE dans ton jardin, regarde la tête du diable en face, Elvira, et appelle vite les flics !

Je prends une grande inspiration silencieuse, mon petit cœur bat à 180, j'ai une incrustation d'hibiscus dans la main. Je colle mon œil à l'œilleton.

Et je vois.

Je vois l'œil qui me regarde.

Je retiens un hurlement en me mordant les lèvres.

Un œil. Un gros œil brun et rond. Mon cœur essaye de se faire la malle. Est-ce que j'ai halluciné ? Je dois regarder de nouveau. Peux pas. Trop peur.

Ahhh ! La sonnette ! Timbre strident de la sonnette. Je recule d'un bond, je trébuche sur mon tapis guatémaltèque, me rattrape à la tablette Ikea, haletante.

– Y a quelqu'un ? lance une grosse voix d'homme éraillée.

Sonnette de nouveau.

– C'est m'sieur Morand, dit l'homme, faut que je récupère la trousse à outils de Manu, il a dû l'oublier chez vous.

Monsieur Morand. À sept heures du matin ? Certes, ça ressemble à sa voix. Évidemment je ne lui ai parlé qu'au téléphone, mais… c'est quoi cette histoire de trousse ? Je n'ai pas trouvé de trousse à outils. Je ne sais pas quoi faire. Répondre ? Pas répondre ? Et si c'est un piège ?

– Putain ! grommelle la voix derrière la porte, je commence à en avoir ma claque, entre ce con de Manu qui disparaît et l'autre cinglée qui ouvre pas… C'est qu'y avait ma perceuse dans cette trousse, vous comprenez ? ! beugle-t-il.

Une perceuse ? Dans une trousse à outils de dératiseur ? Ben tiens, c'est logique ! Et il voulait percer quoi avec, le Manu ? Transpercer quoi exactement ? Je me ratatine contre ma crédence tendance country en espérant qu'on ne puisse pas voir à l'intérieur par ce salopard d'œilleton. Mais non, impossible.

Sonnette. Coups furieux sur le chambranle.

– Et merde !

Pas qui s'éloignent. Je risque un œil : silhouette carrée en bleu de travail qui se dirige vers la sortie.

Le vrai Monsieur Morand ? J'hésite à lui courir derrière. Elvira, ma fille, l'indécision te perdra. Oh, et puis il rappellera. Si cette trousse était là, tu l'aurais vue.

Je range le couteau dans ma poche, ça me fait du bien de me sentir armée.

Je vais me faire un bon thé vert du Japon, avec une minuscule pointe de calva. Un minuscule thé dans une soupière de calva.

Froid.

Je tremble comme une feuille d'hibiscus.

Pendant que l'eau chauffe, j'écume les pages jaunes à la recherche d'un vitrier. Le premier est en congés annuels, le deuxième est sur répondeur, le troisième viendra la semaine prochaine juré craché. On prend rendez-vous pour lundi 30.

Canapé moelleux. Coussins tièdes. Gorgée brûlante. Hmm. J'ai même pas enlevé mon manteau bleu marine, j'attends d'avoir bien chaud. Encore un petit coup de calva.

Une trousse à outils. Pour quoi faire ?

Les hommes ont toujours besoin de tournevis, de pinces, de machins, ma chérie. Pour chercher le nid de cafards derrière la machine à laver, ou sous l'évier, ou derrière la grille de ventilation… des trucs comme ça.

Des pinces, OK. Mais…

Une perceuse ? Il a peut-être voulu parler de ces perceuses-dévisseuses dont j'ai vu la pub à la télé ? Mini-encombrement, maxi-services. Le genre de truc high tech qui fait presque téléphone et Filofax. De toute façon, elle n'est pas ici, cette trousse.

À moins qu'il l'ait laissée dans mon tiroir à petites culottes ? Son gros outil dans mes dentelles ?

Non, pas de trousse, pas de perceuse, pas de poil pubien ni de scalpel plein de sang.

Thé. Calva. Calva. Thé.

Des pas ?

Des pas furtifs dans l'escalier ? Sûrement Steven qui rentre. Pas la peine de me lever pour vérifier.

Je me lève, je file à la porte, colle mon œil au judas. Vision d'un pied chaussé d'un gros godillot qui s'évanouit dans l'escalier. T'as été trop lente ma fille. Oh, et puis qui veux-tu que ce soit à part Steven ? Bien son genre de porter ces gros godillots de curé.

Le téléphone sonne au-dessus. Je file dans la cheminée. Trois sonneries. Quatre sonneries. Cinq sonneries. Alors, Steven, t'es sourd ? Le répondeur s'enclenche.

– Ici M'sieur Morand, y a mon ouvrier qu'a dû oublier sa trousse chez vot' locataire, mais personne répond…

Le son est tellement net qu'on croirait qu'il est dans l'escalier ! Steven-le-Sourdingue reste muet, le père Morand soupire, style les nerfs à vif :

– C'est le dernier boulot qu'il a fait et il est revenu sans, du coup je l'ai renvoyé la chercher vendredi et depuis je l'ai plus vu, comprenez ? Bon, essayez de voir avec vot' locataire, parce que j'y tiens moi, à mes outils !

La porte s'ouvre, voix de Steven :

– Vous me cherchiez ?

– Ah, vous êtes là, je croyais que…

– Je lui en parlerai, ne vous inquiétez pas. Au fait, je voulais vous demander pour le lave-vaisselle…

Porte qui se referme.

Je les entends parler sans distinguer vraiment ce qu'ils disent. De toute façon, rien à fiche de leur conversation, j'essaye de me recentrer sur moi. Grande série de respirations relaxantes. Je compte au moins jusqu'à cent. Je m'enfonce quelque part entre plexus solaire et abdomen, à l'abri, bercée par mon propre souffle. Quand je réémerge, c'est comme si j'avais dormi.

Tiens, je ne les entends plus. Morand a dû filer.

Il a bien parlé d'avoir renvoyé Ravier ici « vendredi », donc… vendredi 20 ? Le jour où je me suis rendu compte qu'on avait touché à mes affaires ! Donc ce salopard est bien revenu ce jour-là et s'est… hmm !

Mais pourquoi cacher cette perceuse au lieu de la récupérer ?

Pour avoir un prétexte pour revenir encore !

Le matin du vendredi 20, on a retrouvé Mélanie Dumas morte. Trans-percée ?

Oh là là, j'ai trop mal à la tête pour continuer à réfléchir, je me sens toute courbatue. Mal au dos, aux épaules, je dois être bourrée de toxines, tisane dépurative d'urgence.

Vais me prendre un bain bien chaud. Envie de me nettoyer. Ce manteau en a bien besoin aussi, et ne parlons pas de cette chemise de nuit ! Allez hop, tout le monde à la lessive !

Ma petite salle de bains, comme je t'aime. C'est vrai. Je la trouve chou comme tout, avec son lavabo ovale encastré dans l'imitation marbre rose, sa grande baignoire carrelée vert jade, son épais tapis de sol moelleux d'un bleu roi intense, et tous mes adorables petits flacons de sent-bon, mes petits pots chéris de crème et de fard, qui dira jamais l'immense amour d'une femme pour le Temple de sa Beauté ?!

Et comme j'aime flotter dans l'eau brûlante. D'accord, je ne flotte pas, je suis bien trop lourde pour flotter, mais je me sens flottante, petit bateau de chair sur les vagues d'huiles essentielles. J'ai dit petit bateau, genre goélette, pas gros pétrolier prêt à dégazer.

Quand je pense que ce salaud avait laissé un préservatif dans mon armoire à pharmacie ! Et je n'ai pas fouillé ailleurs. Beurk beurk.

Je regarde de nouveau autour de moi.

Où peut-on planquer des trucs ?

La plaque au bas de la baignoire ? Je me penche, non, il y a des traces de rouille donc personne n'y a touché depuis longtemps. Hmm.

Insecticide = plinthes. Apparemment, elles ne sont pas décollées.

Grille d'aération ? Grille d'aération, ça le fait. Suffit de se rappeler Alien.

Je visualise la scène. Un type long et maigre, presque décharné, cheveux gras et noirs pendouillant autour de son visage en lame de couteau, lèvres épaisses et rouges entrouvertes sur des dents mal soignées et trop pointues… Il dévisse la grille, il injecte son produit à cafards, y fourre par-dessus un paquet de capotes usagées, revisse le tout, et moi je reste là à me pomponner et à prendre mes bains tranquille à quelques centimètres de ses ignobles turpitudes.

Et s'il avait installé une mini-caméra pour m'espionner ? Il y avait une affiche publicitaire au kiosque à journaux : mini-caméra de surveillance, pas plus grosse qu'un paquet de cigarettes, pas de fil, commande à distance…

Je m'affiche peut-être sur le téléviseur de son appart' en ce moment même, nue sous la mousse bleu caraïbe, en train de regarder droit dans la caméra cachée derrière cette grille !

Stop, il y a assez de vrais faits déplaisants comme ça sans en rajouter. Pas de dramatisation excessive, Elvira.

Il faut que je sache ce qu'il y a derrière cette grille.

Houps, le rebord de la baignoire est un peu glissant,

bien se tenir au lavabo. Et si c'est bourré de cafards géants ? Antennes frétillantes contre mon nez, ma bouche… En tout cas ce que je vois qui se détache comme un cafard sur une nappe blanche, c'est l'empreinte d'un doigt, oui, un gros pouce sombre sur la grille blanche, donc ce salaud y a bien touché !

Tournevis. Où est-ce que j'ai un tournevis ? Placard de la cuisine.

Peignoir rose, trottiner, retour à la baignoire. Équilibre, un pied sur la baignoire un pied sur le W.-C. Pas facile de dévisser ce truc, sûr que la dévisseuse magique de Morand m'aiderait bien. Force un peu, Elvira, t'as de la poigne ! Suis en train de me faire une ampoule.

Ça y est. Deux vis dévissées, la grille pendouille, trou noir béant. J'attrape ma bougie relaxante à la cannelle, mon briquet dans la poche du peignoir et *fiat lux* !

La flamme tremblotante éclaire un boyau sombre et étroit. Deux cadavres de cafards gisant sur le dos. Des mastodontes noirs et luisants. Je ferme brièvement les yeux, frissons de dégoût, les rouvre. Et derrière, c'est quoi ? Un rat ? Un énorme rat marron ?

Je baisse le bras, je respire à fond en essayant de ne pas glisser, je raffermis ma prise.

Si c'est un rat, il ne bouge absolument pas.

Un rat mort ? Je me force à éclairer de nouveau l'intérieur du trou. Je me trouve vraiment courageuse.

J'essaye de faire abstraction des cafards. De me concentrer sur le rat. Qui n'est pas un rat. Ou alors un rat sans tête. Et sans poils. Un rat-trousse marron. Avec une poignée.

Un rat-trousse à outils.

Celle que Manu-le-Dingue a oubliée.

Sauf que… Comment oublier derrière la grille d'aération qu'on vient de revisser la trousse qui sert à visser ? Vous me suivez ? Le mec, il pose sa trousse, il revisse et là : mince, où est-ce qu'il range sa perceuse-dévisseuse, vu que la trousse est restée derrière ? Donc impossible d'*oublier* sa trousse dans ces circonstances.

Il l'a cachée. Il a caché cette trousse derrière la grille d'aération. Volontairement. Remarque, Elvira : c'est rare qu'on cache quelque chose involontairement. OK, OK, on s'en fiche, attraper cette trousse, pousser les cafards avec mon crayon à maquillage, pas question d'effleurer ces carapaces chitineuses, saisir la poignée en cuir entre le pouce et l'index et tirer délicatement.

Dégringolade de cafards morts dans la baignoire, immonde ! Mais je la tiens. La fameuse trousse de l'ouvrier de M'sieur Morand.

Et en plus faudra que j'appelle Morand pour lui dire qu'il avait raison, que la trousse était bien chez moi, ça me fait mal au ventre, tiens !

Elvira, ferme-là un peu et ouvre cette trousse qu'on sache ce qu'il y a dedans.

Zip de la fermeture Éclair.

Je vide la trousse sur le plan de marbre du lavabo.

Des outils. Un jeu de clés à écrous, une pince, une bobine de fil nylon, une mini-perceuse-dévisseuse.

Je me penche sur la perceuse. Elle est en plastique vert foncé moucheté de noir. Une perceuse léopard.

Je la prends dans la main : pas très lourde, rugueuse. Je la repose.

Taches sombres sur ma paume moite de sueur.

Je reprends l'engin pour l'examiner. Ce ne sont pas des mouchetures. Mais des éclaboussures. D'une matière sombre et épaisse.

Je gratte du bout de l'ongle sans savoir tout en sachant. En sachant que ça va s'écailler comme du vernis et tomber dans le lavabo et que je vais faire couler un peu d'eau et que l'eau va se teinter de sombre, de rouge sombre. En sachant que c'est du sang.

Des taches de sang. Sur une perceuse vert foncé. Cachée derrière la grille d'aération de ma salle de bains.

Oh mon dieu ! J'ai la tête qui tourne. Poser la perceuse, faire couler de l'eau froide sur mes poignets, vite. De l'eau froide qui tourbillonne avant de s'engouffrer dans le siphon, rouge rouge rouge comme dans un film d'Hitchcock, je ferme le robinet, me tamponne les tempes, où est mon masque glacé anti-stress ? Et mon stick anti-migraine aux huiles essentielles ?

Canapé. Masque sur le visage. Stick caressant mes tempes alternativement. Plaid rouge et blanc brodé sur les genoux. Me calmer. Et appeler la police. La voilà enfin la preuve qui manquait. La preuve que Manu Ravier et Manu Rivera ne font qu'un. La preuve que c'est un dingue et un tueur.

Et qu'il a mes clés.

J'attrape le téléphone d'une main tremblante. Ce coup-ci personne ne va se moquer de moi ! Spellman ou Alvarez ? J'essaye Alvarez.

Je tombe sur son répondeur. Merde et merde. Spellman.

Même topo. Quand on a besoin des flics… De toute façon elle ne va pas s'envoler, cette perceuse…

J'ai eu un haut-le-cœur rien qu'en y repensant.

Et je l'ai touchée ! Je l'ai touchée ! J'ai touché un indice capital à mains nues ! J'ai mélangé mes empreintes à celles de Rivera. J'ai peut-être tout foutu en l'air ! j'ai peut-être passé sous l'eau la goutte de sang qui contenait l'ADN de Nathalie !

Attends une minute Elvira, réfléchis. Nathalie est morte avant-hier. *Avant-hier* ? Ça me semble si loin ! Qu'est-ce que je disais ? Ah oui, Nathalie, paix à son âme, est morte avant-hier – quand même, *avant-hier* ? !

– et Manu Rivera-Ravier est venu dératiser lundi, donc il n'a pas pu tuer Nathalie avec cette perceuse.

Frissons, haut-le-cœur.

Mais il a pu s'en servir sur Sandrine Mankiewickz et Mélanie Dumas.

Bonne question, Elvira : avec quoi ont été commis les crimes ?

Réponse : avec une arme blanche type scalpel, personne n'a parlé de perceuse ! Minute, minute, le scalpel, Alvarez l'avait mentionné à propos de Sandrine. Pour Mélanie, je n'en sais rien, vu qu'avec tout ce qui s'est passé depuis… il a pu y avoir arme blanche et perceuse.

Est-ce le sang de Mélanie Dumas que j'ai eu sur les mains ?

Je refais le numéro d'Alvarez.

Encore son répondeur. Ils sont peut-être chez Kyu avec Spellman. Je ne peux pas rester comme ça sans rien faire. Céline !

Elle ne répond pas. Pourtant elle est au boulot. Je lui balance un texto : « Rappelle-moi. Urgent. »

Je me ronge les ongles pendant dix minutes et puis ça sonne.

– Allôôô ? lance-t-elle d'une voix molle.

– Céline, tu sais où est Alvarez ? C'est urgent.

Reniflement circonspect.

– Écoute… tu sais… il est très occupé en ce moment, avec cette série de meurtres, je veux dire, il a pas beaucoup de temps, tu vois…

– Céline, si je veux le joindre c'est à propos de ces meurtres justement, pas pour lui proposer un ping-pong !

– Ah ah ah, ce que tu es drôle ! Oui, mais bon, je dois quand même t'avouer que t'as tendance à t'affoler pour un rien.

– Pour un rien ? L'assassin de Nathalie m'envoie des mails et je m'affole pour un rien ?!

– Oui, mais ces mails…

– Manuel Rivera s'introduit chez moi déguisé en dératiseur et je m'affole pour un rien ? !

– On n'en est pas sûr…

– Pas sûr que le dératiseur soit venu ? ! explosé-je.

– Que ce soit Manuel Rivera, tu comprends ? me susurre-t-elle.

Va te faire foutre, ai-je envie de hurler dans sa grosse oreille piercinguée.

– Et pour l'enterrement, alors ? reprend-elle, tu participes à la couronne pour combien ? 20, 30 ou 50 euros ? La plupart des gens mettent 50 euros.

– OK, très bien, d'accord pour 50. Bon alors, Alvarez est dans le coin ?

– En salle d'autopsie, avec Kyu et Spellman, me chuchote-t-elle avec componction comme si elle me donnait la taille du slip du pape.

– Ouais, j'y avais pensé. Tu peux le contacter et lui dire de me rappeler d'urgence ?

Je la vois d'ici pincer sa bouche en cul de poule et se tapoter la permanente.

– Oui, biiien suuûr.

C'est ça, je te crois !

On raccroche, réciproquement très mécontentes l'une de l'autre. Du coup j'ai oublié de lui demander si Alvarez lui avait dit quoi que ce soit sur l'arme ou les armes qui auraient servi à tuer Mélanie Dumas. Mais pas question de lui faire le plaisir de la rappeler.

Steven. Il est peut-être au courant lui ? Monsieur Je-Sais-Tout, élu Monsieur Parfait de l'hôpital. Je l'appelle. Pas de réponse. Le répondeur s'enclenche. Il est sans doute allé dormir… Grrmpf ! Je laisse un texto sur son portable.

Je réessaye Spellman.

Miracle, ça sonne !

– Lieutenant Spellman à l'appareil, annonce-t-il de sa voix courtoise.

– Lieutenant, c'est Rossetti, j'ai quelque chose pour vous !

Soupir.

– Oui ? De quel genre ?

– Du genre arme du crime.

Toussotement.

– Vous pourriez vous expliquer ? Assez rapidement parce que je suis en rendez-vous, là.

– Les résultats d'autopsie de Nathalie Ropp ?

– Merde, mais comment sav…

Il s'interrompt, se racle la gorge.

– Tout se sait, vous savez, lui dis-je pour le réconforter. Bon, voilà, vous vous souvenez que je vous ai parlé de cet ouvrier dont le nom était l'anagramme de Manu Rivera ? Ce type qui a fouillé et sali mes affaires ?

– Heu oui, oui, bien sûr… Ouais, j'arrive ! lance-t-il à un interlocuteur invisible.

– Il a oublié – ou plutôt caché – une perceuse dans ma salle de bains. Une perceuse-dévisseuse pleine de sang.

– De sang ? Qu'est-ce que vous racontez ?

– Du sang ! Après vingt-deux ans de boulot, je sais reconnaître du sang quand j'en vois, quand même !

– Vous dites que ce type, ce heu…

– Emmanuel Ravier,

– Oui, je l'avais sur le bout de la langue, vous dites que ce Ravier a oublié chez vous une perceuse couverte de sang ?

– Exactement.

– Mmm…

– Il faut que vous envoyiez quelqu'un la chercher, c'est peut-être l'arme du crime !

– De quel crime ?

– Comment ça « de quel crime » ? Vous n'en avez pas trois non résolus sur les bras ?

Je l'entends presque réfléchir.

– Il a pu se blesser, ce gars…

– Tout de même, vous devez bien savoir si l'une des victimes a été torturée à la perceuse !

– Vu leur état, tout ce qu'on peut dire c'est qu'elles ont été torturées à mort, lâche-t-il comme pour lui-même. Il y a trop de… morceaux qui manquent pour qu'on soit certains d'avoir répertorié tous les instruments possibles, m'explique-t-il en soufflant par le nez. Plus d'entrailles, plus de vagin, plus d'anus… Bon, je vais en parler au capitaine.

– C'est tout l'effet que ça vous fait ? Il y a une perceuse pleine de sang dans ma salle de bains, sans doute cachée là par Manu Rivera et…

– Rivera a été arrêté, laisse-t-il tomber sèchement.

Je manque lâcher le combiné.

– Quoi ? !

– Rivera a été arrêté à Barcelone hier soir. Bagarre dans un bar pédé, il brandissait une bouteille brisée en jurant qu'il allait sodomiser le patron avec.

– Vous voyez bien qu'il est dangereux.

– Nous n'en avons jamais douté. Le problème, c'est que ce n'est pas votre Ravier.

– Comment le savez-vous ?

– Parce qu'on a enfin trouvé les empreintes de Ravier au fichier central. Il a été épinglé il y a quelques années pour un vol de scooter. Et elles ne concordent pas avec celles que nous ont faxées les Espagnols. Donc, Ravier n'est pas Rivera.

Je ne réussis qu'à balbutier un « mais… » coassant.

– Désolé, mais en ce moment (il appuie sur « en ce moment ») je ne peux pas mobiliser nos maigres troupes sur un dératiseur qui s'est blessé avec une perceuse…

– Mais il a disparu !

– Rossetti, ce Ravier est peut-être un pervers qui aime

se branler dans les slips de sa clientèle, mais à ce jour il n'est pas suspecté de triple homicide, alors que Rivera oui ! Et Rivera, on l'a ! Excusez-moi, conclut-il avant de raccrocher.

Rivera, ils l'ont.

Elvira, assieds-toi, reprends tes esprits.

Emmanuel Ravier n'est pas, ne peut pas être Manuel Rivera. Ça signifie quoi ?

a) soit que Rivera est bel et bien l'assassin et que Ravier n'est qu'un petit dégueulasse.

b) soit que Rivera est innocent, il est victime d'un concours de coïncidences – l'hôpital psychiatrique, sa sale gueule, sa folie –, et que Ravier est le vrai coupable, à preuve cette perceuse *cachée* dans ma grille d'aération à moi !

Je crois bien que j'ai gueulé un peu fort, de quoi réveiller Steven-la-Marmotte. J'ai mal au crâne. Deux comprimés, vite. Et un petit relaxant. Où est le cognac ? Mal au crâne, mal aux tempes, la bouche sèche. Ce cauchemar ne finira donc jamais ?

Me raccrocher au fil du raisonnement tel un alpiniste à son bout de cordée, comme dirait Descartes. Aux deux fils qui s'entrecroisent en fait. Le fil rouge d'une série de meurtres. Le fil noir d'une série d'actes malveillants commis envers ma petite et très précieuse personne. J'en fais une tresse, mais peut-être sont-ils totalement indépendants ?

Si Rivera – qui n'est définitivement pas Ravier – a été arrêté hier soir, il n'a pas pu écrire « SALE » dans mon jardinet.

J'en reviens à Emmanuel Ravier. C'est lui qui a fouillé dans mes affaires, qui s'est masturbé dans ma salle de bains, qui a bu mon cognac, effacé mes mails, caché sa perceuse chez moi.

Mais tout ce que ça prouve, Elvira, c'est que ce type fait une fixette sur toi.

Pas qu'il est un serial killer.

Sauf le sang sur la perceuse. Et le fait qu'il a disparu comme par hasard… Trois mortes en une semaine et Emmanuel Ravier disparaît dans la nature en laissant une perceuse pleine de sang dans ma salle de bains… Sacrée coïncidence, quand même !

Mais si Ravier est un tueur, quid de Rivera ? Deux tueurs ?

C'est ça, une paisible cité sudiste envahie de tueurs, c'est d'un crédible !

Accroche-toi aux points tangibles, aux faits avérés :

1) Tu as eu une conversation par Internet interposé avec l'assassin de Nathalie Ropp.

2) Manuel Rivera est un malade mental soupçonné d'être cet assassin, et avec lequel tu as également correspondu, quand il utilisait son pseudo de Latinlover.

3) Emmanuel Ravier – qui n'est pas Manu Rivera – a caché un outil ensanglanté chez toi.

4) Ray est un menteur.

Oui, bon, ça, on s'en fiche ! Quoique…

Non, écartons Ray et ses embrouilles de tout ça pour l'instant.

Des meurtres atroces. Des actes de malveillance. Le seul point commun entre les deux séries d'actes, c'est le fait que j'ai correspondu avec Latinlover, identité Internet de Manu Rivera, le présumé tueur. Le reste, ce sont les aléas du destin.

Babyphone qui carillonne le *Get The Party Started* de Pink me fait sursauter. Je décroche avec la vivacité d'un cobra fondant sur sa proie.

– Sweetie ! me lance une voix éméchée.

El Che en personne.

– J'ai ton renseignement… susurre-t-il.

Mon renseignement ? Je ne me rappelle même plus ce que je lui ai demandé.

– Ton Lonesomerider…

Ray ! Quand on parle du loup…

– Tu ne devineras jamais…

Eh non ! Il m'énerve, on dirait Céline. Et je déteste qu'on m'appelle honey par-ci, sweetie par-là, c'est d'un plouc !

– Il n'est pas représentant en pharmacie, reprend-il.

Accouche bordel !

– Il est représentant en informatique, lâche-t-il tout à trac.

Gloups.

– Comment le sais-tu ?

– J'ai mes petits secrets ! Je t'ai dit que j'avais un super-pote qui bosse pour l'ADSL. Il a réussi à remonter la piste de Lonesomerider. En traçant sa machine. Et, tu me croiras pas, il est tombé sur une boîte de computers !

– Comment ça ?

– Je te dis que ton Lonesomerider bosse dans une société en cheville avec celle de la Grande Yves.

– Ray se fait appeler La Grande Yves ? demandé-je, écœurée.

– Hou hou, Sweetie, tu sais que ça rend sourd ? La Grande Yves c'est mon pote. Lonesomerider, lui, il s'appelle Anthony Lamarck.

Anthony Lamarck.

– Ta Grande Yves et mon Lonesomerider travaillent dans la même branche ? demandé-je dans un sursaut d'intelligence.

– Bravo, vous avez gagné un préservatif fluo à la banane ! Ton Lonesomerider bosse pour FreeX Computers, ils sont basés à Lavéra.

À deux cents kilomètres d'ici.

– Il est représentant, poursuit Léonardo, il démarche toutes les boîtes de la région pour fourguer ses bécanes. Marrant, non, que ton freak bosse chez FreeX ?! Ha ha ha.

Je ha-ha-ha-ne poliment, le remercie et il m'invite une fois de plus à dîner. On se promet vaguement de faire ça la semaine prochaine et je raccroche pendant qu'il chantonne *Vinceremos* tout content de lui.

Anthony Lamarck.

Je répète le nom plusieurs fois, le fais rouler entre mes lèvres asséchées. Anthony. Images simultanées de Richard Anthony et d'Anthony Delon. Connard de Ray qui m'a menti ! Salopard de représentant en informatique !

Mais pourquoi transformer ça en représentant en pharmacie ? Un besoin pathologique de mentir ? Ou assimile-t-il l'informatique à une drogue ? Elvira Freud, tu vas un peu loin, mon chou. Quoi qu'il soit, mon cher Lonesomerider, ton permis de confiance vient de perdre ses douze points d'un coup !

J'ouvre ma boîte aux lettres électronique d'un clic vengeur. Tiens, justement un message de ce charmant Ray-Anthony.

– Où es-tu ma puce ? Tu me manques tant. Tu sais que je serai là demain ? J'ai une bouteille de champagne millésimé dans la voiture. Ah ! boire enfin à tes lèvres en te regardant dans les yeux…

Baratineur ! je frappe à toute allure :

– Du champagne ! Comme c'est romantique, Anthony ! Bois-le donc à ma santé en te tripotant le pseudo !

Et hop ! Je déteste qu'on se paye ma tête. Je me sens triste, dépitée, abandonnée.

Triple dose de cognac, demi-plaquette de chocolat noir.

Ray est un informaticien nommé Anthony Lamarck. Qui travaille à deux heures de chez moi. Et est certainement parfaitement capable de m'identifier. Ou plus exactement d'identifier la personne qui a souscrit cet abonnement haut débit et utilise cette machine. Soit Saint Steven. Il faut que je le prévienne, qu'il envoie Anthony bouler s'il se présente ici.

Je l'appelle. Répondeur. Il dort combien d'heures par jour ce mec ?!

– Steven, c'est Elvira, j'ai un petit problème, voilà : un type risque de se présenter ici et de demander après moi. C'est un de mes correspondants Internet qui a réussi à me localiser ou plutôt à localiser votre abonnement et donc votre adresse, désolée. En tout cas, je ne veux pas le voir. Alors, s'il vous plaît, dites-lui que vous ne comprenez pas de quoi il s'agit. Qu'il reparte en pensant qu'il s'est trompé. Merci mille fois par avance et encore toutes mes excuses.

J'espère que c'est pas trop embrouillé. Ça m'embête de demander ça à Steven, on va en entendre parler pendant des mois, mais comment faire ?

Informaticien. C'est un mot avec plein de connotations déplaisantes lorsque quelqu'un a saboté votre ordinateur et vous a menacé par le truchement de celui de la femme qu'il était en train d'assassiner.

Basta, Elvira, Ray-Anthony n'a pas caché sa perceuse chez toi, OK ?! Et c'est Manu-le-Dingue qui s'est fait poisser à Barcelone, pas lui, et il n'est donc pas Latinlover. Ray-Anthony est juste Ray-Anthony, un de ces milliers de mecs qui surfent sous un pseudo, à la recherche de chair fraîche ou de l'âme sœur.

Ce n'est pas parce qu'il ment sur son identité qu'il n'est pas sincère dans ses sentiments. Il y a des tas de gens qui s'abritent derrière des vies d'emprunt sur le Net. Timidité, pudeur, prudence, etc. Il a peut-être rêvé toute sa vie d'être représentant en pharmacie, le bel Anthony !

Je vais remettre la perceuse à sa place dans la cachette, enveloppée d'un des sachets plastique étanches que je pique à l'hôpital, c'est pratique pour les surgelés.

Cognac, chocolat. Vague mal au cœur. Sais même pas l'heure qu'il est. Faim. Pizza. Micro-ondes. La neige a cessé de tomber. Gros nuages noirs. Lueurs d'orage. Besoin de chaleur, d'amour et de douceur. Pizza, pelotonnée sur canapé, sous plaid écossais, bougies zen allumées, championnats de patinage artistique à la télé, gros couteau à découper sur la table basse. Torpeur. Dormir.

Incision 9

Poésie :
« La neige tombe.
Caillots de sang.
L'oiseau dans la cage frissonne. »

Meurtre, peau easy. Ardemment harder. Larder. Peau lard. Peau l'art. Peau qui pend. Pans de peau. Pantoufles de vair. Pantoufle de chair. Mon pied dans une pantoufle en vagin. Ce n'est pas ma pointure. Désolé. Je dois agrandir l'ouverture.

L'oiseau dans la cage frissonne. Je souffle sur ses plumes. Odeur de cercueil.

Elle est passée si près… ses chairs relevées en parade, côtelette prête à sauter sur mon barbecue, Ève née de mon éventration, je te rentrerai sous terre avec les doigts.

Chapitre 9

Vendredi 27 janvier - soir

L'enterrement a eu lieu ce matin. Sous un soleil radieux. On aurait presque cru avoir rêvé la neige. Juste quelques plaques de verglas dans les coins sombres. Les palmiers balançaient leurs palmes indolentes comme dans le poème.

Je m'étais réveillée très agitée parce que j'avais fait de mauvais rêves toute la nuit : un type masqué me poursuivait avec une hache, brillante la hache, le genre hache rutilante et bien affûtée qui vous tranche bras et jambes en dix secondes chrono. J'ai bondi dans mon lit, trempée de sueur, le cœur qui battait la chamade. Quel affreux cauchemar !

Le reste de la nuit, je l'ai passée à être en retard à l'école, à crever d'envie de faire pipi sans pouvoir y arriver et à me balader nue devant tous les collègues qui rigolaient. Inutile de dire que se réveiller après tout ça avec la perspective d'un enterrement pour cause de meurtre atroce ne m'a pas spécialement redonné la pêche. Quand Betty Boop a sonné en affichant vendredi 27 janvier - 08 h 01, j'ai failli lui coller une baffe.

Je suis restée dix minutes sous la douche à me frictionner avec mon gel fraîcheur et détente à la lavande, puis un masque aux huiles essentielles, de la crème adoucissante pour les pieds, un quart d'heure de respiration profonde avec Anastacia en fond, et pour finir une giclée de Ventoline parce que j'avais la poitrine toute compressée. Anti-histaminique préventif pour mes allergies, puis mes cachets habituels, plus trois gouttes de Rivotril pour ma nervosité galopante, mon ensemble anthracite, ma parka verte, et voilà, j'étais prête.

Steven-le-Parfait avait commandé un taxi. On a attendu ensemble devant la maison, je serrais le col de la parka contre mes joues, froid vif et mordant, vent glacé, à un moment j'ai failli dire au taxi de me ramener à la maison, j'avais la tête qui tournait, aucune envie de suivre le cercueil scellé de la malheureuse Nathalie, de voir pleurer son mari, de parler avec les collègues qui me tapent sur les nerfs, d'être dehors, exposée à tous les regards, avec l'idée que le meurtrier était peut-être là parmi nous, ses prunelles dardées sur ma nuque, la main crispée dans la poche sur le manche du scalpel, la bouche entrouverte de plaisir anticipé.

Dans le taxi, on n'a pas desserré les dents, Steven avait l'air aussi nerveux que moi. Le taxi, lui, était intarissable, il nous a abreuvés tout le long de la route de ses passionnantes considérations sur la météo, les jeux Olympiques, les programmes télé, les immigrés clandestins et l'Europe, sur fond d'émission radio tonitruante avec applaudissements enregistrés. À un moment, je lui ai demandé s'il ne pensait pas que les pistolets à seringue anesthésiante des vétérinaires devraient être en vente libre. Il a soigneusement considéré la question en faisant claquer son chewing-gum avant de me hurler que « Ouais, putain, comme ça quand un con vous fait chier on lui ferme sa gueule en deux secondes ». Je lui ai dit que j'étais bien d'accord avec lui.

Heureusement, il n'y avait pas trop de circulation. C'était la première fois que j'étais contente d'arriver si vite dans un cimetière.

Tout le monde était là. Céline, en robe noire boudinante et imper bordeaux, Alvarez en blouson de cuir noir, Spellman en costume bleu marine, pardessus sur le bras, le Dr Simon, hirsute, pas rasé, ses beaux yeux bleus cernés, blouson en daim, Mazzoli en jeans, col roulé et gabardine beige – « On n'enterre pas les gens en jeans ! » m'a chuchoté Céline –, Daguey en trench-coat Armani couleur de suie, le Pr Veld et son épouse, lui très classique en costume gris foncé, elle enveloppée dans une cape rouille, le directeur de l'hôpital raide et martial dans un strict manteau noir et puis les collègues, assortiment varié de doudounes, de parkas, de bonnets, mines tristes et commentaires allant bon train.

Le cercueil venait de l'athanée voisine et on s'est tous retournés quand il est apparu au détour d'une allée de cyprès, porté par les quatre croque-morts, boîte noire vernie oscillant sous le ciel bleu outremer. Je n'avais jamais rencontré Louis Ropp, le mari. Il marchait derrière le cortège, un petit homme barbu et rondouillard, engoncé dans un pardessus bleu, la tête baissée, donnant le bras à une vieille dame sévère qui devait être sa mère et dévisageait l'assistance comme si elle ne décolérait pas d'avoir une bru assez conne pour se faire assassiner et mettre tout le monde dans l'embarras.

Les médecins sont allés serrer la main du veuf, le directeur s'est fendu d'une formule de condoléances, le commun des mortels a attendu en se dandinant sur place avec cet air compassé qu'on arbore aux enterrements.

Apparemment Nathalie Ropp n'avait pas d'amis perso, ni de famille, sauf les deux dames d'un certain âge qui se tenaient gauchement en retrait et un type dans la trentaine qui est arrivé en retard, en parka violette, casque de moto sous le bras et qui a murmuré à Simon : « Je suis son filleul, mais je ne la voyais plus depuis des années, vous savez ce que c'est… » Louis Ropp l'a salué d'un petit signe de la tête et a reporté son attention sur le cercueil qui se balançait au-dessus de la fosse.

Cette solitude expliquait sans doute qu'elle se soit tournée vers le cyber-sexe et la communauté virtuelle des internautes.

Comme toi, ma vieille.

Pas de prêtre, pas de lecture de texte, juste la descente dans la fosse, le signe de croix du mari, les roses que les croque-morts nous distribuaient pour les jeter sur le cercueil, défilé en silence, les uns après les autres, j'ai toujours peur de trébucher et de dégringoler dans le trou.

Louis Ropp ne pleurait pas, il était très rouge et reniflait sans arrêt, la vieille dame toussotait et a refusé d'un signe de tête de prendre la rose qu'on lui tendait.

Céline s'est tortillée jusqu'à la tombe comme si elle passait un casting pour *La Dame aux camélias*, Alvarez et Spellman sont restés en retrait, muets, granitiques, bras croisés, aux aguets, Steven-le-Recueilli a jeté sa fleur puis repris sa place, les mains croisées et la tête penchée. Daguey n'arrêtait pas de regarder sa montre en bavardant mezzo-vocce avec l'épouse de Veld, lequel aurait mieux fait de surveiller leur conciliabule au lieu de chuchoter à l'oreille de notre bien-haï directeur, tandis que Simon se passait nerveusement la main dans les cheveux et que Mazzoli, les yeux clos, semblait sur le point de s'endormir.

Céline m'a poussée du coude quand ils ont apporté les fleurs pour que j'admire notre couronne, une couronne classique, sur pieds, blanche et verte, avec la banderole « Les collègues et amis de l'hôpital à une infirmière exemplaire ». Le modèle à 400 euros. Elle était plus grosse que celle de la direction. Le mari avait fait porter une gerbe saumon, jaune et blanche, « À mon épouse regrettée » (140 euros), et les deux vieilles dames un coussin forme boule, orangé, « À notre nièce bien-aimée » (90 euros). Le filleul s'était contenté d'un petit bouquet de deuil rose et mauve, à 40 euros, je l'avais vu, comme les autres, dans le catalogue sur Internet.

Serrements de main, chuchotis de condoléances hâtives, les deux tantes se tamponnaient les yeux, Louis Ropp remerciait d'une voix inaudible en fixant ses solides chaussures en cuir, sa mère pinçait les lèvres, un des croque-morts bâillait caché derrière sa main.

Et puis tout le monde est parti en papotant à voix basse. Bref, un enterrement bâclé sous un soleil glacé. J'ai pensé à Sandrine Mankiewicz et à Mélanie Dumas qui étaient sans doute enterrées ici aussi. À leurs familles éplorées. À ces trois cercueils qui se sont succédé si rapidement. Steven avait dû penser la même chose que moi car il m'a susurré :

– Mélanie Dumas est dans l'allée E. J'ai demandé au gardien à l'entrée. Et Mankiewicz est en I. C'est sinistre.

J'ai acquiescé. Trois femmes ensevelies en quelques jours à cause d'un psychopathe en manque de sang frais.

Alvarez et Spellman nous ont dépassés et j'ai trouvé qu'Alvarez avait l'air vieilli et soucieux. Il m'a salué d'un signe de tête, il avait les yeux cernés, le teint blafard. Spellman ne cessait pas de balancer des coups d'œil rapides à droite à gauche, comme si l'assassin pouvait jaillir d'entre les cyprès avec une tronçonneuse. Lui aussi, il avait mauvaise mine. Leurs supérieurs devaient les harceler pour obtenir des résultats rapides. Un fou meurtrier qui massacre trois femmes en moins de quinze jours dans une petite ville de 70 000 habitants, ça ne passe pas inaperçu. La presse était déchaînée, et la psychose allait s'installer rapidos.

– Rien de nouveau ? ai-je demandé en trottinant derrière eux.

– Hélas non, a répondu Alvarez en se frottant le visage à deux mains. Il ne nous reste qu'à presser Rivera comme un citron en espérant que c'est bien lui.

– Et la piste d'un émule de l'Éventreur ?

– Que ce cinglé imite l'Éventreur ou pas, qu'est-ce que ça peut foutre ? m'a-t-il jeté sur le ton de « Lâchez-moi la grappe avec ça ». Ce qui compte, c'est qu'il a la haine, a-t-il poursuivi. Et puis ces histoires d'imitation… vous savez ce que j'en pense. Donnez un scalpel et une proie à un psychopathe, y a des chances pour qu'on ait toujours le même résultat, a-t-il conclu en serrant les poings.

– Au fait… et le type à la perceuse, il est venu la récupérer ? a demandé Spellman avec un regard gris-bleu que j'ai trouvé narquois.

J'ai haussé les épaules.

– Non. Vous devriez vraiment envoyer quelqu'un pour l'examiner.

– Vous n'avez pas l'impression qu'on est un peu comme qui dirait… surchargés de boulot ? a grogné Alvarez en se retournant.

Spellman m'a fait un signe faussement désolé et ils m'ont dépassé.

J'en avais la gorge nouée de colère et d'humiliation, mais que faire ? Les supplier de s'occuper de ton cas, Elvira ? Alors que trois femmes viennent de se faire assassiner ?

Alvarez a marqué le pas en arrivant près des voitures et j'ai vu qu'il observait les médecins réintégrer leurs véhicules. Puis, les sourcils froncés, il a griffonné quelque chose dans un calepin. Il a arraché la feuille et l'a tendu à Spellman qui a acquiescé sans rien dire et s'est éloigné pour téléphoner à voix basse. Céline a rejoint Alvarez et lui a effleuré la nuque d'un geste tendre, il a haussé les épaules, dérangé dans ses réflexions, elle s'est mordu les lèvres et s'est dirigée vers moi.

– On se gèle ! m'a-t-elle dit. Et c'est d'un triste !

– Les enterrements gais, c'est rare, non ? ai-je finement fait observer.

– Tu es vraiment trop con, a-t-elle pouffé dans le col de son imper.

– Ils ont l'air crevés, ai-je repris en désignant les deux flics du menton.

– Ils sont sur les genoux, a-t-elle acquiescé. Rivera est arrivé ce matin tôt. Ils vont aller l'interroger tout à l'heure. Mais Ricky pense que ce n'est pas lui. À cause du M. O. : Rivera, son truc, c'est les bagarres au couteau entre hommes.

Lieutenant Céline, nouvelle recrue du NYPD.

Il faut que ce soit Rivera. Il le faut, parce que sinon…

– Quand même, ça fait drôle de se dire qu'un cinglé est peut-être là en train de nous épier pour choisir la prochaine, a-t-elle repris la bouche en cul de poule.

« Choisir la prochaine. » J'ai frissonné.

Céline est petite et brune. Et moi, grande et blonde.

Comme Mélanie, Sandrine et Nathalie, ai-je soudain réalisé. Grande, blonde, dodue, aux yeux bruns. Bon, là, on ne pouvait pas voir mes cheveux, grâce à mon bonnet. Mais moi aussi j'ai regardé furtivement par-dessus mon épaule. Adossés à la petite boutique de fleuriste, Alvarez et Spellman attendaient que les gens partent. Ça doit faire bizarre de vendre des fleurs uniquement pour des personnes mortes. De vendre des fleurs dont on sait que le destinataire ne les verra ni ne les sentira jamais. Des fleurs qui vont être posées sur des dalles de pierre et se faner au-dessus de corps décomposés.

Je me suis demandé si les tombes de Mélanie et de Sandrine étaient fleuries.

– Je rentre avec Sofia, m'a lancé Céline, on t'emmène ?

– Non, j'ai de la famille par là, ai-je répondu avec un geste vague en direction des allées gravillonnées, je vais apporter quelques fleurs.

Et je suis entrée dans la boutique. J'ai tourné un moment entre les plantes, choisi deux petits bouquets de violettes tout simples et quand je suis sortie tout le monde était parti.

L'allée E commençait à vingt mètres sur la droite. Je m'y suis engagée avec la sensation de commettre un acte répréhensible. Et une pression désagréable au creux du plexus solaire. Heureusement, les hauts murs et les rangées serrées de cyprès atténuaient la sensation d'être livrée au plein air, au grand dehors. Je préfère les endroits confinés et c'en était un. Il ne manquait qu'un toit pour donner l'illusion d'un jardin intérieur. Un patio réservé aux morts.

J'ai tout de suite repéré la tombe. Il y avait des fleurs fraîches et le granit rose était brillant. Je me suis approché, le cœur serré. Pas d'épitaphe, juste le nom, Mélanie Dumas, et les dates de sa brève existence, sous ceux d'Augustine Dumas, 1888-1967 et de Jean-Paul Dumas, 1928-1997. Sa grand-mère et son père ? Quelle importance ? J'ai posé mon bouquet de violettes. J'ai respiré un grand coup et je suis repartie. Direction la rangée I.

Là un sobre rectangle noir, recouvert d'une croix de roses qui achevait de se faner. La grande croix à 450 euros, roses rouges et gypsophile. Avec le bandeau : « À notre fille adorée, tes parents qui t'aiment ». J'ai senti ma gorge se serrer et j'ai cru que j'allais vomir. Les petites lettres dorées « Sandrine Manckiewicz, 16/08/1980-09/01/2005 » dansaient devant mes yeux. Je me suis détournée, j'ai respiré à fond, direction la sortie, en essayant de me concentrer uniquement sur le bruit du gravier crissant sous mes pas, sur les pépiements des moineaux.

Quelle curiosité malsaine m'avait poussée à aller voir ces tombes ? Étais-je en train de rejoindre le cercle sans cesse étendu des ignobles voyeurs comme le Che ? Allais-je me mettre moi aussi à chercher sur le Net les sites immondes où se repaître de mort, de sang, d'autopsies ou d'accidents spectaculaires ?

Quelque chose me liait à ces femmes. Peut-être était-ce le sentiment partagé de leur fragilité. Ce sentiment inconnu des hommes d'être une proie potentielle et de devoir toujours et partout rester sur le qui-vive dans la jungle humaine.

J'ai repris un taxi pour rentrer, la migraine pointait, aiguë, j'avais une vague envie de pleurer.

J'ai vraiment dû m'endormir profondément parce que je me suis réveillée en sursaut dans le noir il y a un quart d'heure, bouche pâteuse, yeux cotonneux. J'ai vite tout allumé, bu un grand verre d'eau fraîche, mis la radio et vu à ma montre avec stupeur qu'il était près de vingt-deux heures ! J'ai dormi tout l'après-midi, il fait nuit depuis longtemps, c'est la faute à ces satanés cachets, mais comment m'en passer ? Il y a du givre sur la fenêtre. Et la lune a une sale gueule.

Une sonnerie me vrille le crâne. Téléphone ? Non, porte d'entrée principale de la maison.

Je resserre les pans de mon peignoir, enfile mes mules. Sonnette de nouveau. Un coup long, appuyé. Encore le père Morand ? À cette heure-là ? ! Ou bien…

J'attrape le couteau. Je crève de soif. Et de trouille. Je m'approche de ma porte à pas de loups pendant que ça sonne encore. Chez moi et chez Steven. Qui ne répond pas. Bref silence. C'est le moment que choisit mon téléphone pour hululer *Memory Of Love* et me faire sursauter. Je ne peux pas répondre puisque je fais semblant de ne pas être là. Deux minutes plus tard, signal d'alerte de message. Vite, écouter.

– Honey, c'est encore moi, j'ai du super-hot pour toi !

Léonardo, haletant. Je me contracte comme dans l'attente d'un coup. Qu'est-ce qu'il va encore me sortir ?

– Lamarck est à ta recherche.

Quoi ? !

– Hou hou chérie, décroche ! Mais t'as pas enlevé tes boules Quies ou quoi ? ! La Grande Yves vient de m'appeler. Imagine-toi que pendant que lui cherchait Lamarck, Lamarck te cherchait ! Pareil que nous, quoi.

Ma main se crispe sur le manche du couteau.

– C'est trop long à t'expliquer, alors je te la fais courte : la Yves est entré en rapport avec Lamarck sous un prétexte X, ils ont papoté et Lamarck a dit à ma Yves qu'il est raide dingue d'une intermeuf qu'il essaye de localiser depuis une semaine !

Nouvelle pause.

Sonnette. Mais merde à la fin ! Je file dans la salle de bains, m'approche du vasistas d'où j'aperçois la rue. Je risque un œil au ras du cadre. Un break gris est garé sous le lampadaire devant la maison. Un type de dos fait les cent pas.

La voix de Léonardo me poursuit.

– T'es sûre que t'es pas sous respiration artificielle, chérie ?

Pas n'importe quel type.

Un grand blond qui fume nerveusement.

– Ce que je te dis, c'est que ça y est, s'époumone le Che, il t'a trouvée !

Hein ?

Le type se se retourne. Un grand blond à l'air intello.

– Il a ton adresse et tout ! Bon, rappelle-moi quand tu reviendras sur terre.

Clic.

Dring. Je sursaute malgré moi.

Le blond qui fume jette sa clope, l'écrase sous son mocassin bleu marine, l'air passablement énervé. Il porte un jean bien coupé et un col roulé beige sous une parka noire. Il jette un coup d'œil sur la façade et je me rencogne contre le carrelage, en retenant mon souffle.

Pour trouver l'adresse, il a trouvé l'adresse. Le blond qui fume, dont j'ai admiré à loisir la photo sur ma messagerie, allume une autre clope, tire un méchant coup de pied dans le pneu avant de sa bagnole. Intello, mais en pleine forme physique. Et moi à faire peur, me dit mon miroir. Les yeux cernés, pas maquillée, pas coiffée, bouffie, un chapelet de bourrelets en guise de ceinture, pas épilée, les cheveux ternes et pendouillants, une haleine de chacal, non, non et non, personne ne me verra jamais dans cet état ! Et surtout pas cet enfoiré de menteur de mes deux !

Et s'il restait là toute la soirée ?

Et toute la nuit ?

S'il reste là jusqu'à ce que je sorte ?

Impossible de me souvenir si Steven est de repos ou non.

Plus de bruit. Je rampe à la fenêtre. La voiture est là, mais je ne vois personne. Je rampe jusqu'à ma porte, j'ouvre tout doucement, je me glisse dans le couloir, je me colle à la porte d'entrée de l'immeuble, j'écoute. Il est peut-être en train de partir ?

Boum Boum Boum !

Série de coups de pieds contre le chambranle accompagnée de vociférations :

– Il y a quelqu'un ? Ohé, répondez !

Belle voix de baryton, pleine d'une indéniable vivacité. Rapide reptation arrière vers ma tanière. Oh ! pourvu que Steven soit de repos, ait eu mon message et aille lui dire de foutre le camp.

Dieu m'aime-t-il bien, finalement, quand il ne rêvasse pas au fond de l'univers ? On dirait que je viens d'entendre la voix de Steven dans l'interphone :

– Oui ? C'est à quel sujet ?

– C'est à propos d'Elvira, lâche Ray-Anthony d'une voix rauque.

– Vous savez l'heure qu'il est ?

– C'est très important !

Soupir. Puis le bip qui déclenche l'ouverture de la porte d'entrée.

Ray-Anthony se rue dans l'escalier, les pans de sa parka fouettant les murs. La porte de Steven s'ouvre.

– Excusez-moi, je n'ai pas bien compris l'objet de votre visite… lâche notre grand dadais national.

– Elvira !

– Elvira ? Quelle Elvira ? je ne comprends pas…

– Je suis passé à l'hôpital, alors ne jouez pas au con avec moi !

– Je vous prie de rester poli, monsieur.

– Elvira avec qui je corresponds depuis plusieurs semaines…

– Il n'y a pas d'Elvira ici. Maintenant sortez ou j'appelle la police.

– Ça m'étonnerait ! Vous voyez ce listing ? C'est pas le code identifiant de votre bécane, là ? Et ça, c'est pas une photo d'Elvira ?

– Il doit y avoir un malentendu… Et rien ne vous autorise à traquer vos correspondants comme un gestapiste. La Toile est synonyme de Liberté, monsieur, pas d'Inquisition. Foutez-moi le camp !

Bravo Steven-le-Hardi !

– Bon sang ! lâche Ray, excédé, arrêtez de me mener en bateau…

La stupide sirène d'une ambulance m'empêche d'entendre la suite, je distingue juste des éclats de voix, puis la porte de Steven claque violemment, pin pon pin pon à donf et…

Plus rien. Ça a l'air de s'être calmé.

J'espère que Steven a été assez convaincant pour qu'il ne revienne pas. Quel salopard, ce Ray ! « Mener en bateau » ! Et moi alors ? Non, mais la mauvaise foi des mecs, c'est hallucinant ! Et si j'ai pas envie de le voir en chair et en os ? Y a un contrat qui dit qu'on est obligé de rencontrer de visu tous ses correspondants ? Va te faire foutre, Ray-Anthony, va te faire foutre, toi et tes minables joujoux informatiques ! Fini, Elvira-le-repos-du-guerrier. Je ne suis pas ta chose.

Je regrette presque de ne pas lui avoir collé ma main sur la figure. Si seulement j'avais eu le temps de me coiffer et de me maquiller…

Il ne va plus m'écrire.

On s'amusait bien quand même, tous les deux.

Suffit, suffit, suffit !

De nouveau Babyphone qui couine. Je décroche avec appréhension au cas où Ray-Anthony aurait déniché mon numéro. Soulagement, c'est Steven.

– Il est parti ? chevroté-je.

– Ne vous inquiétez pas, je l'ai mis dehors et je crois qu'il ne reviendra plus. Un individu extrêmement antipathique.

Je renifle et m'aperçois que je pleure. Steven-l'Insensible abandonne la sollicitude pour la suspicion :

– Mais entre nous, Elvira, qu'est-ce que vous avez bien pu lui faire pour le mettre dans cet état ?

– Mais rien ! (Reniflements.) On a correspondu, c'est tout.

Ton maintenant carrément réprobateur :

– Des messages… hum… à teneur… hum… érotique ?

– Pas du tout ! Il me disait qu'il était tombé amoureux de moi, des messages romantiques, voilà, tout à fait romantiques !

– Internet est plein de pervers, tout le monde sait ça, m'assène-t-il, moralisateur.

– On ne peut quand même pas se méfier de tout le monde et vivre en reclus !

Silence dubitatif à l'autre bout du fil.

– Mais si cet homme et vous-même… enfin je veux dire… vous voyez… pourquoi n'avez-vous pas voulu le recevoir ?

– C'était trop tôt, beaucoup trop tôt ! gémis-je essuyant mes joues.

– Trop tôt ? répète Steven-l'Éternel-Masculin bouché à l'émeri.

– Je n'étais pas prête, vous ne pouvez pas comprendre, il fallait qu'il me laisse du temps ! éructé-je à bout d'arguments.

Steven toussote.

– Hmm… La prochaine fois, soyez plus prudente, conclut-il, vous m'avez mis dans l'embarras. Oh ! à propos, Monsieur Morand souhaite récupérer des outils que son employé a oublié chez vous. Je peux descendre les prendre ?

La perceuse ! Non, il ne faut pas, c'est ma seule preuve !

– Je suis au courant, mais je n'ai rien trouvé, il doit se tromper.

– Ah bon ? C'est étonnant. Il avait l'air très sûr de son fait.

Mais qui parle comme ça en dehors des personnages de roman ? !

– Peut-être, mais les faits démentent sa certitude, rétorqué-je finement.

– Regardez encore une fois, renchérit-il, il était vraiment ennuyé, le pauvre.

Je fais : « Oui, oui » en pensant « Non, non ». Je me contrefous qu'il soit « ennuyé, le pôvre ». Tout ce qui m'intéresse en ce moment c'est le sort d'Elvira.

Je le remercie encore à propos de Ray, puis on raccroche. Je vais en catimini jusqu'à la fenêtre. Coup au cœur : la voiture est toujours là. Oh non, ça veut dire qu'il rôde dans le coin ! Impossible d'ouvrir la fenêtre pour fermer les volets : s'il est caché sous l'embrasure, il m'attrapera les poignets comme un monstre jaillissant de sous le lit dans un film d'horreur. Certes, il ne pourra pas entrer à cause des barreaux, mais aucune envie de sentir ses mains serrées autour de ma frêle gorge.

Tirer mes grands rideaux en velours rouge.

Évidemment, il n'a pas cru Steven et il attend pour me surprendre lorsque je sortirai. Malin, le Ray Lamarck ! Mais je n'ai absolument pas l'intention de sortir dans l'immédiat ni même, disons, dans les prochaines quarante-huit heures.

Mais quand Steven va partir au boulot, l'autre saura que je suis seule et vulnérable dans la maison vide. Il fracturera la porte et… et tu appelleras les flics, Elvira, et hop, ils viendront l'embarquer avant même qu'il ait fini de te violer.

S'ils daignent venir.

Il y a à peine trois semaines, deux femmes ont été tuées à coups de marteau dans leur appartement par un pochard en pleine crise malgré un voisin qui avait alerté la police en entendant des cris. Croyant à un simple tapage nocturne, les flics, débordés, ont laissé filer et sont venus trois heures plus tard, sur l'insistance d'autres voisins. Je ne veux pas finir en bavure pour cause de manque de personnel.

Re-coup d'œil. Ce fichu break n'a pas bougé d'un pouce. Où Ray peut-il bien se cacher ? Fourbe ! Salaud ! Elvira aura ta peau ! Je me faufile jusqu'à ma porte comme si j'étais sous le feu de l'ennemi, je glisse un œil contre le judas : le couloir est vide, ouf, il est bel et bien ressorti.

À moins que…

Je me tortille pour entrevoir un bout d'escalier. Non, ça va, personne caché là. Tiens, quelque chose traîne sur la troisième marche. Quelque chose qui ressemble à un carnet en cuir. C'est peut-être Ray-Anthony qui l'a perdu ? Je me mordille les lèvres en me grattant le menton avant de me décider à entrebâiller la porte. Courbée en deux, je gagne la marche en trois enjambées, je ramasse le carnet et je reviens aussi sec chez moi. Je tire tous les verrous et je me pelotonne sur le canapé. Où est-ce que j'ai mis le couteau ? Je me relève à demi, je fouille la pièce à quatre pattes, où est ce foutu couteau ? que je suis bête, il est dans ma poche, j'aurais pu m'ouvrir une artère en m'asseyant dessus, tout ça me rend folle.

Bon, le couteau sur le coussin, le carnet sur mes genoux. En fait ce n'est pas un carnet, mais un de ces porte-cartes avec des étuis en plastique à l'intérieur, assez mince pour être glissé dans une poche, la poche arrière d'un pantalon comme font les trois quarts des mecs. L'endroit idéal pour se faire pickpocketter ou le perdre. J'inspire à fond et je l'ouvre.

Une feuille couverte de charabia informatique, où émergent des bribes de phrases : « vérif ICQ et IRC », « sensation qu'on a installé un sniffer sur ma bécane malgré firewall » « ce salaud de Latinlover utilise un anonymous remailer ».

Je me sens tout émue. Il avait vraiment cherché à le localiser. Il tient vraiment à moi, et moi je le fais foutre dehors par Steven. Stop, niet sentimentalisme.

Des reçus de carte bleue. Une photo de lui en maillot à la plage, torse bombé. Pas mal foutu, le Ray-Anthony. Bien musclé. Des pectoraux qu'on a envie de caresser. Des bras qui peuvent vous briser en deux comme un fétu de paille. Une photo de moi. Celle que je lui ai mailée, oh là là, ce que je suis moche là-dessus, qu'est-ce qu'il m'a pris d'envoyer cette horreur ? Son permis de conduire. Voyons : Anthony Lamarck, né le 20 juin 1961 à Gas, permis obtenu le 15 juillet 79. Dès ses dix-huit ans. Une photo d'identité du jeune Anthony, la mèche rebelle, les cheveux longs dans le cou, mignon à croquer.

Escroc !

Des coupures de journaux, extraits d'articles concernant son boulot : code source, daemon, logiciels, mémoires, etc. Une feuille qui a dû être pliée et dépliée cent fois. je la déplie.

Mes e-mails. Imprimés à la suite. Je me relis, ça fait bizarre, je me sens idiote.

Il n'a pas mis de commentaires, juste parfois un point d'interrogation ou d'exclamation en marge.

Il m'émouvrait presque, ce salaud ! Continuons.

Une autre coupure de journal. Un portrait de groupe de gens en blanc un peu flous. Un titre. « L'infirmière assassinée menait une double vie. » Un visage entouré d'un rond rouge.

Nathalie Ropp me dévisage, avec sa permanente démodée, tandis que l'article poursuit : « Infirmière-chef respectée le jour, aventurière la nuit, la surveillante de l'unité psychiatrique avait pour habitude de participer à des forums très hot sur Internet, nous révèle son mari encore sous le choc. »

Je regarde la date : l'article est paru ce matin dans l'un de ces torchons spécialisés dans les insinuations malsaines. N'empêche que si son mari confirme lui-même qu'elle surfait sur le Net, Alvarez va peut-être daigner se souvenir de ce que je lui ai dit à propos des messages reçus la nuit de sa mort.

Pourquoi est-ce que Ray a découpé cet article ?

Combien de probabilités pour que Ray soit MAN ?

Ridicule. Comme dans une série Z où l'héroïne s'apercevrait que tous ses interlocuteurs sur Internet se connaissent et vivent dans la même zone géographique et qu'en fait ce serait un BigMégaComplot des BigBrothers Marx pour lui faire perdre l'esprit et mettre la main sur le Trésor des Templiers caché à son insu dans sa Petite Culotte.

Donc Ray n'est pas MAN. MAN est un quelconque VRP excité du calcif qui a séduit Cindy-Nathalie. D'ailleurs à mon avis, MAN n'existe même pas. C'est un fantasme pur jus, si j'ose dire. Encore que…

Une phrase de Cindy me revient en mémoire : « J'ai rencontré MAN en allant à la pharmacie. » Moi, j'avais aussitôt pensé à une pharmacie située près de son salon de coiffure. Mais maintenant que je sais que ce salon n'existe pas plus que Cindy – quelle drôle d'idée de s'inventer une deuxième identité de coiffeuse –, je me dis que la vraie Cindy, c'est-à-dire Nathalie Ropp, parlait sans doute de la pharmacie de l'hôpital, vous me suivez ?

Doit-on dire la vraie Cindy ou la vraie Nathalie ? La vraie Cindy, ça ne veut rien dire puisqu'il n'y a pas de Cindy.

Et la vraie Nathalie, ça ne veut rien dire non plus puisqu'il n'y a pas de fausse Nathalie, Nathalie Ropp étant intrinsèquement vraie.

Super, Elvira, le paradoxe de la vraie fausse Cindy-Nathalie passionne sûrement la foule de tes admirateurs, mais on va en rester là, OK ?

Pour en revenir à cette pharmacie, ça resserre encore le filet autour de l'hôpital, et puisque l'accès de la pharmacie est interdit au public… MAN, s'il existe, fait donc partie du personnel ?

Oui, heu… le fil du raisonnement s'effiloche, suis à deux doigts de dévisser. J'en ai marre de penser. J'en ai la tête qui tourne. CD de musique latino en fond. Du mambo. Comme dans *West Side Story*. « Mambo Mambo ». Je me déhanche à travers la pièce, mes épais rideaux en velours rouge bien tirés en essayant d'oublier la migraine qui, elle, ne m'oublie pas. J'ai pris deux comprimés, j'attends.

Mambo ! J'essaye d'avoir un port de reine comme Carmen Miranda, avec ses ananas sur la tête, dommage que ce soit l'hiver, pas d'ananas au frigo, j'essaye en posant mon joli coussin rose en équilibre sur mon crâne. Pas très réussi. Les ananas sont peut-être plus stables que les coussins. À qui demander ? « Allô, Alvarez, qu'est-ce que vous pensez de la stabilité des coussins roses pour danser le mambo ? » Ou bien appeler Ray, ce cher Ray qui n'existe pas. Monsieur Anthony Lamarck. « Tu me préfères avec ou sans ananas, Ray ? »

Je sens que je vais craquer. Oh là là, tout m'énerve, j'ai les neurones qui pédalent dans la semoule comme des hamsters sous amphets. Chardonnay. Chardonnay. Chardonnay. Deux autres comprimés. La lune est presque pleine derrière les rideaux. Et maintenant je danse. La lune monte et je danse. Je claque des doigts en mesure, je ne veux plus penser à rien. Juste danser.

Danser.

Incision 10

L'étau se resserre. Serres aux longues griffes rouges, sales rapaces acharnés à fouiller du bec mon âme vive. G M. Dfend en les fendant. Et je tourne autour d'Elle, je rétrécis le cercle, quand Elle sera abattue, je serai libre, c'est Elle la quintessence du Mal, dès que je respire son odeur douceâtre, je sens la putréfaction et la mort, sa peau trop maquillée n'est qu'une guenille sur un nid de viscères.

Tout ouvrir, tout déballer, tout purifier. Nettoyer, toujours nettoyer, purifier, assainir, supprimer, punir.

Elle ne sait pas que ses heures sont comptées, ses minutes décomptées, qu'avec sa lubricité elle tisse la corde qui va la pendre, elle danse pieds nus sur mon nid de scorpions, et je darde déjà ma queue à neuf fouets garnis de lames de rasoir acérées, je vais lui faire la peau, douce, aussi douce qu'un fruit pelé. La débiter en quartiers d'eau rance sanguine.

Et laver devant ma porte.

Chapitre 10

Samedi 28 janvier - après-midi

Réveil en sursaut, je rêvais qu'un type au visage en caoutchouc m'embrassait de force et sa langue en caoutchouc s'enfonçait dans ma gorge et je me rendais compte que c'était une sorte de trompe qui voulait m'aspirer l'intérieur, aspirer mes boyaux, me vider. Tu parles d'un trip !

Quelle sale nuit, entre les réveils successifs et les cauchemars, j'ai dû m'endormir vers six heures ! Je me sens complètement vannée, la bouche amère, genre vieille serpillière accrochée à un clou pour sécher. Lasse et découragée.

La trogne insupportablement minaudeuse de Betty annonce 13 h 30, samedi 28 janvier. Vais finir par la foutre à la poubelle. Suis hagarde et hirsute.

Stridulation lancinante. Je prends conscience que ce sont les gazouillis de Babyphone qui m'ont réveillée.

« Céline » s'affiche sur l'écran.

– Qu'est-ce qu'il y a ? lancé-je, peu amène.

– Ils vont l'arrêter ! me répond-elle, haletante.

– Arrêter qui ? balbutié-je ahurie.

– Le tueur, andouille !

– Mais je croyais que Rivera…

– C'est pas Rivera, il a un alibi pour le meurtre de Sandrine.

– Oh ça, c'est facile ! Il peut inventer n'importe quoi.

– Ben, là non, il était en cellule à Fos : trouble de l'ordre public.

– Quoi ? Mais c'est grotesque ! Personne n'avait vérifié son emploi du temps ?

– Mauvaise coordination des personnels, ricane-t-elle. Le planton de service ce jour-là était en congé quand l'avis de recherche a été lancé, il n'a percuté que ce matin que le poivrot excité qu'il avait bouclé pour la nuit correspondait au signalement de Rivera. J'ai cru que Ricky allait le faire fusiller !

Donc exit Rivera de la scène des crimes, mais dans ce cas…

– Mais si c'est pas lui, c'est qui ? marmonné-je.

– C'est ce que j'essaye de te dire ! Tu devineras jamais.

Je turbine à toute allure. Le mari de Nathalie Ropp ? Anthony-Ray ? Emmanuel Ravier ? EmMANuel Ravier ? !

– Mazzoli ! hurle-t-elle, triomphante.

Je reste bouche bée.

– Mazzoli ? Mais…

– Tu te souviens qu'on avait trouvé des objets appartenant aux trois médecins dans la voiture de Mélanie Dumas, me coupe-t-elle avec l'assurance d'un grand reporter.

J'opine.

– Et donc Ricky a fait perquisitionner leurs véhicules respectifs hier après-midi…

« Respectifs », décidément la fréquentation d'Alvarez est bénéfique à son vocabulaire.

– Attends un peu… pourquoi faire perquisitionner les voitures des médecins s'ils pensaient que c'était Rivera le coupable ?

– Comme dit ma mère : « Ne mets jamais tous tes œufs dans le même panier », Ricky n'a jamais été certain de Rivera, il le sentait pas. Bon, je peux continuer ?

– Je t'écoute.

– Ils ont donc fouillé les bagnoles et... dans le mille ! ils ont trouvé une blouse pleine de sang dans le coffre de Mazzoli, sous la roue de secours.

– Et alors ?

– Quoi « et alors ? », s'insurge-t-elle, tu connais beaucoup de toubibs qui se baladent avec des blouses couvertes de sang dans leur coffre au lieu de les laisser à la lingerie ? La blouse est partie au labo pour des analyses ADN, mais bon, c'est carrément sûr que c'est lui, Ricky et Spellman piaffent comme des malades en attendant les résultats.

Mazzoli. Impossible. C'est un brave type, un père de famille heureux. Il est fou de ses gosses. Non, pas Mazzoli.

– Il a donné une explication, pour la blouse ?

– Il dit que c'est pas à lui, qu'il comprend pas ce qu'elle faisait là, le truc classique, quoi. Pour l'instant personne est au courant, ils veulent pas semer le bordel dans l'hôpital, alors fais pas de gaffe. Je te laisse, j'ai Ricky qui me rappelle sur le fixe, conclut-elle abruptement.

Je raccroche, abasourdie.

Ça ne tient pas debout.

Même si Mazzoli était un pervers sadique, pourquoi serait-il assez con pour garder une blouse pleine de sang dans le coffre de sa bagnole ? Non qu'il n'y ait pas des pervers sadiques très cons, mais Mazzoli est loin d'être bête, il lit, il va au ciné comme tout le monde, et n'importe quel polar vous apprend à détruire les preuves de vos forfaits. Je suis même étonnée qu'Alvarez marche dans la combine. À l'évidence, c'est le véritable tueur qui a déposé cette blouse dans le coffre de Mazzoli.

Ce qui implique qu'il rôde toujours dans l'hôpital, et qu'il est super organisé.

La blouse cachée dans la voiture…

Pour incriminer Mazzoli ?

Simon et Daguey ont les places de parking à côté de Mazzoli. Daguey… on n'y pense jamais à celui-là. Je me suis polarisée sur Rivera-Latinlover qui apparemment n'est qu'un dangereux fêlé – oui je sais je sais – mais pas un assassin et j'ai négligé l'environnement immédiat des victimes, comme dirait Alvarez.

Trois victimes en relation avec l'hôpital :

Une jeune femme amoureuse de l'un de nos médecins.

Une patiente toxicomane en thérapie de groupe, maîtresse du même médecin.

Une surveillante de l'unité psychiatrie.

Hmm.

Miss Elvira Marple se sert un doigt de cognac médicinal en réfléchissant à fond la caisse.

Rivera est à la fois un patient de psychiatrie et du Dr Simon. Violent, dangereux, délirant. Mais dans l'impossibilité d'avoir tué Sandrine.

Hmm.

Phalange de cognac.

Ce qui ne veut pas dire qu'il n'a pas tué Mélanie et Nathalie. On a déjà vu des imitateurs.

Mmm. Peu plausible.

Ongle de cognac.

Rivera était un suspect idéal.

Serait-il possible que le tueur ait tout organisé pour faire porter les soupçons sur Rivera d'abord, et sur Mazzoli maintenant ?

Et qu'il faut bien admettre que c'est probablement à 99 % un membre du personnel.

Hmm.

Index de cognac.

Attends un peu, Elvira, ta théorie est que le vrai tueur s'est arrangé pour faire porter les soupçons sur Rivera puis sur Mazzoli. Cela implique que, lorsque le vrai tueur apprend que Rivera ne peut pas être l'assassin, il décide de faire porter le chapeau à Mazzoli. Certes, mais ce n'est que ce matin, pendant que nous étions tous à l'enterrement, qu'on a su que Rivera ne pouvait pas avoir tué Sandrine. Donc, chère Elvira, ça signifie :

a) que le tueur l'a appris lui aussi, mais de qui ? De Spellman, d'Alvarez, de Céline, de n'importe qui ayant un rapport avec l'enquête ?

b) qu'il a réagi au quart de tour en fourrant une blouse tachée de sang dans la voiture de Mazzoli.

c) qu'il avait donc cette blouse sous la main.

Gorgée de cognac.

Reprenons le timing.

En rentrant de l'enterrement hier matin, Alvarez apprend que Rivera n'est pas son coupable. Il explose devant Céline. Qui le répète à tout le monde ? Bref, le tueur entend et file piéger la voiture de Mazzoli. Non, non, il l'a piégée avant. Parce qu'il sait, lui, que la piste Rivera ne tiendra pas. Il le sait parce que… parce que… STOP !

Bouillabaisse de neurones portée à ébullition. Surchauffe imminente. C'est comme pour la mode, s'en tenir aux basiques permet d'éviter l'erreur. Donc revenir aux valeurs sûres. Ouais, lesquelles ? Quelles certitudes à part trois meurtres et un meurtrier fou ?

Le lien avec l'hôpital.

Le lien avec moi.

Me plaît pas trop, ça.

Qui a un lien avec l'hôpital et moi ? À part Céline et Steven, bien sûr. Les médecins ? Ray-Anthony qui vient démarcher pour du matos ? Ray-Anthony. L'outsider, qui a découpé un article concernant le meurtre de Nathalie.

Je reprends la coupure de journal, la scrute, pensive. Tiens, j'avais pas vu qu'il y avait Céline sur la photo, en fond, je reconnais son gros cul et sa permanente.

Et là, c'est le Dr Simon. Là, c'est Sofia. C'est marrant. Et là, Steven-Blouse-Amidonnée ! Une photo de groupe qui a dû être prise pour un pot de départ ou une promotion, un jour où j'étais absente. Qu'est-ce qu'il regarde, Simon ? Où est ma loupe ? Ah ! dans la commode. Pas facile de se déplacer courbée en deux. Alors, voyons…

Mmm, il regarde quelqu'un sur le côté, quelqu'un dont on ne distingue qu'un bras nu et un bout de jupe. Une civile. Qui porte un bracelet torsadé. Et un tatouage… Mélanie Dumas ! Simon regarde Mélanie Dumas, sa maîtresse. Qui l'attend bien sagement en retrait. Dommage, il n'y a pas de date sur la photo.

Mais vu que Céline s'est fait défriser en décembre, c'est donc avant. Je dirais novembre. Oui, Sofia porte ses boucles d'oreilles Halloween. Ce que Steven a l'air sinistre. Et ça, c'est quoi ? On dirait une marque au-dessus de sa tête. Comme un trait au crayon à moitié effacé. Une flèche ? C'est déjà bizarre que Ray ait découpé un article concernant Nathalie Ropp, mais pourquoi pointer Steven ?

Et si Ray était un détective privé ? C'est ça, c'est ça, et Steven est le frère caché d'Albert de Monaco.

Un informaticien hyper brillant, qui concevrait une série de crimes parfaits au sein d'un microcosme – l'hôpital – entraînant immanquablement les soupçons sur les équipes en place ? Ray-Anthony-Lucifer ?

Comment aurait-il volé les clefs de Mazzoli sans que celui-ci s'en rende compte ?

Coup d'œil machinal par la fenêtre. Mais c'est pas

vrai ! La voiture de Lucifer est toujours là. Il a passé la nuit à l'hôtel dans le coin ! Bon sang, mais qu'il se casse, ce névrosé ! Je ramasse sa pochette, vais pour la lancer à travers la pièce et me retrouve à jeter nerveusement un coup d'œil à ses facturettes de carte bleue. Comme une vue en coupe de son quotidien.

Restaurant, cher, on ne se refuse rien, fringues – de marque –, la Fnac – bouquins, CD, et du matos informatique haut de gamme –, essence… voyons, BP Chanopost, 35,01 euros, 22 h 05. 22 janvier, c'est-à-dire dimanche.

Qu'est-ce qu'il fichait à Chanopost ? C'est où d'abord, ça ? Je rampe jusqu'à la bibliothèque, attrape l'atlas routier. Chanopost… c'est au moins à quatre heures d'ici. Sans doute un déplacement pour son boulot. Ou bien pour rejoindre et harceler une autre malheureuse séduite par e-mails. Dimanche, dimanche… Le soir où Nathalie… !

Oh, Ray, ce n'est donc vraiment pas toi ! Tu ne pouvais pas être à quatre heures d'ici et en train de massacrer Nathalie. Tu es juste un brave salaud ordinaire !

Deux coupables potentiels innocentés en moins de vingt-quatre heures, tu dépotes, Elvira Poirot !

Téléphone. Céline encore. Je chuchote, au cas où Ray serait revenu tout près.

– Oui ?

– Tu dormais ?

– Non, non, vas-y.

– Tu as mal à la gorge ?

– Oui, c'est ça.

– Y a un virus qui tourne en ce moment, tout le monde a la crève.

On s'en fout, Céline, on s'en fout !

– Le sang, sur la blouse, c'est celui de Nathalie. Et c'est pas tout. Tiens-toi bien !

– Quoi ?

– Ils ont trouvé un œil.

– Pardon ?

– Un ŒIL ! Dans la poche droite de la blouse. L'œil gauche de Mélanie Dumas, tu sais celui qui manquait…

– Quelle horreur…

– Ouais, tu l'as dit. Mazzoli, tu te rends compte ! reprend-elle. Qui l'aurait cru ? !

– On a pu cacher la blouse dans sa bagnole, ne puis-je m'empêcher de suggérer.

– Ricky y a pensé, tu penses bien ! Mais il aurait fallu avoir les clés. Le coffre n'a pas été forcé.

– On a pu les lui emprunter ?

– Tss tss, rappelle-toi, il les porte toujours accrochées à sa ceinture avec un mousqueton et le porte-clés Batman que lui ont offert ses gamins. Quand tu te dis qu'il a des gamins, un monstre pareil ! ajoute-t-elle avec délectation.

– Mais quand même… Mazzoli… t'arrives à y croire ?

– Oh, bon sang, arrête d'ergoter comme ça, c'est une manie chez toi ! On dirait une vieille fille ! Allez salut !

Mais je suis une vieille fille ! ai-je envie de lui hurler.

Les clefs de la voiture. Je n'avais pas pensé à ça. Je les visualise très bien, accrochées au passant droit de la ceinture. Je lui ai même demandé un jour si ça ne le gênait pas. « Oh, je ne les sens plus, m'a-t-il répondu, je suis tellement distrait que je préfère les garder là. »

Eh bien, la pièce est jouée, la messe est dite, *e finita la commedia*. Il faut me faire à l'idée que Mazzoli est un psychopathe. Rivera est bel et bien innocent. Ravier n'est sans doute qu'un violeur sadique, le violeur à la perceuse. Parce que tout de même, elle était pleine de sang !

Du sang ou de la peinture ?

Allons, tu sais bien reconnaître du sang tout de même,

au bout de vingt ans de boulot ! Donc il y a un problème avec Ravier.

Qui s'est sans doute tout simplement blessé en bossant. C'est difficile à dire « blessé en bossant », blléssé en bossant, bessé en blossant… J'arrête de me prendre la tête avec Ravier. Il a sans doute une tripotée d'alibis, comme Rivera.

Restent en compétition le pauvre Mazzoli, la moitié de l'hôpital et le beau Dr Simon.

– Car pourquoi écarter Simon, Votre Honneur ? déclamé-je en revêtant mentalement une robe noire d'avocat.

– Parce que rien ne l'incrimine, me répond Votre Honneur, que j'imagine comme un vieux lord sévère à perruque grise bouclée.

– OK, mais on n'est pas innocent simplement parce qu'on n'a pas l'air coupable, insisté-je avec un très bel effet de manche.

– OK, mais tout de même le sang de Nathalie et l'œil de Mélanie dans la voiture de Mazzoli, c'est un peu plus accablant qu'un simple soupçon, me rétorque Votre Honneur, en montrant les dents.

– Objection, Votre Honneur ! Nous flairons le coup monté.

– Démontez-le, Maître ! Comment ouvrir le coffre sans les clés ?

Quand on ne sait pas, il faut toujours répondre à une question par une autre :

– Et pourquoi Ravier, s'il s'est simplement blessé avec cette foutue perceuse, l'a-t-il cachée, je dis bien cachée, chez Mlle Elvira ?

Ah, ah, Votre Honneur, ça te la boucle ! Effectivement : pourquoi ?

Réintégrer Ravier dans la liste des suspects.

Tenant d'une main tremblante mon cher fil du raisonnement, je me rassois lentement. Je sens la migraine qui revient. Il me faut deux comprimés. Une gorgée de cognac.

Double puisque deux comprimés. Ça brûle la gorge, c'est bon… Le silence m'oppresse, mais je n'ose pas mettre de musique. Mon baladeur ! Il est sur la table basse Ikea. Voilà, bien calée contre mes coussins, la radio à donf.

– « Parfois nos rêves se brisent, parfois nos désirs se réalisent », me chante une jeune femme.

Et parfois tout se brise, rien ne se réalise, et l'on tombe, « face à la mer, face contre terre », sans espoir de retour, sans espoir de repos, comme ces trois femmes ensevelies.

Secoue-toi, Elvira, tiens, reprends une gorgée de cognac, c'est bon pour le moral. Je baisse le son pendant la météo et les jeux débiles, essaye de faire le vide dans mon esprit en respirant profondément. Inspiration, expiration, sentir le souffle vital circuler dans mon corps. J'arrive pas à respirer. « Décontractez-vous », nous serinent les magazines. Ouais, fastoche. Suffit de le dire. Comme si nous étions toutes coupables de mauvaise volonté. Coupables d'être grosses (suffit de manger moins), d'être molles (suffit de se bouger), de pas s'entendre avec les proches (suffit d'aller voir un psy), de fumer (alors là, suffit d'avoir le déclic ! et les patches, et la pêche), d'être cancéreuses (ben tiens, suffisait de pas fumer, ou de pas avoir de mère cancéreuse, ou de se faire dépister – même si on voit pas ce que ça nous aurait épargné – ou de pas respirer de gaz de voiture, etc., la liste est aussi longue que l'histoire de l'industrialisation), d'être célibataires (suffit d'arrêter de rêver au prince charmant et tant qu'à faire d'arrêter de rêver tout court), bref coupables d'être des êtres humains désirant de l'attention, de la tendresse, de l'amour.

Dommage que ce magnifique plaidoyer n'éclaircisse pas le problème. Pourquoi est-ce que je n'arrive pas à accepter que Mazzoli soit réellement coupable ?

Pourquoi est-ce que je m'acharne à chercher le tueur parmi ceux qui me sont plus proches ?

Serais-je atteinte de victimite aiguë ?

Trop de questions, pas assez de cognac. Et Ray qui déboule ici, ça c'est le bouquet !

Fenêtre.

Voiture toujours là.

Mais pourquoi ne part-il pas ? J'ai quand même le droit de ne pas vouloir le voir ! Ça m'exaspère qu'on veuille me forcer la main. Je suis peut-être têtue comme une mule, mais je ne supporte pas de plier devant la volonté d'autrui.

Oh là là, le mal de crâne ! Impression que des Cosaques chaussés de bottes de cognac dansent le kazatchok sous mon scalp. Je devrais essayer de dormir un peu. En général, ça apaise les Cosaques.

L'idée me frappe tout d'un coup : Ray-Anthony ne pourra pas repartir sans son permis de conduire. Dès qu'il va s'apercevoir qu'il l'a égaré, il va revenir le chercher. Et si je le glissais sous la porte d'entrée principale ? Quelqu'un risque de le voler. J'ai trop bon cœur, je vais le monter chez Steven pour qu'il le lui rende.

Steven ne répond pas au téléphone, il a dû sortir sans que je l'entende, je vais glisser le permis sous sa porte.

Escalier grimpé à quatre pattes, petits coups discrets à la porte au cas où… pas de réponse, je tends l'oreille : on dirait que quelqu'un murmure. Des sons étouffés, par à-coups, c'est peut-être la radio qui est restée branchée. J'attends un peu. Quelque chose cogne, sans doute la fenêtre mal fermée. Bon, il n'est pas là. Je laisse le permis, je redescends.

Grmpff ! J'ai oublié de remettre les facturettes dans l'étui. Oh, on s'en fiche, fous-les à la poubelle.
Et s'il en a besoin pour ses frais professionnels ?
C'est pas ton problème, ma grande, tu oublies que ce type est un sa-lo-pard ?
Un dragueur frustré, c'est tout.

Un amoureux.
Mon amoureux.
Allez, re-grimpette. Heureusement il y a un des coins plastifiés de l'étui qui dépasse, je tire vers moi. Ça ne vient pas. Je tire encore. Ça résiste. Il s'est coincé. C'est bien ma chance. Et toujours cette fenêtre qui cogne.
Ou une porte, on dirait plutôt une porte qui bat comme un pied frappant le sol. Je pousse les facturettes sous le chambranle. Je regagne mes pénates.

C'est pas vrai ! Je n'ai pas laissé de mot à Steven pour lui expliquer que ce sont les papiers de Ray-Anthony. Car Steven ne sait pas que Ray s'appelle en réalité Anthony Lamarck et il va se demander à qui est ce permis !
Rédiger une courte note d'explication. C'est vrai que c'est un peu compliqué tout ça. « Steven, l'étui en plastique et les facturettes appartiennent au type qui est venu demander après moi tout à l'heure, merci de les lui rendre s'il revient, il les a perdus dans l'escalier et encore merci pour votre efficace intervention. » Passer un peu de pommade ne fait jamais de mal. En plus, il a réellement été efficace, Steven-le-Terrible face aux hordes barbares.
Je me demande où a bien pu aller Ray-Anthony. Se balader dans le quartier ? Avec ce froid ? Faire un tour au

centre commercial ? Essayer de me trouver à l'hôpital ? Plus probable, oui. Il a pu se dire que j'étais en service et filer là-bas.

En tout cas, il n'est pas en faction devant la porte, on n'entend absolument rien, et il ne s'est pas manifesté quand je suis montée chez Steven. Donc je retourne porter le message, en catimini certes.

Je frappe discrètement. Toujours pas de réponse. Je n'entends plus la radio et la porte a cessé de battre. J'attrape de nouveau le coin de l'étui qui dépasse et je tire un coup sec. Cette fois-ci, il vient puis stoppe brutalement, un bout coincé sous le chambranle. C'est pas que je sois têtue, mais… Je me penche encore plus, pour regarder dessous la porte ce qui coince.

Mince rai de lumière coupé d'une masse sombre là où l'étui coince. Laisse tomber, Elvira, Steven le trouvera bien. Je rajoute le mot, à côté de l'étui. Re-descente.

Et maintenant-que-vais-je-faire ? Je meurs de faim et j'ai vaguement la nausée en même temps. Même pas eu le temps de petit-déjeuner avec tout ça ! Hop hop hop, trottiner à la cuisine, s'emparer d'une barre chocolatée light – neuf calories de moins que sa consœur non allégée –, déchirer l'emballage avec les dents, hop hop hop le salon, me fais l'effet d'être encerclée par les Indiens et ne veux pas finir scalpée.

Je mâchonne mon insipide barre light en sirotant du cognac et en ressassant tous les événements des jours précédents. Les meurtres, Latinlover, le dialogue par e-mails avec l'assassin de Nathalie Ropp, l'arrestation de Manuel Rivera, les tripotages d'Emmanuel Ravier, la probable inculpation de Mazzoli, l'enterrement de Nathalie et l'arrivée surprise de Ray-Anthony Lamarck. Tout ça en quinze jours.

Ça fait beaucoup pour une seule femme et encore plus

pour une femme seule. Seule face à l'adversité et aux redoutables manigances du destin.

Deux semaines. Trois victimes.

Apparemment le tueur a pris goût au sang, comme ces tigres qui après avoir mangé une fois de la chair humaine deviennent des tueurs d'hommes. Mais quelque chose a dû déclencher la crise, le passage à l'acte. Quelque chose de particulier à Sandrine Mankiewicz, puisque c'est la première, et quelque chose qu'elle avait en commun avec les suivantes. Leur physique : grandes, blondes, un peu enrobées ? Comme moi. Le genre de pensées qui vous donne irrésistiblement soif. Revenons à Sandrine.

Un détail chez elle a provoqué la frénésie meurtrière d'un psychopathe. S'il s'agissait simplement du physique, il aurait déjà tué plein d'autres femmes. Pourquoi est-il passé à l'acte à ce moment précis de sa vie et précisément sur cette jeune femme-là ?

Avec ses vingt ans d'expérience en psychiatrie, Nathalie Ropp aurait pu t'aider, Elvira. Ironie amère.

Et s'il avait suivi Simon ? C'est comme ça qu'il serait tombé sur Sandrine et sur Mélanie Dumas. Non, ça, ça collerait parfaitement si c'était bien Rivera l'assassin : il suit le médecin qu'il accuse de lui avoir parasité le cerveau, flashe sur la femme de chambre de l'hôtel que fréquente ledit médecin avec sa maîtresse, les tue toutes les deux puis s'en prend à la surveillante du service où il a été interné. Impeccable.

Oui, mais le hic c'est que Rivera a un alibi en béton pour le premier meurtre. Ce qui ne l'empêcherait pas d'avoir commis les deux autres. Les copieurs, on en voit tous les jours dans les polars.

Bon Sang, Elvira, on t'a dit que c'était Mazzoli le coupable ! Tu peux l'imprimer entre tes deux oreilles, oui ? !

Mazzoli – le coffre fermé à clé.

Qui aurait pu lui subtiliser ses clés de voiture sans qu'il s'en rende compte ? Ou plutôt : quand ?

Quand il est au bloc en train d'opérer en tenue aseptisée et que ses vêtements civils sont suspendus dans le sas à l'entrée, le vestiaire des chirurgiens.

Raisonnons correctement.

Admettons que Mazzoli soit victime d'un coup monté pour remplacer vite fait Rivera-l'ex-suspect-idéal. L'assassin découvre (sait ?) que Rivera a un alibi et agit très vite dès qu'il apprend qu'Alvarez va faire perquisitionner les véhicules des médecins.

Est-ce que Mazzoli a été de bloc hier ? Ce doit être indiqué dans le fichier planning des interventions de l'hôpital. Je me félicite une fois de plus d'avoir copié le code d'accès d'Élisabeth au cas où. Voilà un parfait « au cas où… ».

Tip tap top, merci Internet, connexion en route, réception d'une image bla bla bla, voilà : médecine A, chirurgie interne, Dr Simon une pancréatite le 26 à 17 h 30, Daguey une vésicule le 26 à 12 h 15, Mazzoli une mammectomie le 27 à 13 h 30, donc juste après l'enterrement. Qui y avait-il hier à l'hôpital à cette heure-là ? Daguey qui faisait la grande visite, Simon pour ses consultations privées. Et l'équipe de service : Céline, Sofia, Annaëlle au rez-de-chaussée, Élisabeth, Augustin, Steven au premier. Et Élisabeth-Vieille-Peau pour chapeauter les deux secteurs. Hmm.

Décidément Daguey se présente comme l'outsider idéal. Il est tout le temps là et en même temps invisible.

Grrr… me sens super énervée. Le téléphone sonne chez Steven. Cheminée. Le répondeur s'enclenche :

– Coucou, c'est Céline ! T'es pas là ? Mazzoli prétend qu'on a pu lui « emprunter » ses clés pendant qu'il était au bloc…

Quand les grands esprits se rencontrent !

Silence de Céline dans le haut-parleur, comme si elle attendait au cas où Steven décrocherait.

– Bon, t'es vraiment pas là, reprend-elle. Et devine un peu : d'après lui qui a pu faire ça, sinon l'équipe de service ? C'est-à-dire Vieille-Peau, Sofia, Augustin, Annaëlle, moi ou toi ! Oui, toi ! Je sais que c'est grotesque, mais quand même ! Réveille-toi et rappelle-moi.

Un point pour Mazzoli. Mais de là à penser que ça peut être quelqu'un du service ! Je me doute bien qu'Alvarez ne va pas accorder de crédit à cette ridicule hypothèse. Parce que la personne qui a « emprunté » les clés ne l'a pas fait pour faire une farce, mais pour cacher des preuves de meurtre dans la voiture d'un suspect. Donc la personne qui a emprunté les clés est l'assassin. Mais vu que n'importe qui peut se faufiler n'importe où dans cet hôpital, ça n'incrimine pas *de facto* le personnel soignant présent à ce moment-là.

Sans compter les estimés collègues de Mazzoli.

Daguey.

Daguey, la dague cachée dans l'ombre ? Ouais, pas très brillant, Elvira. Et Mazzoli qui tue des « ma zolie » ? C'est moi qui deviens dingue. Dinguey, ah ah ah. On se calme, ma fille. L'essentiel, c'est… c'est quoi au fait ?

Si ce n'est pas Mazzoli, le tueur court toujours.

Si le tueur court toujours, rien ne l'empêche de venir marathoner vers chez toi.

Sauf que je suppose que tous les protagonistes suspects sont maintenant sous haute surveillance et que des anges gardiens de la paix filent nos beaux médecins.

Reste Emmanuel Ravier évanoui dans la nature.

Ça c'est bizarre. Pourquoi ce type cache-t-il une perceuse dans ma salle de bains et abandonne ensuite subitement son boulot sans plus donner signe de vie ?

Ravier n'a pas pu voler les clés de Mazzoli, à moins de s'être déguisé en infirmier. Et allez, hop Elvira, tu repars sur les pistes les plus farfelues. Et le Ray, il revient la chercher sa caisse, oui ou merde ?! Mon flacon de Rivotril est presque vide, il faudrait que j'aille à la pharmacie faire renouveler l'ordonnance. Je ne pourrai pas dormir si je n'en ai plus.

Mais comment sortir ? Ray-Anthony est sans doute planqué au coin de la rue, en train de tirer sur sa clope, un rictus sardonique étirant ses lèvres gercées par le froid. Oui, oui, je sens que je vais péter les plombs. Je ne suis pas faite pour un polar. Donnez-moi une love-story, là ça roule.

C'est ça, la preuve : le fiasco Ray-Anthony.

En fait, je suis faite pour la Télé-Chardonnay-Nembutal, une végétative vivant par procuration. Qui ne désire qu'une seule chose : qu'on lui foute la paix.

Je tourne en rond comme un chacal assoiffé – je suppose que les chacals sont assoiffés ? vivre dans le désert et tout… ça boit quoi un chacal ? Des flaques boueuses pleines de moustiques ? –, au diable les fichus chacaux !

Plus de Rivotril. Et j'ai déjà doublé ma dose de Nozinan. Il doit me rester une vieille plaque de Stilnox. C'est moins bien, mais à la guerre comme à la guerre.

Hmm, dans le tiroir du bas, juste sous les bas, jolie plaquette, viens à moi, voilà voilà. Posologie : 10 mg/jour, soit un comprimé le soir au coucher. Oui, bon, on peut aller jusqu'à deux sans problème, je m'y connais. Petits comprimés chéris, on va vous faire descendre avec une bonne gorgée de cognac, deux bonnes gorgées, je suis trop trop stressée, une bombe de stress ambulante, je ferais sonner tous les portiques de sécurité.

Ça va mieux, je me détends un peu. Casque, écouteurs, CD. Un truc cool, un bon re-mix d'Eurythmics, *Sweet Dreams*, fermer les yeux, laisser le rythme vous marteler les neurones, se souvenir que vous avez dansé là-dessus avec vingt ans et dix kilos de moins, nuits blanches aux amphets, le bon temps. *Playing with my heart*. Qui joue avec mon pauvre cœur ? *There must be an angel*, non je ne crois pas que ce doit être un ange, mais bel et bien un démon, un démon caché sous une apparence humaine.

Cool, relax, respirer, n'écouter que la musique, faire taire la petite voix intérieure de l'angoisse, s'accorder un petit moment de répit dans ce cauchemar où déjà trois femmes sont mortes.

Boum !

Me suis si bien relaxée que j'ai dû m'assoupir un petit peu. C'est ce bruit qui m'a fait sursauter. Une porte qui a claqué. Steven qui est rentré sans doute. Il va m'appeler pour me dire qu'il a trouvé le permis, etc.

Je n'arrête pas de bâiller, c'est affreux. Bon, il fait quoi l'autre empoté là-haut ? Où est mon téléphone ? Ah, je suis assise dessus. Je laisse sonner chez lui. Pas de réponse. Je n'ai pas rêvé, j'ai bien entendu claquer une porte.

Peut-on envisager, Elvira, que Steven-le-Coincé n'ait pas envie de te répondre parce que tu commences sérieusement à lui casser les burnes – s'il en a ?

Il est trop lâche, il n'oserait pas laisser sonner sans décrocher.

Donc Steven n'est pas rentré.

Babyphone vibre soudain. C'est un SMS en majuscules.

– FEMELLE. *FEMALE*. FAIT MAL. MAIS PLUS POUR LONGTIME.

Mes doigts se glacent. Le numéro de l'envoyeur m'est inconnu. Je le compose, tremblante.

Je tombe sur un message.

– Bip crouiic votre correspondant ne peut pas vous répondre crouiic bip bip.

Il a été éteint ou jeté. Mais on trouvera quand même celui qui l'avait acheté. Vive la technologie !

Je note le numéro à toute vitesse sur un bout de papier, celui qui s'amuse à ça va être coincé, je vais filer ce numéro à Alvarez et, là c'est pas comme avec un ordinateur, là, mon salaud, on va remonter jusqu'à toi vite fait.

Aussitôt dit aussitôt fait, et aussitôt le répondeur d'Alvarez. Je lui laisse un message et le numéro. Que je réessaye dans la foulée.

Une annonce en anglais qui me dit sensiblement la même chose. Pendant que je m'évertue à traduire, un bip me signale que je viens de recevoir un message. « Alvarez » scintille sur l'écran. Je décroche si vite que je manque me casser un ongle.

– Merci pour cette passionnante information, me dit sa voix traînante, comme on n'a rien à faire en ce moment, on va lancer une recherche générale chez les utilisateurs de SMS.

Ce qu'il peut être con quand il le veut ! Je le rappelle. Miracle, ça répond.

– Vous ne comprenez pas que…

– Lieutenant Spellman à l'appareil.

– Oh ! bonjour, c'est Rossetti, je cherche à joindre le capitaine Alvarez.

– Il est occupé.

– C'est très important, passez-le-moi.

– Impossible, il peut pas prendre l'appareil.

– Pourquoi ? ne puis-je m'empêcher de demander.

– Parce qu'il est en train de pisser, me susurre Spellman.

Je me sens rougir pendant qu'il ajoute, impavide :

– C'est à quel propos ?

– Je, heu, je viens de recevoir un texto bizarre, je le lui ai signalé, conclus-je me sentant à la fois furieuse et ridicule…

– Mmm. Et alors ?

– Ça parle de femelle qui fait mal, plus pour longtemps.

– Écoutez, je sais que vous voulez bien faire, mais on est en plein interrogatoire, là c'est la pause, et on doit y retourner. On vous contacte plus tard, merci.

Pourquoi sont-ils si obtus ?! Tiens, j'ai une idée, je vais me connecter à un service de recherche. Genre « mais à qui donc est ce numéro ? ».

Ça fait drôle, ma boîte e-mail toute vide, à part les spasms, deux ou trois lettres d'information et l'habituel message à faire circuler-pour-ne-pas-rompre-la-chaîne-vitale. Basta, l'heure n'est pas à la mélancolie.

Je choisis un site, j'entre le numéro mystère, je lance la recherche. Comme chaque fois qu'on est pressé, l'accès échoue. Je recommence.

Tiens, ma boîte qui clignote. J'y fonce.

El Commandante.

– Alors on file le grand amour ? La Grande Yves me dit que Lamarck n'était pas au briefing ce matin. On le séquestre, grande vilaine ?!

C'est ça. J'aimerais qu'il y soit dans son fichu bureau, en train de boire des litres de café et de tapoter des centaines de messages pour de pauvres idiotes esseulées. Je ne réponds même pas.

Je retourne sur « QuiDonc ? »

Ils l'ont trouvé ! Le numéro inconnu ! Le nom de l'abonné flamboie sur mon écran tandis que je manque tomber de ma chaise.

Le mobile à partir duquel on m'a envoyé ce message appartient à René Morand.

Alors là, ça me la coupe ! Le père Morand ! Il faut que je boive quelque chose.

Mais pourquoi diable le père Morand m'enverrait-il un texto pareil ? Il s'est certainement trompé de destinataire. Mais quand même… j'aurais juré qu'il était incapable du moindre jeu de mots. « Femelle, fait mal », c'est un peu sophistiqué pour pépé. « Et pourtant, elle tourne ! » comme disait le signor Galileo. Donc si c'est du portable de Monsieur Morand qu'a été émis ce SMS, on peut légitimement supposer que c'est Monsieur Morand lui-même qui l'a envoyé. Le parangon de vertu. Le défenseur catholique des canalisations républicaines.

Minute, Elvira, minute. Lève ton peton de l'accélérateur. Prends le temps de détailler le paysage qui défile le long de tes fenêtres synaptiques. Qu'est-ce que tu vois, caché dans l'ombre, là ?

Eh oui, ma grande, ça s'appelle une hypothèse qui prend forme. Viens là, petite hypothèse, laisse-nous te passer au laser de la déduction.

Parce que, en y réfléchissant sérieusement, quelle preuve as-tu que ce soit bien Emmanuel Ravier qui ait souillé ta lingerie, Elvira ? À part la parole du père Morand : « Ce n'est pas moi qui suis venu, c'est mon ouvrier. »

Et, en poussant le bouchon, qui te dit que la perceuse

que Morand voulait tellement récupérer appartient vraiment à Ravier ?

Ravier le disparu que son patron dit introuvable. Chauffe, chauffe, vaillante locomotive du raisonnement : qui a en fait communiqué une fois, une seule, avec Emmanuel Ravier ? Personne. Et donc, jet de vapeur : est-ce qu'il existe ? !!!

Si Ravier n'existe pas, tout s'explique. L'insistance de Morand, sa colère, le prétendu ouvrier, tout ça pour cacher que c'est lui, le sale pervers ! Il envoie un ouvrier imaginaire chez des femmes seules pour farfouiller à son aise – et pire ! – dans leurs petites culottes.

Sauf que Morand ne peut pas être l'assassin, à moins qu'il ait réussi, déguisé en infirmier, à dérober les clés de Mazzoli au bloc opératoire.

Peu probable, Elvira, même avec la meilleure volonté du monde, il ne ressemble pas assez à Céline, ah ah ah.

Quoi qu'il en soit, pourquoi Morand prend-il le risque de m'envoyer un texto aussi agresssif avec son propre portable ? Pourquoi n'a-t-il pas masqué son numéro avant de m'expédier un SMS ? Voulait-il que je l'identifie ?

Est-il en train de péter les plombs lui aussi ? Tout le monde pète les plombs ? Le tueur qui aligne les victimes comme au stand de tir, Latinlover qui débloque à plein tube, Ray-Anthony qui déboule ici à ma recherche, le père Morand qui ne se retient plus de me harceler, il n'y a que toi Elvira pour rester calme et solide comme le roc dans la tempête, le phare battu par les vagues, Napoléon à Arcole, que toi, Elvira, cible de tous les barjos de ce côté-ci de l'océan, seule dans ton joli salon ivoire et doré, comme dans une boîte dont des psychopathes s'amusent à soulever le couvercle pour te voir courir en tous sens. Un insecte brillant dans ta jolie robe de chambre en satin, à la merci de garçonnets sadiques et géants.

Mon mobile vibre de nouveau. Encore un texto.

Je contemple Babyphone comme si c'était un crotale lové dans ma main et appuie sur la touche lecture avec appréhension.

– « JE SUIS LA ».

Où ça, « là » ? Je tourne la tête comme si elle était montée sur ressort. La pièce est vide, bien sûr. Ça veut dire quoi, « JE SUIS LA » ? Je regarde le numéro d'appel. Ce n'est pas le même. Ce n'est pas le portable de Morand. Un autre numéro que je ne connais pas. C'est la journée « appeleurs anonymes » sans doute. Je file de nouveau sur « QuiDonc » mais ce coup-ci, la recherche échoue. Cet utilisateur n'est pas répertorié dans leur base de données.

Je sais que je vais appeler le numéro inscrit sur l'écran et que je n'en ai aucune envie. Allez, vas-y, fais-le, ce numéro. Mon index tremble. Je suis toute nouée. Probabilités de recevoir deux mystérieux textos en moins de dix minutes par pur hasard ? Justement, le hasard ne se commande pas, le même numéro peut sortir dix fois d'affilée à la roulette. Sauf que ça n'arrive jamais à personne. Pourquoi la théorie et le concret se rencontrent-ils si rarement ? Elvira, arrête de tergiverser et d'atermoyer et de réciter tout le reste du dictionnaire, et compose ce putain de nouveau numéro-mystère !

Ça sonne. Quatre fois. J'ai le cœur qui bat trop vite. Mes comprimés, reprendre mes comprimés

– Bonjour, je ne suis pas disponible, merci de laisser un message.

Une voix d'homme. Une belle voix de baryton. Calme. Policée. Et cependant capable de prendre une nuance vulgaire, par exemple lorsqu'elle beugle : « Y a quelqu'un ? Ohé, répondez ! » sous votre fenêtre.

La belle voix de baryton de Ray-Anthony Lamarck. Le lonesome rider le plus collant de la pla-Net.

C'est donc Ray-Anthony qui m'a envoyé ce sibyllin SMS. « Ssssibyllin SssssmSSS », tiens, ça ssssiffle bien comme le ssssale ssssserpent à sssssonneries qu'il est.

Oui, mais apparemment monsieur ne veut pas répondre verbalement. Allons-y pour un texto :

– « Laisse-moi tranquille. Je ne veux pas te voir ».

Pas de réponse.

Je relis son SMS. Et je m'aperçois qu'il a été émis il y a presque une heure. Mon mobile est configuré pour m'avertir toutes les trente minutes des messages reçus et non lus ou non écoutés.

Et celui de Morand ? Émis encore un quart d'heure avant celui de Ray.

Qu'est-ce que je faisais, il y a une heure ? J'écoutais de la musique, casque sur la tête, et puis je me suis assoupie. Voilà pourquoi je n'ai rien entendu. Ça ne change rien. Morand est toujours un vieux cochon et Ray un emmerdeur.

Mais par contre, ça explique peut-être pourquoi Ray ne me répond pas. Il s'est lassé d'attendre et il est parti.

Sans sa voiture. Ni ses papiers.

Et s'il était revenu les chercher pendant que je somnolais ? Je rappelle encore une fois Steven, sans plus de succès.

L'après-midi promet d'être long, surtout si je continue à tourner en rond comme ça. Je retourne à ma bécane, autant répondre à Léonardo, ça me fera passer le temps. MSN Messenger me dit qu'il est connecté, ça tombe bien. Je tape à toute allure :

– Lamarck éconduit, mais apparemment ne pige rien !

Sa voiture est toujours là et il a oublié ses papiers, je ne sais pas quoi faire.

Réponse instantanée :

– Tu as dû lui faire un effet terrible, car il avait une réunion hyper importante ce matin avec le staff, c'est comme ça que la Grande Yves a su qu'il avait fait l'école buissonnière.

– Il m'a envoyé un texto il y a une heure, mais maintenant il ne répond pas.

– À mon avis il s'est bourré la gueule hier soir et il cuve son vin quelque part, à moitié mort. T'as regardé sous sa bagnole ? ha ha ha ! Il disait quoi, le texto ?

– « Je suis là ».

– On dirait un film d'horreur. « Geee suiiiis làààà », avec la tête du mec tout souriant qui tourne à 180°.

– Merci, ça me rassure.

– Allez, t'inquiète pas, il va finir par déguerpir, le temps de cuver et de réaliser qu'il a mis son job en péril. Au fait, paraît que tes potes flics ont un sérieux suspect… un suspect en blanc…

Sidérant comme tout se sait ! Je décide de faire l'idiote.

– Ce n'est plus Latinlover ?

– Exit Latinlover, il a un alibi, et bienvenue Mister Toubib.

– Un docteur ?

– Ouais, c'est ce que dit la rumeur. Sûrement un de tes chefs bien-aimés. T'imagines le scandale ? « Chirurgien le jour, boucher la nuit ». Comme l'Éventreur. Encore que, d'après les dernières théories, l'Éventreur ne serait pas un médecin, mais un peintre. Pas un peintre en bâtiment, un peintre en tableaux. Je te laisse, j'ai un appel. *See you later, baby.*

Fin de l'e-conversation. L'Éventreur, un artiste. Un adepte de performances sanglantes, de happenings mortels. Comme dirait Alvarez : quelle importance ? Le plus drôle – enfin, façon de parler –, ce serait qu'un tueur imite l'Éventreur en croyant comme tout le monde que c'était un médecin alors que c'était un peintre.

Ce qui est sûr, c'est que Léonardo est une vraie commère. Et remarquablement bien informé, avant tout le monde. Léonardo… *absolutely ridiculous*, je ne gaspille même pas un neurone à creuser cette piste-là.

Par contre, l'idée de Ray-Anthony ivre mort me semble plausible. Ça expliquerait qu'il ne soit pas encore revenu. Quand je vois l'état dans lequel sont capables de se mettre certains de mes collègues… Augustin, par exemple, nous a avoué que parfois il ne dessoûlait pas du week-end. Il se réveillait dans une chambre ou une rue, sans savoir comment il avait atterri là. Il s'est inscrit aux Alcooliques Anonymes, mais il a oublié d'aller à la réunion parce qu'il avait trop bu. Oui, mais Augustin est un alcoolo de première, à deux doigts – de pastis – de la cirrhose, ce qui n'est pas le cas de Ray-Anthony. Ray-Anthony assume un boulot qui requiert une certaine lucidité, et il ne ressemble pas à un vieil épouvantail tremblotant. Cependant, il a pu, c'est vrai, se prendre une cuite.

Pour se consoler d'avoir été repoussé par moi, Elvira, la femme fatale.

C'est assez flatteur, en fait.

Ça mérite un bain relaxant épicéa-giroflée, avec mégabulles et bougies flottantes au jasmin.

Incision 11

Le temps s'accélère, délétère éphéméride effeuillé page à peau, mues de plus en plus rapides, tempo glissando, attention scherzo !

Le temps glisse sous mes pieds et me fait trébucher, les bûches flambent dans l'âtre toujours rougeoyant de ma douleur.

L'écriture automatique m'ôte le mastic qui me lie encore morceau de verre par morceau de verre et fêle mon double vitrage.

Implosion en vue.

Chapitre 11

Dimanche 29 janvier - après-midi

Douce, neuve, presque reposée, la peau lisse, maquillée, coiffée, en peignoir de soie rose, je me fais tranquillement les ongles des pieds. À chaque jour suffit sa peine. Hier, j'ai réussi à m'endormir à l'aube et j'ai dormi d'un trait jusqu'à il y a une heure, sans cauchemars. Merci, comprimés magiques ! Je suis toute décalée, mais ce n'est pas grave. Si je me concentre bien sur le pinceau et si je fredonne obstinément *Lady's Light* comme un mantra, j'arrive à ne penser à rien d'autre, un exercice de méditation transcendantale, je suis quasi prête pour la lamaserie la plus proche. Total zen tendance feng shui.

Gros orteil gauche. Fastoche. Le plus enquiquinant, c'est le petit orteil. Peut-on l'appeler « auriculaire » ? Parce que, se mettre le petit doigt de pied dans l'oreille, je sais pas vous, mais moi… Donc le plus dur, c'est ce petit salopiot tout mal foutu, à l'ongle fendillé, souvenir d'une rencontre inopinée avec un radiateur en fonte. « *I am the queen of the night* », la la la, je t'aurais, mmm, au suivant, non non non, je ne pense pas à tous ces assassinats, ni à Ray-Anthony qui campe dans ma rue pour le week-end, ni à l'œil dans la blouse et qui regardait Mazzoli, ni à Morand et Ravier violant leurs clientes esseulées, ni même à…

Ni même à celui qui a écrit SALE dans mon jardinet… Bon sang, j'avais complètement oublié ça ! Embouteillage des synapses, la vapeur fuse entre les oreilles, faut que je décompresse. Orteil droit du milieu. Je l'appelle annulaire droit, d'ailleurs je vais lui acheter une bague de pied.

C'était quand, le coup du jardin ?

On est quel jour au fait ?

Cette enfarinée de Betty proclame qu'on est le dimanche 29 janvier. L'enterrement c'était avant-hier, vendredi 27, donc si nous sommes dimanche, c'était jeudi que… non, jeudi j'ai regardé la télé toute la journée, mercredi, oui, voilà, mercredi matin à l'aube.

En conséquence, forfait commis dans la nuit de mardi à mercredi.

Ça ne peut pas être Latinlover, il était déjà passé en Espagne.

Restent tous les autres candidats. Dont le plus probable, celui qui a certainement fait un double de mes clés : Môssieur Morand, ou son supposé acolyte l'invisible Emmanuel Ravier.

Je croyais que tu étais censée te délasser, Elvira, et cesser de tourner en rond comme un rat dans un labyrinthe ?

OK, mais est-ce facile de se délasser pendant que des mecs avides de sexe et de sang écrivent « sale » dans votre jardinet ? Mais comment ai-je pu oublier que quelqu'un s'est introduit dans la maison pour écrire ça ? ! Et qui sait même si le type en question n'est pas revenu ? Où sont mes protège-orteils en mousse, il faut que j'aille vérifier.

Pas évident de marcher sur les talons avec des protège-orteils en mousse tout en brandissant un couteau dans la main droite et un téléphone cellulaire dans la gauche. Mais elle va y arriver, elle y arrive, elle atteint la baie vitrée, elle en franchit le seuil, nonobstant le petit 7 °C à l'extérieur – et carrément 0 °C sous la plante des pieds –, elle continue à avancer cahin-caha, brave petit âne, la neige a entièrement fondu, l'hibiscus brille sous le soleil déclinant de cette fin d'après-midi, je n'avais même pas vu qu'il avait fait si beau, je m'approche en me dandinant.

Plus rien que le ciment humide, avec l'herbe qui se faufile dans les interstices, une flaque d'eau, un escargot qui fait la course avec un puceron.

Et le gant. Le gant en latex transparent. Comme ceux de l'hôpital. Ceux que j'utilise pour faire le ménage, tout le monde les pique, y en a des tonnes. J'ai dû l'oublier là avant qu'il neige, il était resté dessous.

Oui.

Sauf que je ne mets pas de gants pour jardiner, vu que je ne jardine pas, arroser l'hibiscus et la haie ne s'apparentant que de très loin à du jardinage. Il a dû tomber d'une des poches de la blouse que j'enfile pour faire le ménage. Une vieille blouse de l'hôpital, où j'avais dû laisser un gant par inadvertance.

Et voilà, tout s'explique, je vais pas me prendre la tête deux heures pour un gant, je le ramasse et je le fous à la poubelle et…

C'est quoi, ces taches sombres au bout des doigts ? Comme si la personne qui portait ce gant avait trempé sa main dans… du sang.

J'ai dû embarquer des gants tachés de sang dans ma vieille blouse d'hôpital, voilà tout, on va pas en faire un drame, ça arrive à tout le monde, qui n'a pas des gants pleins de sang dans sa poche ?!

Une perceuse. Un gant.

Chez moi.

Mazzoli. Une blouse. Un œil.

Dans sa voiture.

Deux tueurs ?

J'ai froid. Je rentre en tenant le gant du bout des doigts, je vais le poser sur l'évier, je manque me casser la figure, mais j'arrive à regagner le canapé sans avoir perdu mes protège-orteils. J'ai les pieds gelés. Lampée de cognac, châle en cachemire. Intense réflexion. Dois-je signaler la trouvaille de ce gant ? Dois-je rappeler pour la énième fois ce sympathique, mais toujours pressé, capitaine Alvarez ou son courtois, mais tout aussi pressé, subordonné, le lieutenant Spellman ? En ai un peu marre de me faire envoyer sur les roses et de passer pour l'emmerdeuse de service.

Cependant, faut bien avouer que l'hypothèse du gant sale dans la poche ne tient pas trop la route. À l'hôpital, les gants souillés on les jette à la poubelle – ou par terre en cas d'urgence –, on ne les embarque pas. Et ici, je ne me souviens pas de m'être blessée.

Je me relève, je vais examiner le gant.

Latex blanc. Poudré, comme la plupart des nôtres et tous ceux des chirurgiens. Taille 7. La mienne et celle de plein de gens dans les 1,70 m. Céline, Augustin, Mazzoli… Trop petit par contre pour Simon. Il porte du 8.

Et Daguey ? Il a de grandes mains, il n'arrête pas de les agiter, style « Regardez les mains de l'artiste », le 7 ce doit être trop juste pour lui.

Mazzoli.

Mais que ferait le gant de Mazzoli sous mon hibiscus ? L'idéal serait de faire analyser ce sang, qu'on en ait le cœur net. J'imagine déjà le ton d'Alvarez en entendant encore ma voix.

Et si je lui envoyais un e-mail ? Où est-ce que j'ai fourré sa carte professionnelle ? Dans le tiroir de la commode de l'entrée ? Avec les papiers à ranger bientôt, dont la plupart depuis trois ans au moins ? Mais oui, bravo, Elvira, ton sens de l'ordre t'est bien utile, la carte est là, avec les promos de la galerie commerciale d'il y a six mois.

Capitaine Alvarez. Téléphone. E-mail. Allez, je me lance :

« À l'intention du Capitaine Alvarez, Brigade Criminelle.

Mon capitaine,

Je regrette de vous importuner encore, mais je dois signaler à vos services que je viens de trouver un gant d'hôpital taché de sang dans mon jardinet.

Sans doute ne s'agit-il que d'un vieux gant sans importance, mais étant donné l'enquête en cours, il me semble nécessaire de vous le signaler.

D'autre part, je me permets de vous rappeler que j'ai reçu des e-mails et des textos inquiétants pouvant peut-être bien émaner du coupable. Je sais qu'aujourd'hui votre intime conviction est faite quant à son identité, mais pour quelqu'un qui a travaillé si longtemps avec celui que vous soupçonnez, cela paraît tout à fait impossible.

En m'excusant encore d'abuser de votre précieux temps,

I. D. E. Rossetti. »

Clic. J'ai appuyé sur « envoi » avant d'avoir eu le temps de me raviser. J'espère qu'il comprendra que le côté obséquieux est en fait ironique.

Reste qu'à attendre la cavalerie en sirotant un peu de cognac et en regardant la télé.

Sauf que je ne m'intéresse à aucune émission et tourne en rond sur mon canapé comme un vieux chien plein de puces, un œil sur MacChou qui verdoie et scintille, mais reste vide, l'autre sur Babyphone aphone. Rien rien rien. Pas le moindre texto libidineux du père Morand, pas la plus petite réponse de Ray, pas le moindre « Fichez-moi la paix » d'Alvarez. Impression de flotter dans une bulle à l'écart du monde, tout entourée de mes rideaux rouges, ignorante de la fébrilité humaine qui s'agite à l'extérieur.

Ouais, et Ray-Anthony, il pourrait pas s'agiter un peu, genre reprendre sa voiture et se tirer fissa ? Un peu de fébrilité humaine ne messiérait pas à messire Ray-Anthony Lamarck.

Je gis entre mes coussins telle une baleine échouée sur la grève en essayant de rassembler mes idées, éparpillées comme des grains de sable sous la tempête. Une mouette passe et me largue du guano sur les cheveux.

Ploc.

Une mouette ? Je me ressaisis d'un bond et passe la main sur ma tête. Un peu humide, et…

Ploc.

Une goutte s'écrase sur le dos de ma main.

Je me relève, affolée. Il pleut dans la maison ?

Ploc.

Je vois une goutte s'écraser sur mon coussin crème, faisant une vilaine tache maronnasse.

L'illumination me frappe avec un peu de retard. Cet imbécile de Steven a laissé sa baignoire déborder ! Je vais être inondée ! Tous mes jolis meubles vont être tachés ! Putain, c'est la totale ! Mais c'est pas vrai !

Je me rue dans l'escalier, je martèle la porte en gueulant :

– Steven ! Vous avez oublié de fermer un robinet, ça coule à travers le plafond ! Steven !

Souvenir désagréable : cet abruti ne m'a-t-il pas dit un jour qu'il dormait avec des boules Quies ? Comme je l'écoute toujours à moitié… Si seulement il pouvait se noyer dans son lit !

Je redescends en courant chez moi pour chercher un tournevis. Parfaitement ! Que voulez-vous que je fasse ?! Que je regarde dix hectolitres d'eau transformer mon joli salon ivoire en aquarium ? Que j'achète un tuba pour pouvoir allumer la télé ? Et des palmes pour traverser la chambre ? Je sais que j'exagère, mais c'est mon salon qui est train de recevoir les eaux usées de Steven...

Les eaux usées ?! Oh là là, c'est le W.-C. à coup sûr ! C'est arrivé à Sofia ! Mon salon : un égout, jamais ! Je renifle, ça sent vaguement la rouille. Il a peut-être mis des algues dans son bain, les algues ça pue.

Caisse à outils sous l'évier, évidemment je me cogne la tête, et je m'égratigne avec la boîte de clous mal rangés. Le tournevis. Un grand, solide. Je vais faire sauter sa serrure. Eh oui ! faudra vous y faire, je ne vais pas appeler Morand-le-Satyre à la rescousse ni attendre en combinaison Néoprène que Steven-la-Marmotte daigne se réveiller. Je vais sauver mon salon !

Je remonte à toute allure, un peu essoufflée, je frappe de nouveau à la porte, à coups redoublés, sans plus de résultat. OK, on y va ! J'insère la pointe du tournevis entre le battant et le chambranle, un peu au-dessus de la serrure, sous la clenche en métal. Je commence à pousser, tout en me demandant ce que dira Steven en me voyant faire irruption en peignoir et tournevis dans sa chambre, hirsute et suante.

Et si Steven-le-Rigide portait plainte contre moi pour effraction ? Je me retrouverais en cellule avec Mazzoli qui pourrait m'éventrer tout à son aise pendant qu'Alvarez lirait le journal dans son bureau en lançant à la cantonade : « Allons, Rossetti, vous vous faites des idées, tout va bien, arrêtez de gueuler comme ça. »

Et si, plus prosaïquement, Steven me collait une beigne ? Me hurlait que j'ai bousillé sa porte et que je vais devoir rembourser les dégâts ? Que j'aurais dû appeler Morand. Ou lui téléphoner pour le réveiller.

« Mais je vous ai téléphoné, pauvre sourdingue, mais vous aviez vos putains de boules Quies. »

« Il fallait appeler les pompiers, ils seraient passés sans rien casser par la fenêtre qui est toujours entrouverte, espèce de crétine ! »

Je relâche ma pression sur le tournevis. La fenêtre… celle qui donne sur le jardin. Il la laisse ouverte pour aérer, Môman a toujours prôné les vertus de l'air frais. Je sais bien que cette fenêtre est à quatre mètres au-dessus du sol et que je ne peux pas l'atteindre en sautant, mais… en m'aidant de l'échelle qui est rangée à la cave ?

Pause réflexion.

Pas trop longue parce que ça continue de se déverser sur ton canapé, Elvira.

L'échelle. La fenêtre donne dans le salon. À côté de la salle de bains. Je peux tenter le coup.

Je remets le tournevis dans ma poche. Énième descente de cet escalier. Mes pauvres mules n'ont presque plus de semelles. Bref coup d'œil vers la porte d'entrée, massive et bien fermée. Pas d'ombre lamarckienne suspecte, pas de bruit.

La cave, l'échelle, fermer le robinet coupable, agonir Steven-l'Étourdi de reproches, je sais faire.

La cave. Je m'y rends rarement. On y accède par un petit escalier. C'est une grande cave, propre, aux murs en ciment, divisée en deux parties : à gauche, la chaudière du chauffage central et le ballon d'eau chaude ; à droite, un tas de vieilles cochonneries appartenant à Steven, un établi avec un vieux train électrique, des outils suspendus au mur, des casiers à bouteilles de vin, bref le bric-à-brac habituel des caves.

La cave.

Dont la porte, une banale porte beige, est entrebâillée. Furtive vision de Ray-Anthony tapi dans la cave. Je hausse les épaules pour chasser ladite vision avec une vigueur qui manque me rompre les cervicales. La minuterie actionne une ampoule de 60 watts, si quelqu'un se cache en bas, je le verrai tout de suite.

Ouais et alors ? Une fois que tu l'auras vu, ça changera quoi ? Tu pousses la porte et Ray-Anthony est là, en haut des marches, un sourire dément sur son visage haineux, et sa grande main se referme sur ton cou de poulet pendant que tu coasses : « Je t'ai vu, je t'ai vu » ? ! Je ressors le tournevis de ma poche.

Le tournevis et le couteau. Deux tiens valent mieux qu'un tu l'auras. Et je pousse la porte.

Elvira et la cave sanglante, *take one*.

La porte grince, et reste suspendue sur ses gonds, audessus du vide de l'escalier noir de la cave sombre et humide. Je tends les doigts de la main droite vers le mur pour actionner le minuteur avec une certaine appréhension. Les événements de ces derniers jours m'ont rendue vraiment nerveuse, limite crise de nerfs, et j'ai du mal à me raisonner. Inspiration, expiration. Inspiration, expiration. Interrupteur. Je tâtonne le long du mur pour le trouver, quand j'ai soudain la sensation d'une présence. D'une présence derrière moi. Non ! Je...

Je perds l'équilibre, je bascule en avant, ma mule cherche la marche, je vais...

J'ai froid. Je suis transie de froid. Je tremble. Pourquoi est-ce que j'ai si froid ? C'est le sol. Il est glacé. Du ciment glacé. Je suis allongée par terre. Je vois la chaudière du coin de l'œil. La chaudière. Tout me revient d'un coup. J'ai perdu l'équilibre et j'ai dévalé l'escalier. Je me redresse avec précaution, j'ai le dos en compote et un affreux mal de crâne, mais rien de cassé apparemment. J'aurais pu me briser les reins ou la nuque. Me retrouver tétraplégique. J'en ai eu dans le service, une simple chute et paf, paralysé à vie. La seconde d'avant vous rigolez avec vos potes, la seconde d'après vous apprenez à respirer avec une paille.

Ou bien j'aurais pu être morte. J'en ai eu aussi. Le type rate une marche, sa tête heurte le trottoir, sa femme l'engueule, « Ce que tu peux être maladroit », il répond pas, il est mort.

Bon, je ne suis ni paralysée, ni morte. Juste une belle bosse sur le crâne, quasiment un œuf de dinde. Le tournevis et le couteau ont roulé dans un coin. Encore miracle : j'aurais pu m'embrocher sur l'un ou l'autre, hara-kiri incognito, et être en train de me vider de mon sang sur le ciment sale aussi vite qu'une canalisation trouée sur mon divan propre.

Je me remets sur mes pieds tant bien que mal, plus trop envie de grimper à cette échelle, me sens toute mal fichue. Je marche sur quelque chose, oh c'est mon Babyphone, mon bébé d'amour, maman t'a tout écrasé, non ça va, il a l'air intact, tiens, un appel en absence. Steven !

J'appuie sur la touche messages et j'entends la voix de crécelle de Steven-le-Crétin.

– Elvira ? Je suis désolé, j'avais oublié de fermer le robinet de la baignoire, j'espère qu'il n'y a pas trop de dégâts...

Je n'écoute pas la suite, je regarde l'heure à laquelle le message a été émis. 17 h 15. J'ai donc perdu connaissance au moins un quart d'heure.

Je touche mes oreilles, mes narines : pas de perte de sang. Pas de vertiges. Pas de vision dédoublée. J'ai échappé à la fracture du crâne, c'est déjà ça. Pour le traumatisme crânien, on verra.

Un peu du jour finissant entre par le minuscule soupirail, une lueur grise et jaunâtre. Ça donne une impression de brume. Je distingue le foutoir de Steven dans la pièce adjacente. Vague impression d'une silhouette assise à la vieille machine à coudre. Cliquetis des tuyaux. Allez, je me sors d'ici, je vais voir si l'iceberg d'eaux usées de Steven a fini de Titaniquer mon salon !

Escalier à tâtons, le jour n'arrive pas jusque-là, et l'ampoule ne fonctionne visiblement plus. J'attrape la poignée, je tourne. Rien. Je la secoue un peu.

Vibration de mon Babyphone. Encore Steven. Ah non, c'est le même message, celui que je n'ai pas écouté jusqu'au bout. Du coup, pour Babyphone il n'a pas été lu et il me le ressert. Alors, quoi ? « excusez-moi », ouais, blabla, « au fait, vous aviez encore oublié de fermer la porte de la cave. »

Il est pas gêné, ce con ! Moi, oublier de fermer la porte de sa cave ! J'y descends à peine deux fois l'an pour chercher un truc à lire dans les caisses de bouquins policiers de Môman et je ferme toujours à clé après mon passage.

Fermer la porte. Oh nooon ! Il l'a fermée à clef !

Coup de pied rageur dans la porte, une vieille porte en chêne, du genre qui vous fait regretter d'avoir des doigts de pieds humains et non une bonne paire de sabots de cheval.

Je peux pas le croire, je peux pas le croire que ce stupide crétin amidonné ait non seulement inondé mon salon, mais en plus m'ait bouclée dans la cave ! Je te hais Steven-Couilles-Molles, je te hais !

M'asseoir un moment sur les marches.

Je suis si fatiguée. Le goût âpre du cognac dans la bouche. Je digère mal. Mes mains tremblent. J'ai un énorme bleu au genou gauche. Et mal à la cheville. Je compose le numéro de Steven-l'Imbécile-Heureux en le maudissant à voix basse. Et devinez quoi ? Il ne répond pas ! Message enthousiaste qui donne envie de gerber : « Je ne peux pas vous répondre pour l'instant, à tout à l'heure ! »

– Steven, vous m'avez enfermée dans la cave ! grondé-je entre mes dents en essayant de ne pas ajouter « espèce de pauvre con ».

Dieu seul sait quand il va rentrer. Babyphone clignote

maintenant pour me signaler qu'il ne lui reste presque plus de batterie. J'en rirais presque.

Le problème – l'un des problèmes, veux-je dire, ha ha ha –, c'est que, même si j'arrive à prévenir quelqu'un, il ne pourra pas entrer puisque la porte principale est fermée. Donc il faut absolument joindre Steven-l'Enflure.

Et si l'enfoiré est parti bosser ? Je ne vais pas rester dans cette cave glaciale pendant huit heures ! Texter un SOS à Céline ne servirait à rien, elle est de repos aujourd'hui. Simon ? Le temps que je réfléchisse, la batterie s'éteint. Comme dans un stupide film de terreur. Il ne me reste qu'à prendre mon mal en patience.

Assise sur une marche en ciment qui me gèle les fesses. D'autant que mon string en dentelle saumon est assez éloigné du concept de tapis de sol isolant. Je resserre les pans du peignoir, bras croisés, le téléphone inutile posé à côté de moi. La nuit est tombée, il n'y a plus que ce vague halo jaune. Frissons.

Et toutes ces formes là-bas dans le sombre, une armée d'objets hétéroclites, qui semblent attendre.

M'attendre. M'observer. Sournois. Hostiles.

Ce ne sont que des vieilleries au rebut, pas de quoi en faire un drame, Elvira. Lève-toi, bouge-toi, approche-toi, ça te réchauffera.

Je me lève, je me force à avancer, le couteau prêt à embrocher n'importe quel soldat de plomb trop agressif. Je me force à regarder calmement. Le mannequin de couture en osier de Mônan. Une valise en carton bouilli, une autre en cuir qui contient des draps moisis, une malle en bois remplie de pieds de lampe, de trousseaux de clefs rouillées, de boîtes à boutons, de cendriers publicitaires, de vases ébréchés, bref le bric-à-brac habituel des trucs qu'on ne se résout pas à jeter ou que l'on se jure de réparer dès qu'on aura acheté la colle. D'inoffensives vieilleries.

Qui puent.
Je renifle.

Non, les objets ne sentent rien, sinon la poussière. Mais il y a quelque chose qui pue. Dans le coin où il y a le sac de sport en nylon bleu. Quelque chose qui pue la putréfaction. Je recule, une main sur le nez. Un rat crevé sans doute, qui doit grouiller de vers. Beurk.

Je ne sais pas si c'est à cause des médicaments, mais il est un fait que je fonctionne au ralenti. J'avais oublié la trappe ! La trappe d'aération. De plain-pied avec le jardin. Et j'ai même le tournevis dans la poche ! C'est pas un signe, ça ?

Je m'attaque aux vis avec ardeur, une trappe de 40 cm × 40 cm, j'y passe sans problème.

Comment ça, c'est trop étroit ? Mais non, pas du tout. Je me tortillerai comme une anguille sauvage remontant la rivière. Ou un saumon frétillant. Je ne suis quand même pas obèse.

Et une fois dans ton jardinet hanté, tu fais quoi ? Tu te rappelles que t'as baissé le store métallique de la baie vitrée, vu que les connards ne sont pas venus réparer, et que tu as collé du carton sur la vitre ?

Morne abattement. Soudain sursaut.

Parce que, au départ, pourquoi m'étais-je rendue dans cette cave pleine de rats morts ?

Pour prendre l'échelle et grimper chez Steven. Donc qu'est-ce qui m'oblige à rester scotchée ici ? Je prends l'échelle et, puisque je ne peux pas rentrer dans mon appart à cause des volets clos, je grimpe là-haut et je me retrouve chez moi dans dix minutes maxi. J'expliquerai à Steven-l'Enfermeur-de-Femmes que j'ai été obligée de traverser son appart.

En fait, on s'aperçoit qu'on fonctionne vraiment au ralenti lorsque l'on décide de sortir avec une échelle par la porte d'une cave fermée à clé. Je suis coincée comme le rat mort. Nouveau sursaut, je me fais l'effet d'une grenouille électrocutée par à-coups. Je n'ai qu'à passer l'échelle par le vasistas.

Au boulot.

Les vis sont rouillées, grippées, je force, je vais avoir des ampoules, les vis cèdent l'une après l'autre, en tout cas l'effort me réchauffe, je commence même à transpirer. Ça y est, les quatre vis sont par terre, on attaque la deuxième partie du programme.

Attraper l'échelle en métal, qui pèse une tonne, la traîner jusqu'à l'ouverture. La coucher par terre, la soulever légèrement, poser le premier barreau sur l'encadrement. Voilà, je halète à peine. Soulever le dernier barreau, vers moi, et pousser d'un geste régulier. C'est merveilleux, elle glisse, glisse vers l'extérieur, un dernier petit coup et boum, elle est dehors. Je suis un génie.

Maintenant le génie va faire son grand numéro de magie, évasion de la cave glacée, attention messieurs-dames, Elvira-Houdini se prépare à plonger tête la première à travers une vieille grille d'aération, on retient son souffle, elle s'agenouille, passe les deux bras et la tête et…

Les épaules coincent.

Faut que je me tortille sur le côté.

Ou que je me déboîte une épaule comme Mel Gibson dans *L'Arme fatale*.

Mmm, ça doit être assez douloureux. On va essayer de se passer de l'épaule déboîtée.

Je dois ressembler à un gros ver de terre en peignoir satiné. J'ai la tête et le haut du buste dehors, juste au-dessus de l'échelle et devinez quoi ? Il pleut. Mais oui, il pleut, une bonne petite pluie glacée, limite neige fondue, qui me coule dans la nuque. Je bats des jambes, c'est les hanches qui bloquent, je prends appui avec les mains sur le mur et je pousse vigoureusement, liposuccion instantanée, ça me rabote direct la cellulite, je dois avoir l'air de Winnie l'Ourson coincé en essayant d'attraper un pot de miel, un dernier effort et zou ! mon pot d'échelle !

Le nez collé amoureusement à un barreau sale, les fesses à l'air sous la pluie, mais libre ! Enfin libre !

De grimper sur cette échelle branlante sous l'orage qui commence à gronder pour casser la fenêtre de Steven. Car j'ai la très nette impression qu'elle est exceptionnellement close. À cause de la pluie sans doute.

Le choix est simple : la fenêtre ou la pneumonie.

Il ne pourra rien me reprocher : tout ça est de sa faute.

Et ça lui apprendra à être si con ! Imaginez qu'il soit parti en vacances chez tante Flo. On m'aurait retrouvée morte d'inanition, recroquevillée sur le ciment comme une araignée desséchée.

La pluie qui dégouline dans le cou, ce n'est jamais très festif. Je m'essuie les yeux, j'empoigne l'échelle et je la redresse, au détriment de mes lombaires qui me le font savoir. Appuyée contre le mur, elle arrive juste sous le rebord de la fenêtre. Parfait. Ça fait haut quand même quand on regarde comme ça, d'en bas. Je n'ai jamais nourri le fantasme de grimper en haut d'un pylône. C'est sûr que ça doit pouvoir être sympa, mais… grutier non plus, ça me tente pas, ni vigie, d'accord j'arrête mon cinéma et je monte là-haut avant de fondre sous l'averse.

Pluie battante = barreaux glissants. Elvira-Cheeta s'accroche avec dextérité et danse de liane en liane, les cheveux dans les yeux, collés par la pluie qui inonde la jungle. Adieu plancher des hibiscus et des gants tachés de sang.

Oh là là, je suis au milieu, c'est haut, je peux plus avancer, je suis tétanisée, pourquoi ai-je regardé en bas, je l'ai pourtant lu dans tous les magazines qu'il faut *never look down*, je pèle de froid et je suis bloquée contre ce mur décrépi, avec plein de taches d'humidité, il pleut à verse, c'est absolument sinistre. Je ne peux pas rester là. Un échelon, juste un échelon, allez, vas-y, lève la mule, tends le bras, juste un et tu te reposes. Oui, comme ça. Ça tient bien, ça ne glisse pas. Là-haut dedans il va faire chaud. Tu vas salir tout le tapis de Steven-Gueule-de-Raie avec tes pieds mouillés, allez, vas-y, encore un, et un autre, et…

Victoire.

Tu y es. Tout en haut de l'affiche. Ne te retourne pas. Tiens-toi au rebord. Va falloir lever la jambe comme aux Folies-Bergère et se hisser. Attraper la poignée de la fenêtre et s'y cramponner. Entre cette poignée et moi, c'est à la vie à la mort, je la laisserais jamais m'abandonner. Je me cramponne, les jambes à moitié dans le vide, je les ramène sur le côté, contact froid du mur, j'ai déchiré mon joli peignoir, et une des mules se barre. Je la vois tomber, puis j'entends un petit son mou quand elle touche le sol, deux cents mètres plus bas. On aurait dit un oiseau à pompon tournoyant sous les nuages.

Je me retrouve à demi assise sur l'étroit rebord, recroquevillée, main gauche sur la poignée, j'essaye de la tourner, elle est bloquée, tournevis, je le saisis par la pointe, à la une à la deux à la trois, je balance le manche contre la vitre qui vole en éclats pendant que la fenêtre s'ouvre et que je bascule à l'intérieur en criant.

Et voilà.

J'ai brisé la vitre pour rien. Je suis à quatre pattes dans la chambre de Steven. Il y a du verre partout. J'ai une coupure au mollet droit, deux égratignures à l'avant-bras gauche. Rien au visage apparemment, oh là là, si, ça saigne, un miroir, vite un miroir. Il n'en a pas, cette andouille ? Je traverse la chambre miteuse et sombre en tâtonnant, direction la salle de bains. Là, j'allume. Le carrelage blanc et noir est encore tout humide, je manque glisser. Il y a un tout petit miroir au-dessus du vieux lavabo, à côté de l'armoire à pharmacie digne d'un hôpital de campagne. C'est mon arcade sourcilière qui a morflé, ça saigne toujours beaucoup, du coton, hmm, mon dieu le nombre de médicaments qu'il y a entassés là-dedans, Stablon, Tofranil 10, Seropram, Tranxène, pansements gastriques, anti-diarrhées, antalgiques, anti-spasmodiques, compresses, masques, pinces, il les pique à l'hosto ou quoi ? C'est là que je devrais venir refaire mes stocks !

Je prends un tampon de ouate, le passe sous l'eau froide et l'appuie très fort contre l'entaille, pour faire un point de compression. Entre ça, ma bosse et mes égratignures aux jambes, j'ai l'air d'être passée sous un camion. Ou sous un serial killer, ha ha ha. Je me nettoie du mieux que je peux avec de l'alcool à 70° et je reprends presque visage humain.

Le miroir est non seulement minuscule, mais tout piqueté de rouille, des petites taches roussâtres comme des éclaboussures. Je me lave les mains en jetant des coups d'œil nerveux derrière moi, impression que Steven-le-Sournois va surgir en hurlant dans mon dos en me demandant des comptes. Cette baignoire est toute graisseuse et pleine de traînées marron, je ne sais pas ce qu'il met dans son bain, mais ça tient plus du cloaque que d'Helena Rubinstein. Je m'essuie les mains sur mon peignoir, pas envie de toucher sa serviette de toilette bleu ciel tout élimée. C'est curieux, la dernière fois que j'étais venue, tout était nickel. Et là, ça a un air de moisi et de laisser-aller… Peut-être nettoie-t-il quand il pense recevoir de la visite ? Non, puisque je suis déjà venue clandestinement et que c'était propre.

En plus ça pue, une odeur de poubelle masquée sous

des effluves de désodorisant, ça ne donne pas envie de s'attarder.

En fait tout l'appartement est aussi gai qu'un tombeau meublé années 60.

Je repasse dans le petit hall d'entrée. La porte du salon est fermée. Je m'imagine un instant l'ouvrir et découvrir Môman empaillée installée dans son fauteuil. Impulsivement, je tourne le bouton. Fermé à clé. Allez, filons, je suis pressée de fuir, oui, de fuir cette atmosphère étouffante et figée.

J'ai mal partout et je frissonne, contrecoup des chocs successifs. Il me faut quelque chose à boire et un décontractant.

Je fonce à la porte d'entrée, dérape sur un truc, me rattrape *in extremis* au portemanteau, manquant déchirer le coupe-vent noir à capuche qui y est accroché. Ce genre de coupe-vent imperméable qu'on met par-dessus ses vêtements pour faire du deux-roues quand il pleut. Le pantalon est dessous. Je les remets à leur place. Je ne savais pas que Steven-le-Secret avait un scooter.

Sur quoi ai-je donc trébuché ? Je me penche, examine le parquet récemment ciré, ça sent l'encaustique, et toujours ce discret relent de pourri.

Une clé. J'ai marché sur une clé, je la ramasse. Une clé de contact. La clé du scooter caché ? Non, on dirait plutôt une clé de voiture. Mais pour ce que je connais des clés de scooter…

Je la pose sur le petit guéridon qui supporte l'annuaire et une immonde bergère en porcelaine avec trois moutons aux groins de sanglier. Cette clé me tarabuste sans que je sache vraiment pourquoi. Trop mal au crâne pour réfléchir.

Je redescends chez moi.

J'ouvre la porte.

Incision 12

Il ne fallait pas venir. Il ne fallait pas tomber. *To fall on some one*. Quelqu'un qui n'est personne. Mais qui résonne.

Il ne fallait pas tomber, comme le pauvre Mazzoli labourant le vide de ses mocassins cousus main, mes mains cousues à son cou.

Il ne fallait pas chercher. Fouiller. Ongles pointus vernis labourant les strates à vif de ma matière cervicale.

Expulsion nécessaire. Vitale. Avant qu'elle ne me possède, cocon hideux dégoulinant comme une vulve tiède, d'où émerge sa bouche pleine de crochets et ses bras tentacules, résister, repousser l'assaut de la chair en fusion, trancher, trancher, amputer proprement la moitié du genre humain, la moitié sale.

C'est elle ou moi.

C'est moi, juste derrière elle. Qui ne le sait pas.

Chapitre 12

Dimanche 29 janvier - fin d'après-midi

J'ouvre la porte. Le fixe de Steven sonne dans mon dos, je me fige, la main sur la poignée, recule précipitamment, dévorée de curiosité. Répondeur. La voix criarde de Céline.

– Tu pourrais brancher ton portable ! Ça fait dix fois que j'essaye de te joindre ! Il y a du nouveau, c'est terrible !

Oh là là, que se passe-t-il ?

– Mazzoli ! Il s'est suicidé !

Nom de Dieu ! Je résiste à la tentation de décrocher. Céline continue à blatérer :

– Il s'est pendu avec la ceinture de son pantalon, dans le placard de la réa. C'est Nacera qui l'a trouvé à seize heures. Je te rappelle !

Les flics ne l'avaient donc pas arrêté officiellement. Ça me fout un choc, ce pauvre Mazzoli, je pense à sa femme, à ses gamins, je revois son porte-clés Batman. Brrr ! Je secoue la tête, referme la porte derrière moi et descends me réfugier dans mon antre.

À peine dedans, je me précipite au salon. Ouf ! La cataracte a été jugulée. C'est surtout le canapé qui a souffert, mais sinon ça va. Je vais chercher la serpillière pour éponger la grosse flaque par terre, je la rincerai tout à l'heure, je suis trop crevée. Je m'effondre sur le fauteuil, ramène les pieds sous mes fesses, attrape le plaid offert par « Le Temps des Affaires » et m'y pelotonne, MacChou sur mes genoux. Je tape à toute allure, il s'est passé tellement de choses.

Mazzoli s'est pendu… Il y a quinze jours à peine, il me parlait de leur futur bébé, un garçon, d'après l'échographie. Un garçon qui va naître de père décédé. Sa femme doit être dans un état !…

Et Alvarez doit se sentir mal à l'aise. C'est à cause de ses soupçons que Mazzoli s'est donné la mort. À moins qu'il n'ait pas supporté d'être démasqué. En se tuant, il échappe à l'enquête, au procès. On ne saura jamais si c'était vraiment lui le coupable. Son fils ne sera pas le fils d'un assassin. Mais Alvarez et Spellman doivent se sentir frustrés : plus de suspect, plus d'inculpation en vue. Ils doivent espérer que les meurtres cessent, ça tendra à confirmer la thèse de Mazzoli meurtrier en série.

Sauf si le vrai coupable décide de s'en tenir à cette unique série, comme Jack l'Éventreur en son temps.

Mazzoli. Mort.

Pendu.

Seropram, cognac.

Frissons.

Musique.

Quelque chose de gai. Mon CD des plus belles chansons d'amour. Non, ça va me casser le moral. Il me faut une valeur sûre. Abba. « Mamma Mia ». J'ai moins froid. Je commence à prendre conscience d'être entrée par effraction chez mon propriétaire. Il est vrai que la fenêtre n'était pas fermée, donc peut-on dire qu'il y a eu effraction ?

Ce qui est indiscutable c'est que la vitre est brisée, Elvira. Et que c'est toi qui as fait ça.

Oui, mais c'est lui qui m'avait enfermée dans sa crypte.

Oh ! inutile de gamberger là-dessus. Ce qui est fait est fait.

Je branche Babyphone pour le recharger et pour voir mes messages. Trois appels en absence. Céline faisant des variations sur le thème « Urgent, appelle-moi, Mazzoli est mort ». Et deux textos. Le premier du père Morand, le deuxième de Ray-Anthony.

Le père Morand m'écrit qu'il rêve de mon joli cul d'enfer. Et Ray-Anthony que je ne suis qu'une salope qui va payer.

Cognac.

Je relis les deux messages.

Morand : « Par-derrière et par-devant, hi han, hi han. »

Beurk !

Ray-Anthony : « Tu te crois tout permis, mais je te promets que tu vas souffrir. »

Je les relis encore une fois, incrédule.

Ray-Anthony, on dirait que la gueule de bois ne te porte pas conseil. C'est sidérant à quel point il peut accorder de l'importance au fait que je ne veuille pas le voir. Il doit avoir un ego surdimensionné !

Et Morand ! Ce vieux saligaud ! « Hi han, hi han » On croit rêver ! Essaye un peu de venir faire l'âne chez moi et je te plante ce couteau dans le cœur ! Ce couteau…

Où est-il ce couteau ? Il a dû tomber dans la chambre de Steven. Il m'en faut un autre. Vite, la cuisine. Dommage, c'était le plus grand et le plus effilé. Je vais prendre le couteau à désosser. Mais quand même, qui aurait pu imaginer… Le père Morand ! Se masturber dans mes slips, me menacer sexuellement… Moi qui accusais ce pauvre Emmanuel Ravier ! Mais si c'est Morand le vicieux, si c'est lui qui est venu chez moi et non Ravier, c'est sans doute également lui qui a caché la perceuse dans ma salle de bains. La perceuse avec laquelle il a tué Ravier.

Car Ravier existe, puisque Spellman a dit qu'ils avaient trouvé ses empreintes au fichier central.

Calmos, Elvira, tiens-toi à ce foutu fil, assure tes pas : pourquoi diable Morand aurait-il assassiné son ouvrier ? Parce que celui-ci avait deviné que Morand était un tueur en série ? Franchement, tu vois Morand capable de monter une machination impliquant Manu-le-Dingue et Mazzoli ? Morand, déguisé en infirmier, volant la clé de voiture de Mazzoli ?

Clé de voiture. Infirmier…

Clé de voiture.

Je n'entends plus Abba, je n'entends plus la pluie, je n'entends plus rien, qu'un silence ouaté comme si j'étais dans une bulle, mon écran mental tout entier occupé par la vision d'une clé de voiture sur un parquet bien ciré. Et puis le son revient, d'un coup, et je manque éclater de rire : Mazzoli avait toujours sa clé de voiture quand les flics l'ont accusé. Il a soutenu qu'on avait dû la lui emprunter, mais il l'avait, c'était bien là le problème.

Donc sa clé de contact ne peut pas se trouver sur un parquet bien ciré. Dire que, l'espace d'un instant, j'ai failli soupçonner Steven ! Alors que Morand-le-Satyre bave à ma porte prêt à me violer et que Ray-Anthony veut me casser la gueule, je m'égare à soupçonner cette pauvre andouille de Steven !

Se ressaisir.

Mettre de l'ordre.

Établir un historique des événements mettant en parallèle les faits dans leur chronologie. Y a plein d'héroïnes de polar qui font ça, Kinsey Millhone ou Kathy Mallory par exemple.

Je me campe devant MacChou, je fais craquer mes doigts pour les assouplir, j'ouvre la fonction « dashboard » pour avoir un calendrier sous les yeux, et j'attaque.

Jeudi 12 janvier :
- Sandrine Mankiewicz est assassinée dans un motel.
  • opérée sans succès par Simon et Mazzoli.

Lundi 16 janvier :
- Désinsectisation.
- On souille mes affaires.
- On cache une perceuse dans ma salle de bains :
  • soit Monsieur Morand,
  • soit son employé Emmanuel Ravier.
- Ma correspondante Internet, Katwoman7, m'apprend qu'elle a un amant nommé MAN.

Mercredi 18 janvier :
- Le modus operandi du meurtre rappelle celui de Jack l'Éventreur.
- Dîner d'adieu du Pr Veld.
- Steven se souvient avoir vu Sandrine près du foyer des médecins.

Vendredi 20 janvier :
- Mélanie Dumas, toxicomane en thérapie au département psychiatrie, assassinée à l'aube.
  • Sur une aire d'autoroute.
  • On retrouve dans sa voiture des effets appartenant à nos trois médecins.

Dimanche 22 janvier :
- La police soupçonne un malade mental ayant été

interné à l'hôpital : Manuel Rivera, dit Latinlover, dit Manu-le-Dingue.
- Nathalie Ropp, surveillante du service psychiatrie, est assassinée dans la nuit.
  • Elle se faisait passer sur Internet pour Katwoman7.
- Son meurtrier m'envoie des e-mails menaçants en usurpant à son tour ce pseudo.
- Le Dr Simon reconnaît avoir couché avec Mélanie Dumas.
  • Au motel où a été tuée Sandrine.

Lundi 23 janvier :
- Rivera est en fuite.
- Quelqu'un s'introduit chez moi et efface tous mes e-mails.
- On apprend que Sandrine était amoureuse de Simon.
- Monsieur Morand prétend que son ouvrier, Emmanuel Ravier, a disparu depuis le vendredi 20.

Mardi 24 janvier :
- Arrestation de Manuel Rivera à Barcelone.

Mercredi 25 janvier :
- On écrit le mot « SALE » dans la neige dans mon jardin.
- Je découvre une perceuse pleine de sang cachée dans ma salle de bains.
- Mon ami Léonardo découvre l'identité de Ray : Anthony Lamarck, informaticien.

Vendredi 27 janvier :
- Enterrement de Nathalie Ropp.
- Ray-Anthony débarque chez moi.

Samedi 28 janvier :
- Ray-Anthony est toujours dans le coin.
- Rivera a un alibi et est innocenté.

- Suite à la découverte d'un œil dans sa voiture, Mazzoli est accusé des meurtres.
- Monsieur Morand, le dératiseur, m'envoie un étrange SMS « female fait mal… »

Dimanche 29 janvier :
- Le Dr Mazzoli se suicide.
- Je reçois des textos agressifs de Morand et de Ray-Anthony.
- Je me demande si Emmanuel Ravier a jamais existé.

Voilà, vous en savez autant que moi, c'est-à-dire trop et pas assez ! De quoi se tricoter un tas de bons petits films délirants.

Trois scénarios possibles :

- premier scénario : Mazzoli était bel et bien l'assassin. Il avait tout fait pour faire accuser Manu Rivera mais ça a raté et il s'est suicidé, se voyant découvert. Motivations ?

- deuxième scénario : Mazzoli est innocent. Manu Rivera aussi. Le tueur est un autre médecin – soit Simon, soit Daguey – qui après avoir fait soupçonner Rivera, ex-patient, a piégé son confrère Mazzoli, le poussant au suicide.

- troisième scénario : le tueur est extérieur à l'hôpital, c'est René Morand, pervers notoire, amené de par son métier à pénétrer chez des tas de femmes. Mais comment a-t-il fait pour diriger les soupçons sur Rivera et Mazzoli ?

Téléphone. « Céline » clignote. Je prends l'appel en faisant attention à ne pas débrancher Babyphone.

– Alors, tu as entendu ? me crie-t-elle, oh là là !

« Oh là là », chez Céline, c'est un peu l'équivalent du deuil national.

– T'imagines, le choc pour Nacera quand elle est entrée et qu'elle a vu deux pieds qui se balançaient à hauteur de son nez ? Il avait gardé ses chaussons verts, le pauvre !

– Je croyais que tu le croyais coupable ? !

– J'en sais plus rien, m'avoue-t-elle à voix basse. Remarque, s'il s'est suicidé, c'est un peu comme s'il avait avoué.

– Ou alors il a craqué, trop de pression, il n'a pas supporté…

– Un chirurgien ? Habitué à affronter les parents des patients, qui lui reprochent tout ?

– Oui, mais là on l'accusait de meurtres, Céline.

– Les patients aussi, ils l'accusent de meurtre, huit fois sur dix, quand l'opération ne marche pas.

– Qu'est-ce qu'il dit, Alvarez ? coupé-je.

– Il tire la gueule. Il s'est enfermé dans son bureau avec ses dossiers et une cartouche de toscans. Il n'est là pour personne. Il va sûrement vérifier chaque ligne des centaines de pages des rapports d'enquête. C'est un obsessionnel, conclut-elle avec la satisfaction de la diagnostiqueuse professionnelle.

– J'imagine que ses supérieurs doivent lui mettre la pression, à lui aussi, non ? Un médecin soupçonné d'être un tueur psychopathe et qui se suicide dans le bloc opératoire du centre hospitalier local, ça la fout mal.

– Ouais, ils sont hystériques, et il paraît que notre directeur aussi, presque comme si c'était Nacera qui avait fait basculer le tabouret.

– Le tabouret ?

– Il est monté sur un tabouret et il a accroché la boucle de sa ceinture à la suspension de la lampe, un vieux crochet bien solide.

– Sa ceinture en cuir ?

– Ben oui, pourquoi ?

– Celle avec les clés ?

– Arrête, m'en parle pas ! proteste-t-elle.

– Et les clés y étaient toujours ?

– Oui, avec le porte-clés Batman, gémit-elle, il s'est pendu avec ces foutues clés !

Bourdonnement. J'ai un deuxième appel. Spellman. Je le dis à Céline qui raccroche.

– J'écoute ? lancé-je le cœur battant.

– Je suppose que vous êtes déjà au courant ? lâche-t-il d'une voix neutre.

– Heu… ?

– Pour le Dr Mazzoli.

Tiens, il est redevenu « docteur ».

– Oui, j'ai appris la nouvelle.

– Nous sommes en train de reprendre tous les éléments de l'enquête, point par point, annonce-t-il, lugubre. Vous aviez appelé hier pour nous signaler la réception d'un texto bizarre, selon vos termes. « Female fait mal plus pour longtime », cite-t-il.

– Oui ! Et j'en ai reçu un autre encore plus explicite.

Je lui lis le dernier envoi de Morand. Je l'entends soupirer.

– Vous connaissez l'expéditeur ?

– René Morand. C'est un artisan. Il a une entreprise de services à domicile.

– Morand ? De SOS Dépannages ?

– Oui, vous le connaissez ?

– Un peu, c'est lui qui est venu remplacer une vitre il y a un mois. Un monsieur d'un certain âge, très correct.

Et allez, ça recommence ! On lui donnerait le Bon Dieu sans confession, etc.

– N'empêche qu'il envoie de drôles d'SMS !

– Hmm, c'est curieux. A-t-il pu être en contact avec l'une des victimes, à votre connaissance ? me demande-t-il comme s'il s'excusait de poser une question aussi idiote.

– Je ne sais pas. Elles ont pu faire appel à ses services, comme moi.

– Vous voyez une raison pour qu'il vous ait envoyé ces textos ?

– Il a peut-être l'habitude de harceler ses clients.

– Ça se saurait, réplique Spellman. Personne ne s'est jamais plaint de René Morand, il a une excellente réputation.

– Que voulez-vous que je vous dise ? Je ne les invente pas, ces SMS.

Silence au bout de la ligne.

– Vous croyez que je les invente ? Venez et vous verrez vous-même, je les ai gardés en mémoire ! glapis-je, indignée.

– Effectivement, ne les effacez pas, me conseille-t-il froidement. Autre chose à nous signaler ?

Je ne vais pas parler de Ray-Anthony, je sens bien que ça ferait trop.

– Avez-vous retrouvé Emmanuel Ravier ? demandé-je à la place.

– Personne n'a signalé sa disparition, me rétorque Spellman aussi chaleureux qu'un congélateur 4 étoiles.

Je ne me laisse pas décourager et poursuis mes investigations.

– Katwoman7 – je veux dire Nathalie Ropp – m'avait écrit qu'elle avait rencontré un homme, qui se faisait appeler MAN, et qui est devenu son amant. Elle devait le voir le jour où… le soir où… avez-vous pu savoir qui c'était ?

Toussotement courtois.

– Hmm hmm. D'après son mari, Nathalie Ropp n'avait que des amants virtuels. En tout cas, le jour de sa mort, elle était de service et elle ne s'est pas absentée. Ensuite, elle est rentrée directement chez elle, nous avons le témoignage d'une voisine. C'est là que le meurtrier l'a rejointe. Il n'y a pas eu effraction, elle lui a ouvert la porte, ajoute-t-il comme à regret.

Il vient de me donner deux précieuses informations : MAN n'existe probablement pas et Nathalie connaissait bien son assassin. À moins que ce soit MAN qui soit venu la retrouver chez elle ? Non non, l'histoire du tour en voiture, de la rencontre à la pharmacie, tout était pipeau, il n'y a pas de MAN.

Mais il y a un tueur qu'elle connaît assez pour le faire entrer chez elle à vingt et une heures passées.

Le père Morand ? Qui lui fait le coup de l'outil oublié ?

– Ne quittez pas, je vous passe le capitaine Alvarez, me dit Spellman.

– Salut Rossetti, en forme ?

– Moyennement. Et vous ?

– À votre avis ? On est dans la merde jusqu'aux yeux, je respire avec un tuba. Je sais que vous ne croyez pas à la culpabilité de Mazzoli, mais c'est dans sa putain de bagnole qu'on a trouvé l'œil de Mélanie Dumas, pas dans la mienne ou dans la vôtre. Et je connais, continue-t-il sans me laisser le temps d'en placer une, je connais la théorie des clés de voiture subtilisées pendant qu'il opère au bloc, c'était sa défense.

– Mais…

– J'ai pas fini ! aboie-t-il et j'ai l'impression de sentir l'odeur de son cigarillo à travers le combiné. Mazzoli s'est suicidé, ça ne veut pas dire qu'il était innocent, généralement les innocents ne se suicident pas.

– Il allait être accusé de meurtres en série, mis en prison pendant des années en attendant son procès, sa carrière était ruinée, sa femme l'aurait certainement quitté !

– Vous devriez écrire des sitcoms ! laisse tomber Alvarez en actionnant son briquet. OK, il a pu craquer, penser qu'il ne s'en sortirait jamais, je n'en sais rien. Mais vous ne devriez pas vous réjouir de sa prétendue innocence, parce que si ce n'était pas Mazzoli, ça signifie que l'assassin court toujours. Et qu'il doit être en train de se chercher une nouvelle proie.

– Ricky ! lance Spellman en arrière-fond.

– Ouais ?

– Le patron veut te voir. Urgent…

– J'arrive. Putain, Manu-le-Dingue se serait fait flamber, tout le monde s'en foutrait, mais un médecin…

Il raccroche sans me saluer, me laissant comme une conne le téléphone à la main. Je le repose sur son petit coussin bleu roi, vérifie que le voyant de charge clignote. Consigner tout ça sur MacChou sans rien oublier. C'est ma mémoire vive cette petite bête-là.

Impossible de me concentrer. J'imagine Ray-Anthony en train de faire le pied de grue devant la maison pour me casser la gueule dès que je mettrais une mule dehors et le père Morand s'astiquer en douce sous ma fenêtre. Un délice. Il faut y mettre le holà.

Je me penche sur Babyphone et je compose le numéro de Ray-Anthony. Sa belle voix de baryton, si polie, si douce… l'enfoiré !

– Arrêtez de me harceler ou je préviens les flics ! grondé-je méchamment.

Et maintenant le numéro de Papy Morand el Vicioso. Ça sonne, mais ne répond pas. Il y a quelque chose de bizarre. Pas tellement que le répondeur ne s'enclenche pas, non c'est que…

Quelqu'un joue « Mon beau sapin ». Du coup, je coupe, pour mieux écouter. Plus de musique. Curieux.

Je presse la touche rappel. Babyphone cherche dans le vide interphonal. Et parallèlement « roi des forêts ».

Brain storming : j'appelle Morand, il ne répond pas, mais j'entends une sonnerie polyphonique croasser « Mon beau sapin ». Une sonnerie qui se déclenche chaque fois que j'essaye de le joindre.

C'est donc la sonnerie de Morand.

Et je l'entends sonner.

Son téléphone. Je saute sur mes pieds, je pivote à droite à gauche, le son est étouffé, ou alors c'est un autre portable qui sonne à l'extérieur, juste en même temps ?

Je coupe. Plus de « beau sapin » étouffé.

Je rappelle, j'éloigne Babyphone de mon oreille. Oui, je l'entends ! Il sonne, « tu gardes ta parure… », mais le son ne vient pas de dehors, non.

Il vient d'au-dessus.

De chez Steven.

Oh, mon Dieu, Morand est caché chez Steven !

Prévenir Alvarez.

Il est sur répondeur. Spellman pareil. Évidemment, ils sont chez leur patron en train de se faire engueuler, en guise d'heures supplémentaires. Je raccroche, indécise. Je ne peux pas dire « René Morand se cache dans la maison », puisque je ne l'ai pas vu. Il faut que je précise que j'ai entendu sonner son portable, etc., etc. Ça me semble soudain terriblement compliqué à expliquer à des flics qui ne veulent rien savoir à ce propos. J'entends déjà la réponse : « Ah ouais, il a sûrement oublié des outils ou il est venu faire une petite réparation, allez, au revoir, à plus, on a du boulot, on cherche un assassin, nous. »

Mais comment Morand est-il entré chez Steven ? Pauvre gourde, il a dû faire faire un double des clés, comme pour chez toi. Et il s'est glissé sans bruit dans l'escalier pendant que tu dormais tout à l'heure. Et donc, quand tu as traversé l'appart… il devait être dans le salon fermé à clef, tu es passée juste à côté de lui !

Mais pourquoi n'a-t-il pas ouvert pour me sauter dessus ? Parce qu'il ne savait pas qui venait d'entrer par effraction. Il a entendu la fenêtre se briser, quelqu'un marcher dans l'appartement, il s'est enfermé vite fait dans le salon en pensant que c'était sûrement un cambrioleur ! J'espère qu'il a eu la trouille, ce sale con !

Je rappelle encore.

Toujours pas de répondeur. « … tu gardes ta parure », j'ose même pas l'imaginer, ta parure trois pièces ! Réponds, quoi !

Ah ! l'exaspérante voix électronique qui m'informe que le numéro n'est pas disponible. Je hurle : « Gros dégueulasse ! je sais que vous êtes là ! j'ai appelé la police ! vous avez intérêt à foutre le camp ! »

Pas de réaction. Que va-t-il se passer quand Steven rentrera du boulot ? Qu'est-ce qu'il va lui sortir, Morand, comme excuses ? « Je passais par là et j'ai eu dans l'idée d'aller violer votre locataire ? » « Et comme elle résistait, je lui ai filé un petit coup de perceuse dans la glotte. » « Ça vous dit de finir sa bouteille de cognac avec moi ? »

Il va s'éclipser dès qu'il entendra Steven rappliquer. Filer dehors comme un lapin affolé et tailler une bavette avec Ray-Anthony, l'ours mal léché, c'est le cas de le dire, ah ah ah ! Elvira, quel humour vulgaire.

Téléphone chez Steven, je sursaute, Morand aussi je suppose. Vite, tête dans la cheminée.

– T'es là ?

Céline.

– Nacera me dit que t'avais un peu parlé avec Mazzoli ce matin, reprend-elle. Il avait l'air bizarre ? Bon sang, mais t'es où ? Tu m'as appelée de chez toi tout à l'heure !

Ben oui, t'es où, Steven ? T'es pas au boulot, puisque tu as travaillé ce matin, viens de m'apprendre Céline. C'est pas ton genre de te carapater toute la journée !

– Écoute, on va tous manger une pizza chez Mario, si tu veux nous rejoindre. Y aura toute l'équipe, même Daguey et même le beau Simon ! Bon, appelle.

Elle raccroche, frustrée.

Clic.

a) Je ne suis pas invitée à la pizza, moi.

b) Steven l'a appelée de chez lui ? C'est impossible ! Il est parti tout à l'heure et il n'est pas revenu, je lui ai téléphoné plusieurs fois, j'ai frappé, je suis entrée, et…

c) Steven est prisonnier de Morand ! Mais oui, c'est ça, le salon fermé à clé, son silence…

d) Pourquoi diable Morand aurait-il kidnappé Steven-le-Plus-Ennuyeux-du-Monde ?

Parce que Steven l'a surpris en train de fouiller chez moi.

Qu'il a enfin compris que c'était un dangereux malade sexuel déguisé en inoffensif vieux bonhomme.

Qu'il l'a menacé de le dénoncer à la police.

Ou parce qu'il l'a vu sortir de chez moi en catimini avec la perceuse souillée de sang et a voulu le retenir.

La perceuse ?

Je cours à la salle de bains, je grimpe sur le rebord de la baignoire, j'écarte la grille d'aération et…

Elle n'y est plus, la perceuse n'est plus là, il est bel et bien revenu la prendre ! En se servant du double de mes clés !

Vision : Morand, rictus plein de salive aux lèvres braquant la mèche de la perceuse ensanglantée sur la tempe dégarnie de Steven-le-Tremblotant.

Que faire ?

Rappeler les flics ? Ils ne viendront pas. Ils ne me croient jamais.

Prévenir Céline ? Pour qu'elle me rie au nez, la bouche pleine de pizza quatre fromages ? Qui croira que Morand séquestre Steven ? Mais je ne suis pas cinglée, son mobile sonne bien dans la pièce au-dessus, donc Morand est là ! Avec ou sans Steven, mais il est là !

Il a pu venir réparer un truc et oublier son téléphone ?

Non, parce qu'il m'a envoyé un SMS il n'y a même pas trois heures avec ce téléphone. Et que je n'ai entendu personne entrer ou sortir.

Et s'il est ressorti pendant que tu étais inconsciente dans la cave ? Hmm…

Je sais que j'ai raison, je le sais, je le sens. Il faut que j'aille voir, que j'en aie le cœur net. Mon couteau. Bien plaqué contre la cuisse. J'en ai marre d'avoir peur. De jouer les agneaux terrorisés.

À l'attaque !

Ce coup-ci je grimpe l'escalier quatre à quatre, mais sans bruit, et je me plaque contre le mur, à côté de la porte, comme le FBI avant une intervention musclée. Puis je me penche brusquement et je frappe du poing, une fois, deux fois, trois fois. Recul latéral au cas où quelqu'un voudrait tirer à travers le battant. OK, c'est pas un film, mais, OK, trois femmes ont été taillées en pièces, alors même si René Morand n'est qu'un vieux papy pervers, je ne prends pas de risques.

Évidemment personne ne me tire dessus et personne ne répond. Je compose de nouveau le numéro de Morand et j'entends clairement « Mon beau sapin » résonner dans l'appartement. « Ouvrez ! Je sais que vous êtes là ! La police va arriver ! Ouvrez cette porte », hurlé-je simultanément dans le téléphone et sur le palier. Il n'y a pas plus sourd que celui qui ne veut pas entendre, comme on dit. Je décoche un bon coup de mule dans la porte, ouille, bordel ça fait mal, j'ai failli me briser les doigts de pied, je sautille en me retenant au mur et en jurant entre mes dents, c'est sûr qu'avec le FBI c'est plus facile.

L'heure n'est plus aux atermoiements. Je dégaine le tournevis, j'insère la pointe entre le chambranle et le battant, au-dessus du pêne, et je pousse. La porte ne frémit même pas et je me souviens, un peu tard, que

Steven-le-Trouillard a fait installer un système de sécurité. Je n'aurais jamais pu la « fracturer » tout à l'heure. Je ne vais quand même pas jouer de nouveau les Yamakasi le long de la façade. Et merde ! De dépit, je flanque un grand coup de poing sur la clenche.

Qui s'abaisse.

Et la porte s'ouvre.

Elle n'a jamais été fermée. Tout le temps où je cherchais comment pénétrer chez Steven, cette infâme saloperie de porte était ouverte ! Comme sa fenêtre. Il ne ferme jamais rien, ce tordu ? !

Profondes inspirations relaxantes. Je remets le tournevis dans ma poche, avec Babyphone, et je prends le couteau. Bien en main, les doigts fermement pressés sur la poignée en bakélite noire. Pousser doucement la porte entrebâillée qui pivote lentement sur ses gonds, appuyer sur l'interrupteur à gauche, révélant le hall d'entrée et la clé de contact posée sur le guéridon. Rien n'a bougé depuis mon passage.

J'avance d'un pas.

Coup d'œil latéral dans la cuisine. Apparemment vide à la lueur du lampadaire de la rue. S'approcher très lentement. Glisser les doigts vers l'interrupteur. Allumer. Pousser violemment la porte vers le mur au cas où quelqu'un serait caché derrière. La porte claque sur le carrelage. Cuisine vide.

Des relents nauséabonds émanent de l'évier, je m'approche. Ça vient de la bonde, il y a des filaments marron coincés. Par terre, un gros sac en plastique noir qui suinte, formant une petite flaque sombre, ça va attirer les blattes. Elvira, tu feras le ménage plus tard.

Éteindre, regagner le hall, se faufiler jusqu'à la chambre. Dans le même état où je l'ai laissée. Je n'ai pas balayé le verre. Plus tard, plus tard.

La salle de bains : vide et sinistre. Et glaciale. Je n'avais jamais remarqué à quel point il fait froid ici.

Reste le salon. Le salon fermé à clé où Morand est sans doute retranché, prêt à perforer Steven.

Dernier essai avec Babyphone. Numéro de Morand. « Mon beau sapin » de l'autre côté de la porte. Ça me glace, surtout dans ce silence complet. En plus, je n'ai jamais trop aimé cette chanson. Solennelle, empesée. On a l'impression qu'il faut la chanter au garde-à-vous sous la direction sévère de Karajan. Assez d'atermoiements, Elvira. décide-toi. Agis. Sois dans l'instant présent, *think different* et *just do it*. *All right*, chef.

Je frappe à la porte ?

Je la défonce d'un coup d'épaule ?

Je l'attaque au tournevis ?

Je prends mes jambes à mon cou ?

Je compose le 112 et je prétexte un AVC ?

Un incendie ?

L'imposte ! Merveilleuse vieille baraque, avec son imposte en verre dépoli au-dessus de la porte ! Je tire à moi le guéridon, qui glisse sans bruit, j'attrape la clé pour la poser ailleurs… éclairs de lumière orangés dans la rue.

Un gyrophare ? Les flics ?

Je me précipite à la fenêtre de la cuisine. Hélas, ce ne sont que les feux arrière de la stupide caisse de Ray-Anthony qui clignotent. Je me plaque contre la vitre glacée pour mieux voir. Il doit être tout près, s'il a actionné l'ouverture à distance. Ouf, ça veut dire qu'il va partir. Je me détends un peu.

Les feux s'éteignent. Personne ne se montre. Je serre les poings d'énervement.

Re-clignotants jaunes. À quoi joue-t-il ? Et cette clé qui s'enfonce dans ma peau ! Je desserre la main. Plus de feux.

Je regarde la clé posée sur ma paume, la prends entre le pouce et l'index et appuie sur la partie noire et charnue. Un minuscule voyant rouge s'allume. La voiture de Ray-Anthony clignote.

Ce que j'ai dans la main, c'est sa clé de contact.

Ray-Anthony est venu ici. Il a laissé sa clé ici. Pourquoi ?

Où est-il ?

Pris en otage par Morand, lui aussi ?

Et si… non, c'est trop énorme.

Et si Ray-Anthony Lamarck et René Morand n'étaient qu'une seule et même personne ? Un seul et même assassin ? !

J'entends déjà les protestations : « Impossible ! », « Comment ? », « Délirant »… cependant il n'y a rien de plus facile que de changer d'apparence. De passer de René Morand, artisan multicartes, quinquagénaire poussif et démodé, à Anthony Lamarck, informaticien branché. Avec une paire de lentilles de contact de couleur, un tube de coloration pour cheveux, des vêtements à la mode, une autre démarche, et hop, le tour est joué. Il faut bien avoir à l'esprit que je n'ai jamais vu René Morand. Et j'ai juste aperçu Anthony Lamarck. Et au fond qui connaît Anthony Lamarck ? Léonardo a retrouvé sa trace chez FreeX Computers. Ça prouve quoi ? Que René Morand, l'entité dite René Morand, a peut-être été faire des réparations chez eux et en a profité pour bricoler une adresse Internet et une identité pour son alter ego Anthony Lamarck ?

Et quoi de plus facile pour « René Morand » que de s'introduire partout chez tout le monde, aussi bien chez les flics (avec possibilité de fouiller à loisir les dossiers de l'enquête) que chez Nathalie Ropp ?

Tout se tient. Voilà pourquoi Anthony Lamarck n'est jamais ressorti de cet immeuble, n'a jamais repris sa voiture : parce qu'il n'existe pas. « Morand » a fait une tentative pour récupérer sa perceuse, puis il changé de look et est revenu en « Lamarck ».

Et il a capturé Steven.

Mais quand ?

Pendant que j'étais évanouie à la cave. C'est là qu'il est allé prendre la perceuse dans mon appartement vide, et ensuite il a guetté Steven et quand il est revenu il l'a coincé, là, dans ce fichu salon, et il va lui perforer le crâne d'une oreille à l'autre si je ne fais rien.

Si je savais conduire, je bondirais dans cette voiture et je filerais au commissariat.

En laissant Steven ici ?

Après tout, qu'est-ce que j'en ai à faire de ce grand dadais ?

Impossible.

Je grimpe sur le guéridon qui ne craque même pas sous mon poids, je me redresse tout doucement dans le noir.

J'ai peur de regarder. J'ai peur de voir le visage grimaçant de Morand-Lamarck plaqué contre la vitre. Comme quand on a peur de regarder sous le lit et de voir le croquemitaine vous sourire. Mais je ne vais pas me laisser croquemitainer par ce monstre.

Pourquoi n'y a-t-il aucun bruit ? Steven est peut-être mort. Et Morand-Lamarck est parti en oubliant son mobile. Regarde par cette vitre et tu le sauras ! Je ferme les yeux, j'approche mon visage de l'imposte, la main crispée sur mon couteau, je pose le front contre le verre et je m'intime d'ouvrir les yeux, les dents serrées, le cœur battant.

Pas de visage grimaçant plaqué contre le mien de l'autre côté du miroir. La pièce est plongée dans l'obscurité, éclairée seulement par le reflet du lampadaire dans la rue. Un reflet jaune qui laisse d'épaisses zones d'ombre.

Mais me laisse deviner Ray-Anthony assis dans le fauteuil de Môman.

Il me tourne le dos, je n'aperçois que ses cheveux blonds et ses épaules carrées. J'ai du mal à respirer, pourvu qu'il ne se retourne pas, je vois sa main posée sur l'accoudoir et à côté d'elle un téléphone cellulaire.

Où est Steven ?

Je me tords le cou pour mieux voir. Il y a quelqu'un assis dans le canapé. Je distingue des chaussures. Des baskets. Deux jambes dans un survêtement. Et à côté, il me semble qu'il y a…

Derrière moi !

Le guéridon, il bouge, on le tire, non, je vais tomber, je tombe, je vois le coin du radiateur en fonte se précipiter vers moi, pas ça, je vais me…

Douleur. Douleur qui taraude la nuque, vrille les tempes.

Battre des paupières. Ouvrir les yeux.

Suis allongée sur le dos dans le noir. Pourquoi ? Ah oui, le guéridon, le radiateur. Bouger la main droite, puis la gauche. Compter les doigts. Pas de problème. Encore évité la fracture du crâne. Essuyer le sang qui coule de mon arcade sourcilière, la plaie s'est rouverte, faudra mettre ce peignoir à laver. Faut pas que ça devienne une habitude de prendre des coups. Je dois ressembler au sac de frappe de Mike Tyson après une séance d'entraînement.

Me redresser. Ouille, le dos, les lombaires. Pas grave, suis vivante.

Je cherche le guéridon coupable du regard, ne le trouve pas. À la place, je vois deux pantoufles usées.

Je suis vivante, oui, et assise. Assise au milieu du salon de Steven.

Aux pieds de Ray-Anthony qui me regarde.

Vivante pour combien de temps ?

Le couteau a roulé près de la table basse, je le saisis vivement et le pointe sur Ray-Anthony qui ne bronche pas.

Se retourner, vite, haletante. Ma théorie était fausse. René Morand n'est pas Ray-Anthony Lamarck. Parce que René Morand est assis là, dans le canapé, avec sa salopette bleue, et sa calvitie.

À côté d'un jeune type barbu, brun et maigre, en survêt.

Eux aussi, ils me regardent sans rien dire, de grandes serviettes rouges nouées sous le menton.

Je me frotte les yeux, que se passe-t-il ? Pourquoi ces types restent-ils là à me regarder ? Que foutent-ils avec ces serviettes ? Ils se préparent à manger ? J'ai la gorge nouée, je n'arrive pas à émettre un son. Où est Steven ?

Pourquoi est-ce que ça pue comme ça ?

Je me lève, je vacille, peux pas rester là, ça sent trop mauvais, j'ai peur, je veux rentrer chez moi, reculer vers la porte, parlez-moi, dites quelque chose, expliquez-moi, bordel !

J'ai crié à réveiller un mort, en pure perte. Mes yeux s'accoutument à l'obscurité et je distingue mieux les détails.

Les yeux grands ouverts braqués sur moi. Les taches sombres. Les taches partout, sur les meubles, le sol, les napperons de Mōman. Les doigts crispés de Morand. Ceux trop mous du jeune homme brun. La mouche dans la bouche de Ray-Anthony, une grosse mouche noire qui bourdonne entre ses lèvres. Les deux autres mouches qui se promènent sur la cornée du jeune homme, sans qu'il cille.

Effectivement, ils ne se réveilleront pas. Parce que les trois hommes assis dans ce salon sont morts.

Totalement et irréversiblement morts. Et si ces serviettes sont rouges, c'est qu'elles sont rouges de sang. On les a égorgés tous les trois, blessures béantes à la gorge d'où leur sang a dégouliné, imbibant les grandes serviettes qu'ils portent autour du cou.

Je reste là, adossée à la porte, à les contempler fixement moi aussi, les entrailles nouées, tétanisée. Où est Steven ?

Pourquoi ces trois cadavres dans son salon ? Qui les a tués ? Ma voix intérieure grimpe dans les aigus à me fendre le crâne, et je secoue la tête en tous sens comme pour refuser l'inévitable réponse.

Où est Steven ?

Quelqu'un m'a fait tomber du guéridon, et jetée dans cette pièce, avec ces morts.

Sortir !

Je secoue la poignée : fermé. Quelqu'un m'a enfermée dans cette pièce qui pue la charogne avec trois hommes assassinés. Qui étaient certainement là quand je suis venue tout à l'heure. Qui sont là depuis plusieurs jours. Ray-Anthony est livide et marbré, l'abdomen gonflé. Monsieur Morand a une large auréole brune sous les fesses. Le jeune brun – c'est sans doute le pauvre Emmanuel Ravier – est couvert de plaques verdâtres et il commence à suinter. Et je n'ai même pas envie de vomir. Je ne suis qu'un bloc d'adrénaline. Concentré sur un point précis : foutre le camp de ce charnier avant que son auteur ne revienne.

Avant que Steven-le-Tueur ne revienne.

Comment ai-je pu être aussi stupide ?!

Tournevis. La peur décuple les forces, paraît-il, je ne sais pas, je sais que je l'insère entre les deux battants et que je pèse de tout mon poids, heureusement que je n'ai pas fait le régime, ah ah ah, je ricane d'un ricanement de cinglée, ça craquille, recommencer, cette saloperie va céder, pousser sur le manche, se jeter contre le battant, tant pis pour le bruit, pousser, cogner, c'est une vieille serrure bancale, j'empoigne la table basse marron et je la jette contre la porte en ahanant, et encore et encore et je reviens à la charge avec le tournevis, je vois le couloir par l'entrebâillement, pousser, encore un coup, cède, bordel, cède !

Elle cède, dernier coup d'épaule, je déboule dans le couloir, hagarde.

Où est-il ?

Parti manger tranquillement une pizza avec les autres ?

J'avance à demi courbée, le couteau pointé devant moi. Pêcher Babyphone dans ma poche avec deux doigts. Je tremble tellement qu'il manque m'échapper des mains. Appeler Alvarez. Réponds. Réponds, je t'en supplie. Oh non ! « Je suis occupé. Merci de laisser votre message. » Je glapis d'une voix suraiguë : « C'est Steven, c'est lui qui les a tués, il y en a trois ici chez lui, venez, venez immédiatement, je suis en danger de mort ! » Essayer Spellman. Même topo. Même message. La batterie, qui n'a pas eu le temps de recharger, clignote. Me lâche pas, me lâche pas maintenant. La porte d'entrée. Et s'il est tapi derrière avec son scalpel, prêt à me trancher la gorge ?

Tant pis. J'ouvre.

Personne.

Je dévale l'escalier, une boule dans la gorge, ne pas glisser, chez moi, vite chez moi, attendre la police, le 112, oui, « Venez vite je suis en danger, vite ! » « Qu'est-ce qu'il se passe ? » Plus de batterie. Je claque la porte derrière moi, tourner les verrous, tous. Je déboule dans mon salon comme une furie, brancher Babyphone, vite, vite, sinon je vais mourir.

Le salon est illuminé comme Versailles.

Mes vêtements répandus partout, sur le canapé, sur les sièges, par terre. Taillés en pièce. Un de mes strings coiffe la télé. Mon peignoir de bain est cloué au mur.

J'ai la tête qui tourne. Vertiges d'angoisse. Hypertension. Je m'appuie contre le mur, sans lâcher le couteau. Respirer. Respirer en regardant cette vision de cauchemar. Il est venu. Il a tout saccagé. Il est venu, il va revenir. Le furet du bois-mesdames. Il repassera par là. La comptine me trottine étrangement dans la tête, obsédante comme une mouche bleue.

Ma seule chance est qu'il soit allé manger cette pizza à laquelle l'a invité Céline, me dis-je en saisissant le chargeur de Babyphone.

Ma seule chance aurait été que je sois allée manger cette pizza à laquelle ne m'a pas invitée Céline, rectifié-je en regardant la prise arrachée.

Un grand silence se fait. Je lève la tête.

Je me demandais où était Steven.

Mais où pouvait-il être sinon ici, chez moi, avec moi ?

Steven-le-Tueur n'est pas allé manger cette pizza. Et moi non plus. Nous sommes là, côte à côte, il me regarde en souriant, une main derrière le dos. Je sais ce qu'il y a dans cette main. Un scalpel bien affûté. Je brandis mon couteau, dérisoire. Je sens l'urine couler le long de mes jambes. J'ai honte. je vais mourir égorgée, mais j'ai honte de me pisser dessus. C'est ridicule.

Tout ça est ridicule.

Impossible.

Pas toi.

Pas Steven.

Pas là, comme ça.

Il sourit encore plus, un sourire plein de dents, il ramène lentement sa main gantée de latex blanc devant lui, devant moi, elle brille d'un éclair bleu métallique. Et il fredonne. Il fredonne comme s'il avait lu dans mon esprit.

– Je suis passé par ici, je repasserai par là…

Il fredonne et il lève la main. Non ! Courir ! Sauter pardessus le canapé, pas la porte, trop de temps pour ouvrir les verrous, la fenêtre ? trop long d'ouvrir les volets, où, où alors ? ! Pas d'issue, courir en rond, je ne veux pas mourir, je ne veux pas, je me prends les pieds dans le tapis, saloperie de tapis en solde, tomber à plat ventre, le sentir sur moi, lourd, dur, éclairs d'acier, même pas mal, arrête de chanter, au moins arrête de chanter, espèce de boucher ! Babyphone qui sonne, *I Will Survive*, j'essaye, j'essaye, ma main vers le téléphone, mes doigts tressautent, l'éclair bleu m'a fait froid à la gorge, froid au ventre. Trop froid, plus froid que la neige. Mon index appuie sur la touche verte. La voix d'Alvarez qui aboie.

– Allô ? ! Allô ? ! Putain ça répond pas, on y va !

Ça sonne chez Steven.

Ça sonne dans le vide. Ça sonne dans ma tête, carillon, carillon de petites clochettes, j'ai du mal à respirer, Steven est trop lourd, il m'étouffe, les bulles dans ma bouche m'étouffent, je suis une coupe de champagne qui se vide, hoquet, tout est glissant et rouge, mes larmes de sang coulent sur le tapis, je les vois dessiner la fin de ma vie, je ne veux pas, mais pourtant, il faut que je parte.

Pour toujours.

Chapitre 13

Dimanche 29 janvier - soir

Le capitaine Henri Alvarez et le lieutenant Régis Spellman jaillirent de la voiture banalisée et bondirent à la porte du petit pavillon de banlieue.

Alvarez avait l'impression de se mouvoir au ralenti dans un film en accéléré, à la fois acteur et spectateur.

Spellman sonnait frénétiquement pendant que lui examinait les diverses possibilités d'entrer. Barreaux partout au rez-de-chaussée. OK. Il dégaina son arme et tira dans la serrure. Une seconde voiture de police s'arrêta derrière eux, bloquant la rue, et quatre agents en tenue en sortirent, armes au poing.

Alvarez poussa la porte d'un coup de pied. Dans le couloir, il faisait noir. Minuterie cassée. Odeur de poudre et d'insecticide. Lui et Spellman se dévisagèrent une brève seconde à la lueur de leurs torches électriques, puis Spellman grimpa les marches deux à deux tandis qu'Alvarez essayait d'ouvrir la porte de l'appartement du rez-de-chaussée. Verrouillée. Là encore, faire usage de son arme pour pouvoir entrer. Traverser d'un bond le petit hall, arme en position de tir, faire rebondir d'un coup de pied la porte du salon contre le mur. S'immobiliser, jambes écartées et fléchies, prêt à tirer. Deux flics se faufilèrent derrière lui et parcoururent rapidement les autres pièces.

Toutes les lumières étaient allumées, inondant la scène d'un éclairage cru. Enfiler des gants transparents, s'approcher rapidement du corps étendu à plat ventre, en regardant tout autour. Le sang avait giclé haut, éclaboussant le joli canapé chantilly, les murs curieusement dorés, la télé LCD 55 cm et jusqu'au lecteur CD. Blessure artérielle probablement.

Spellman marchait au-dessus de lui, trop de pas, dans tous les sens, trop de précipitation, certainement quelque chose de moche là-haut aussi.

– Personne, chef, il s'est tiré ! lança une voix dans son dos.

Alvarez laissa retomber son bras, s'agenouilla, sans lâcher son arme, avança la main et toucha l'aisselle nue rasée de près. Pas de pouls. De toute façon, tout suggérait la mort. Le sang partout. La position du corps. Son silence. Les vivants émettent toujours du bruit, même infime, comme un groupe électrogène. Là, on avait coupé le courant.

Peignoir de soie à demi arraché, vêtements éparpillés partout, l'appartement saccagé. Il y avait eu de la colère, de la rage, qui avait rebondi sur les murs, avant de frapper la chair étendue à ses pieds.

Il toucha la main qui tenait encore le manche d'un couteau de cuisine.

Puis l'autre.

Froides.

Délicatement, du bout des doigts, il dégagea l'épaisse chevelure blonde au brushing impeccablement lisse, dévoilant une partie du visage. Un œil noisette grand ouvert fixait ses chaussures noires vernies, se reflétant dans le cuir brillant.

Il se redressa, sentit ses genoux craquer, se passa la main dans les cheveux, d'épais cheveux gris coupés ras. Se retourna vers le flic posté dans l'encadrement de la porte, une jeune recrue figée et pâle, lui lança une série d'instructions d'une voix calme. L'homme s'éloigna en hâte.

Des pas dans le couloir, la porte de la cave ouverte à la volée. Un flic dans le jardinet parlant dans son talkie-walkie.

Alvarez fit le tour de l'appartement, observa les murs de la cuisine où étaient placardés fiches de recettes light et régimes miracle, le congélateur bourré de pizzas, le frigo débordant de vin blanc, ouvrit la penderie et les tiroirs de la coiffeuse dans la chambre surchargée de fanfreluches et de bibelots, effleura la collection de peluches, contempla la salle de bains, ses rangées de pots, de tubes, de pinceaux, inspecte brièvement la pharmacie garnie à ras bord de psychotropes. Soupira.

Trop de soupirs, trop souvent.

De nouveau le salon, regarder la mort et son œuvre.

Ça sentait le sang et l'urine. Il fit quelques pas, examina la cheminée, le plafond taché, en évitant soigneusement de marcher dans les flaques.

Terrible envie de fumer, les techniciens de scène du crime allaient arriver, tant pis, il extirpa avec deux doigts son paquet de sa poche de chemise et aspira la première bouffée avec délice.

Des pas.

Il ne se retourna pas, il connaissait la démarche assurée, militaire, de Spellman. Celui-ci se figea à sa gauche en lâchant un « Merde ! » retentissant.

Alvarez lui tendit son paquet de clopes mais Spellman refusa d'un signe de tête.

– Alors ? fit Alvarez.

– Trois mecs. Égorgés. Assis en rond dans le salon. René Morand, Emmanuel Ravier et un certain Anthony Lamarck, d'après le permis de conduire dans sa poche. Ravier doit être mort depuis au moins une semaine, vu l'état du corps. J'ai trouvé ça dans une vieille pantoufle au pied d'un fauteuil, ajouta-t-il avec une grimace.

De sa main également gantée, il tendit à Alvarez une mince liasse de papiers. Des feuilles de soins. Couvertes d'une minuscule écriture anguleuse et cahotante. Le stylo avait déchiré le papier par endroits. Certaines feuilles portaient en en-tête le mot « incision » et un chiffre, d'autres n'étaient que de simples notes : « Le vilain cafard a trouvé les photos. Pas possible de le laisser cafarder. »

Les sinistres prescriptions du Dr Jeckyll, se dit Alvarez en parcourant les feuillets en diagonale avant de les rendre à Spellman qui les glissa dans un sachet en plastique.

– Trois mecs et cette malheureuse ! En plus des autres ! Mais comment est-ce qu'on a pu être aussi cons ? ! s'indigna Spellman en tapant du poing dans le mur.

– C'est moi, le vieux con, répondit Alvarez. Il est temps que je raccroche.

Spellman toussota sans rien dire.

Il aimait bien Alvarez. Ils s'entendaient bien. Se comprenaient à demi-mot. Mais il y avait un temps pour tout, un temps pour chacun, et celui d'Alvarez arrivait à sa fin.

Non pas qu'il ait perdu son flair, ou ses capacités de raisonnement, ou sa prodigieuse faculté d'empathie, non, il avait perdu le désir, et là où auparavant il voyait des cas à résoudre, il ne voyait plus aujourd'hui que de la douleur. Plus de désir, de la douleur. Il était fini.

– Vous avez lancé l'avis de recherche ? demanda-t-il en évitant de regarder son supérieur.

– Non. Pas la peine.

– Comment ça ? hoqueta Spellman, soudain arraché à ses rêveries mélancoliques.

Le vieux n'avait quand même pas perdu la main à ce point !

Alvarez lui sourit, un sourire triste, mais un sourire.

– Il ne nous échappera pas, si c'est ça qui t'inquiète.

– Si c'est ça qui m'inquiète ? répéta Spellman, les

sourcils froncés. Et qu'est-ce qui devrait m'inquiéter ? Le réchauffement de la planète ? Quand je pense que ce salopard nous a ridiculisés, qu'il n'arrêtait pas de nous téléphoner pour nous poser des questions sur l'enquête, la bouche en cœur, avec sa voix mielleuse et ses manières de curé homo, je pensais même qu'il était amoureux de vous, avoue-t-il, avant d'exploser : il était tellement, tellement… insignifiant !

– Moi, je le trouvais intéressant, fit Alvarez, ou plutôt devrais-je dire… aussi chiant qu'intelligent. L'emmerdeur type, mais avec des questions pertinentes. Il m'a eu comme un bleu !

– C'est ça qui m'énerve, de n'avoir rien vu, rien deviné ! renchérit Spellman. À mes yeux, c'était juste un pauvre mec refoulé, un de ceux qui passent leur vie sur le banc de touche à regarder les autres disputer le match. Comment a-t-il pu jouer aussi bien la comédie ?

– Il ne jouait pas, répond Alvarez en écrasant sa cigarette sous sa semelle. Il était sincère.

– Pardon ?

– Steven était sincère. Rossetti était sincère. Tout le monde était sincère.

Spellman le dévisagea, interloqué.

– Vous faites dans la psychanalyse, maintenant ? essaya-t-il de plaisanter.

– Sincère à un point que tu ne pourras jamais comprendre, poursuivit Alvarez. Sincère jusqu'à la mort.

– La mort de sept personnes, laissa tomber Spellman.

– Six. Ou sept, ça dépend du point de vue auquel on se place.

– Excusez-moi si j'ai l'air d'un gros bœuf, chef, mais je ne comprends rien à ce que vous dites.

– Le point de vue, répéta Alvarez d'un ton rêveur. C'est souvent lui qui détermine le sens de ce que l'on regarde. Comme l'éclairage. Et celui-ci évoque un éclairage de théâtre.

Il se rapprocha du corps, fit signe à Spellman de l'imiter.

Saisit avec douceur une poignée de mèches blondes.

– Le théâtre, Spellman. On y porte des masques. Mais peut-être que tu comprendras mieux si je te parle de jeux de rôles ?

– Ce type a tué sept personnes pour un foutu jeu de rôles ?

– Tss tss ! Six ou sept, je te l'ai dit, c'est la question, persifla Alvarez.

Il souleva la perruque blonde et la fit glisser lentement, découvrant le visage figé.

– Bordel de merde ! Mais c'est délirant ! s'exclama Spellman, les yeux écarquillés.

– Comme tu dis, acquiesça Alvarez en ramenant vers eux la main gantée de blanc cachée sous le cadavre.

Qui tenait un scalpel trempé de sang.

Il la posa délicatement à côté de l'autre.

– C'est assez délirant, en effet, que la victime soit elle-même l'assassin, laisse-t-il tomber dans le silence.

Ils restèrent là, à genoux, à regarder le délicat profil de Steven Rossetti, maquillé à outrance, sa main droite aux faux ongles vernis crispée sur le manche du couteau destiné à protéger Elvira, sa main gauche gantée de latex serrant le scalpel qui l'avait tuée.

– Il s'est tranché la gorge, constata Spellman perplexe, cet enfoiré s'est tranché la gorge. Mais pourquoi ?

Alvarez haussa les épaules.

– La haine, Spellman, la haine. La haine de soi. La pire. Celle qui te ronge comme un acide.

Il désigna le salon maculé de sang :

– Personne n'a jamais vécu dans cet appartement, à part Steven lui-même.

– Mais quand je suis venu, il m'a reçu au premier, avec son éternel pull noir…

– Le Steven « officiel » vivait au premier, acquiesça

Alvarez, et l'autre, son alter ego féminin, vivait ici. Déguisé en femme. J'ai fait un tour, c'est plein de sous-vêtements féminins et de produits de beauté.

– Vous voulez dire qu'il changeait de personnalité, comme on change de costume ?

– Tout à fait. Un transformiste corps et âme. Le problème, c'est qu'il ne supportait sans doute pas ce côté de lui-même, continua Alvarez en allumant une nouvelle clope. C'est pour ça qu'il s'est mis à tuer ces femmes… des femmes qui ressemblaient à ça, souligna-t-il en désignant l'opulente chevelure, des femmes qui ressemblaient à ce qu'il haïssait en lui-même et qui prenait chaque jour un peu plus de place.

Il se baissa pour ramasser un étui au pied du canapé, un petit étui en carton qui contenait une plaquette vide.

– En plus, il était défoncé à mort, la pharmacie est bourrée de médocs.

– Pareil là-haut, renchérit Spellman. Toute la came légale possible.

– « Effets secondaires, lut Alvarez qui avait extirpé la notice, prise de poids, hypersudation, vertiges, réactivation du délire, lever des inhibitions, tendances suicidaires… » un poème, conclut-il en froissant le papier dans sa main brune.

Il entraîna Spellman jusqu'à la cheminée.

– Marrant, non ? dit-il en désignant le téléphone posé sur une console.

– Qu'est-ce que ça fout là ? demanda Spellman en enfonçant la tête dans le conduit pour mieux voir.

– C'est un poste supplémentaire, la base doit se trouver au-dessus, chez Steven, expliqua Alvarez.

Spellman le dévisageait, perplexe.

– T'es lent aujourd'hui, mon grand ! fit le vieux en souriant. La base répondeur fixe au nom de Steven Rossetti est là-haut, dans son appart. Là, c'est le combiné supplémentaire qui te permet de prendre l'appel d'ici.

Je suppose qu'Elle rentrait dans la cheminée, appuyait sur cette touche, tu vois, et hop, Steven répondait.

– C'est… c'est très méthodique, commenta Spellman, comme si le mec avait tout mis en place méticuleusement.

– T'as raison. Un tueur psychotique parfaitement organisé, aussi bien dans ses meurtres que dans son altération de soi.

Il gagna brusquement la petite table ronde laquée parme où trônait un ordinateur portable. Un iBook G4 blanc posé sur un carré de velours rouge. L'appareil était branché. Spellman le rejoignit. L'informatique, c'était sa partie. Mais il n'aurait pas à se casser la tête. Un fichier était ouvert, à la page 237. Les dernières phrases inscrites étaient : « Que faire ? Rappeler les flics ? Ils ne viendront pas. Ils ne me croient jamais… »

– Nom de Dieu, quand il était « Elle », il ne savait même pas ce que faisait Steven ?! siffla Spellman entre ses dents.

Ils parcoururent rapidement la quinzaine de pages précédentes.

– C'est de plus en plus confus et délirant, on dirait les élucubrations d'un mec sous amphés, un mec disjoncté qui enquête sur lui-même, fit observer Spellman en faisant remonter le curseur jusqu'au début.

Ils se penchèrent, épaule contre épaule, et commencèrent à lire.

« The Elvira show-room ».

Un fourgon freina, à l'extérieur. Les gars du labo. Voix d'hommes échangeant des plaisanteries.

Le téléphone fixe dans la cheminée se mit à sonner. Le répondeur se déclencha. Il était sur haut-parleur. Les deux hommes levèrent la tête.

– Bon sang, Steven, t'es mort ou quoi ?! rugit Céline dans le silence.

Dehors, il s'était mis à pleuvoir.

Épilogue

L'enterrement de Steven Rossetti eut lieu sous un soleil radieux. Il faisait 15 °C, la neige n'était plus qu'un souvenir glacé, le corbillard avait longé la plage où des gens se baignaient et jouaient au ballon.

Trois personnes assistèrent à la mise en terre du cercueil bon marché payé par la commune.

Céline, encore sous le choc d'essayer de comprendre que Steven s'imaginait être une femme nommée Elvira, et que c'était avec cette Elvira, cette entité fantasmatique, qu'elle avait longuement conversé, comme le leur avait révélé l'ordinateur.

Léonardo, appareil numérique en main, mitraillant sans relâche la tombe du serial killer qu'il avait eu la chance de fréquenter de très près, de quoi vendre son récit à un éditeur. Le livre devait sortir au début de l'été.

Et le capitaine Alvarez, qui s'étonnait de ne pas être plus content. Le salopard qu'on mettait en terre avait massacré trois femmes et trois hommes innocents, peut-être quatre avec Mazzoli. Il méritait de mourir à son tour. C'était juste, se dit-il, ouais, c'était juste. Et c'était moche.

La violence, quelle qu'elle soit, était moche.

Il se détourna de la tombe grande ouverte et, les yeux fixés sur les cyprès dont les cimes se balançaient dans le vent, alluma un cigarillo dont il inspira la première bouffée avec délice.

Que le monde aille se faire foutre. Il partait.

DU MÊME AUTEUR

Les Quatre Fils du Dr March
Seuil Policiers, 1992
et « Points Policier », n° P617

La Rose de fer
Seuil Policiers, 1993
et « Points Policier », n° P104

Ténèbres sur Jacksonville
Seuil Policiers, 1994
et « Points Policier », n° P267

La Mort des bois
Grand Prix de littérature policière
Seuil Policiers, 1996
et « Points Policier », n° P532

Requiem Caraïbe
Seuil Policiers, 1997
et « Points Policier », n° P571

Transfixions
Seuil Policiers, 1998
et « Points Policier », n° P647

La Morsure des Ténèbres
Seuil Policiers, 1999
et « Points Policier », n° P727

Ranko Tango
(en collaboration avec Gisèle Cavali)
Seuil, « Fiction jeunesse », 1999
et « Points Virgule », n° 69

Passagère sans retour
(en collaboration avec Gisèle Cavali)
Albin Michel, « Le Furet enquête », 1999

Le Couturier de la mort
« Points Policier », n° P733

La Mort des neiges

Seuil Policiers, 2000
et « Points Policier », n° P875

Éloge de la phobie

Éditions du Masque-Hachette Livre, 2000
« Points Policier », n° P976

Descentes d'organes

« Points Policier », n° P862

La Baiser de la reine

(en collaboration avec Gisèle Cavali)
Hachette-Jeunesse, 2001

Cauchemar dans la crypte

(en collaboration avec Gisèle Cavali)
Magnard, 2001

Rapports brefs et étranges avec l'ombre d'un ange

Flammarion, 2002
et « J'ai lu Policier », n° 6842

Funérarium

Seuil Policiers, 2002
et « Points Thriller », n° P1110

Témoins sur vidéo

(en collaboration avec Gisèle Cavali)
Magnard-Jeunesse, 2002

L'assassin habite en face

(en collaboration avec Gisèle Cavali)
Magnard-Jeunesse, 2002

Mes étés d'écrivains : grands entretiens
avec les écrivains du siècle

Belfond, 2003

Panique aux urgences

(en collaboration avec Gisèle Cavali)
Rageot, 2004

La Mort sous contrat
(en collaboration avec Gisèle Cavali)
Magnard-Jeunesse, 2004

Le Chant des sables
Seuil, « Thrillers », 2005

Le Maléfice d'Isora
(en collaboration avec Gisèle Cavali)
Magnard-Jeunesse, 2005

Nuits noires
nouvelles
Fayard, 2005

Seules dans la nuit
(en collaboration avec Gisèle Cavali)
Rageot, 2006

Scènes de crime
Thierry Magnier, 2007

RÉALISATION : PAO ÉDITIONS DU SEUIL
IMPRESSION : BRODARD ET TAUPIN À LA FLÈCHE
DÉPÔT LÉGAL : NOVEMBRE 2007. N° 96517-2 (46159)
Imprimé en France